中国教育学会中学语文教学专业委员会专家审定

青少年经典阅读书系 〔名师解读〕
QINGSHAONIAN JINGDIAN YUEDU SHUXI

SHISHUOXINYU

世说新语

【魏晋名士言谈逸事的小说】

〔南朝·宋〕刘义庆◎原著

《青少年经典阅读书系》编委会◎主编

首都师范大学出版社
CAPITAL NORMAL UNIVERSITY PRESS

图书在版编目（CIP）数据

世说新语／《青少年经典阅读书系》编委会主编.—北京：
首都师范大学出版社,2011.12（2023年10月重印）

（青少年经典阅读书系.国学系列）

ISBN 978-7-5656-0616-8

Ⅰ.①世… Ⅱ.①青… Ⅲ.①笔记小说-中国-南朝时代-缩写
Ⅳ.①I242.1

中国版本图书馆 CIP 数据核字（2011）第 255928 号

世说新语

《青少年经典阅读书系》编委会 主编

策划编辑　李佳健

首都师范大学出版社出版发行

地　　址　北京西三环北路 105 号

邮　　编　100048

电　　话　68418523（总编室）　68908110（发行部）

网　　址　www.cnupn.com.cn

印　　厂　汇昌印刷（天津）有限公司

经　　销　全国新华书店发行

版　　次　2012 年 9 月第 1 版

印　　次　2023 年 10 月第 7 次印刷

书　　号　978-7-5656-0616-8

开　　本　710mm×1000mm　1/16

印　　张　17.5

字　　数　225 千

定　　价　44.00 元

总　序

Total order

　　被称为经典的作品是人类精神宝库中最灿烂的部分，是经过岁月的磨砺及时间的检验而沉淀下来的宝贵文化遗产，凝结着人类的睿智与哲思。在滔滔的历史长河里，大浪淘沙，能够留存下来的必然是精华中的精华，是闪闪发光的黄金。在浩瀚的书海中如何才能找到我们所渴望的精华，那些闪闪发光的黄金呢？唯一的办法，我想那就是去阅读经典了！

　　说起文学经典的教育和影响，我们每个人都会立刻想起我们读过的许许多多优秀的作品——那些童话、诗歌、小说、散文等，会立刻想起我们阅读时的那种美好的精神享受的过程，那种完全沉浸其中、受着作品的感染，与作品中的人物，或者有时就是与作者一起欢笑、一起悲哭、一起激愤、一起评判。读过之后，还要长时间地想着，想着……这个过程其实就是我们接受文学经典的熏陶感染的过程，接受文学教育的过程。每一部优秀的传世经典作品的背后，都站着一位杰出的人，都有一颗高尚的灵魂。经常地接受他们的教育，同他们对话，他们对社会、对人生的睿智的思考、对美的不懈的追求，怎么会不点点滴滴地渗透到我们的心灵，渗透到我们的思想和感情里呢！巴金先生说："读书是在别人思想的帮助下，建立自己的思想。""品读经典似饮清露，鉴赏圣书如含甘饴。"这些话说得多么恰当，这些感

总 序
Total order

受多么美好啊！让我们展开双臂、敞开心灵，去和那些高尚的灵魂、不朽的作品去对话、交流吧，一个吸收了优秀的多元文化滋养的人，才能做到营养均衡，才能成为精神上最丰富、最健康的人。这样的人，才能有眼光，才能不怕挫折，才能一往无前，因而才有可能走在队伍的前列。

《青少年经典阅读书系》给了我们一把打开智慧之门的钥匙，会让我们结识世界上许许多多优秀的作家作品，会让这个世界的许多秘密在我们面前一览无余地展开，会让我们更好地去感悟时间的纵深和历史的厚重。

来吧！让我们一起品读"经典"！

国家教育部中小学继续教育教材评审专家
中国教育学会中学语文教学专业委员会秘书长　　苏立康

丛书编委会

丛书策划　复　礼
　　　　　王安石
主　　编　首　师
副 主 编　张　蕾
编　　委（排名不分先后）
　　　　　张　蕾　李佳健　安晓东　石　薇　王　晶
　　　　　付海江　高　欢　徐　可　李广顺　刘　朔
　　　　　欧阳丽　李秀芹　朱秀梅　王亚翠　赵　蕾
　　　　　黄秀燕　王　宁　邱大曼　李艳玲　孙光继
　　　　　李海芸

　　《世说新语》因其广泛丰富的内容含量和纯熟精美的语言艺术，被推为当之无愧的佼佼者，也确立了他在中国古代小说史上承前启后，不可忽视的地位。该书是在选录魏晋诸家史书以及郭澄之的《郭子》等文人笔记的基础上编写而成的。它通过记载魏晋时期士族阶层的琐闻逸事，再现了汉末至南朝宋初两百多年的社会政治、军事、思想、文化、社会风尚以及文人的精神风貌和才情。这对中国文学、审美时尚、思想文化特别是对士人的精神产生过极为深远的影响。

　　作者刘义庆是南朝宋人，长沙景王刘道怜第二子，过继给刘道规，袭封临川王。他爱好文辞，广招文学人才，当时著名诗人鲍照就曾投身其门下。在宦海沉浮中忙里偷闲，刘义庆招集文人学士著书立说，有人说此书是出自其门客或众文士之手，但其本人主编的功劳还是不应抹杀的。由于刘义庆的组织和重视，《世说新语》才得以诞生，这也是公认的事实。刘义庆本人作品虽然不多，但在宗室子弟中却是一位佼佼者，《世说新语》是他的代表作。本书原名《世说》，唐代称《世说新书》或《世说新语》，后者成为本书专名大约在北宋。

　　《世说新语》一经问世，便被世人争相传诵，在一千五百多年的时间里，推崇它的文人学士层出不穷。宋朝的高似孙在其《伟略》中说它"极为精绝"，元朝的刘应登说它"清微简远，居然玄胜"、"临川善述，更自高简有法"。明朝的胡应麟更是非常推崇它，说："读是语言，晋人面目气韵，恍惚生动；而简约玄澹，真致不穷，古今绝唱也。"到了现代，鲁迅称它为"志人小说"的代表作，并说"记言则玄远冷俊，记行则高简瑰奇。"当代的易中天先生也称赞道："魏晋是品评人物风气最甚的时代。一部《世说新语》几乎就是一部古代的《品人录》。那时的批评家多半以一种诗性的智慧来看待人物，因此痴迷沉醉，一往情深。这种对优秀人物的倾心仰慕，乃是所谓魏晋风度中最感人的部分。"

《世说新语》是中国古代小说的萌芽，其简洁隽永的传神描写为后世众多仿效者难以企及。此书不仅在文学史上有重要意义，并且记载的大多是真人真事，历来也受史学界的重视。研究魏晋时期思想的人士甚至包括所有研究中国文化的学者，几乎没有不读此书的。该书对后世影响极大，后世的"世说体"模仿之作更是层出不穷。譬如宋代王说的《唐语林》、孔平仲的《续世说》、明代李绍文的《明世说新语》等近二十余种作品。《世说新语》颇似当今的微型小说，麻雀虽小，五脏俱全，它是中国小说的雏形，是魏晋风度的审美产物，喜爱中国文学的人，尤其是对艺术和美关注的人，不读此书可谓遗憾终生。

　　全书按内容分类编排，分为"德行"、"言语"、"政事"、"文学"、"方正"等三十六门，共计一千一百三十则，由南朝宋临川王刘义庆及其门下的文人学士集体编撰而成。每一门皆从某一侧面表现出名流士族的思想和生活，也反映了当时社会的政治、历史、道德、哲学和美学的特征。

　　本书选辑了《世说新语》中的著名篇章。内容分为原文、注释、译文三部分。其中注释着重于历史背景、人名、地名、官名，以及译文较难表达含义的词语。译文大多直接翻译，同时结合意译，少数译文不易呈现的细微含义，则于注释中作简要说明。

目录

目录

德行第一

【原文】

　　陈仲举言为士则①，行为世范。登车揽辔②，有澄清天下之志。为豫章太守③，至，便问徐孺子所在，欲先看之。主簿白："群情欲府君先入廨。"陈曰："武王式商容之闾，席不暇暖。吾之礼贤，有何不可！"

【译文】

　　陈仲举的言谈是读书人的榜样，行为是世人的典范。当他开始做官后，便有革新政治的志向。他担任豫章太守时，一到郡，便打听徐孺子的住处，想要先去拜访他。主簿告诉他说："大家都希望您先进入官署。"陈仲举说："周武王得到天下后，连垫席都还没坐暖，就马上去商容居住过的里巷致敬。我以礼敬贤人为先，有什么不可以的呢？"

【原文】

　　周子居常云①："吾时月不见黄叔度②，则鄙吝之心已复生矣。"

【译文】

　　周子居常说："我只要几个月没与黄叔度见面，鄙陋吝啬之心就已经产生了。"

【原文】

　　郭林宗至汝南①，造袁奉高②，车不停轨，鸾不辍轭。诣黄叔度，乃弥日信宿。人问其故，林宗曰："叔度汪汪如万顷之陂。澄之不清，扰之不浊，其器深广，难测量也。"

【注释】

① 陈仲举：陈蕃，字仲举，东汉人，官至太傅，因谋诛宦官未成，被害。

② 登车揽辔：古代受任的官员通常乘车赴职，登车揽辔表示初到职任。揽辔，拿过缰绳。

③ 豫章：郡名，治所在今江西南昌。太守：郡长官，负责一郡行政事务。

【注释】

① 周子居：周乘，字子居，东汉人，官至泰山太守。

② 时月：几个月。黄叔度：黄宪，字叔度，因有德行，受到当时名流推崇。

【注释】

① 郭林宗：郭泰，字林宗，东汉人，博学有德，善处世事和品评人物。汝南：郡名，治所

【注释】

在今河南平舆北。

②袁奉高：袁阆(láng)，字奉高，东汉人，官至太尉掾。

【译文】

郭林宗到汝南去拜访袁奉高时，见面的时间很短。但他去造访黄叔度时，却留宿了两夜。别人问他这是什么缘故，郭林宗说："叔度的学识人品如万顷水塘那样宽大，无法澄清，也无法搅浑，他的度量又深又广，很难测量啊。"

【注释】

①家君：对人尊称自己的父亲，这里在前面加上敬辞尊称别人的父亲。

②阿(ē)：山的角落。

③仞：长度单位，八尺（一说七尺）为一仞。

【原文】

客有问陈季方："足下家君太丘①，有何功德而荷天下重名？"季方曰："吾家君譬如桂树生泰山之阿②，上有万仞之高③，下有不测之深；上为甘露所沾，下为渊泉所润。当斯之时，桂树焉知泰山之高、渊泉之深？不知有功德与无也！"

【译文】

有客人问陈季方："令尊太丘，有哪些功业与品德而能在天下享有崇高的声望？"季方说："我父亲就好比生长在泰山一角的桂树，其上有万丈高峰，其下有不测的深渊；上受雨露的沾浸，下受深泉的滋润。在这个时候，桂树哪能知道泰山有多高，深泉有多深呢？不知道这样是有功德还是没有功德！"

【注释】

①孝先：陈忠，字孝先，陈谌的儿子。

②"元方"二句：意思是元方、季方兄弟二人论排行有长幼之别，论功德则很难分出高下。

【原文】

陈元方子长文有英才，与季方子孝先各论其父功德①，争之不能决，咨于太丘。太丘曰："元方难为兄，季方难为弟②。"

【译文】

陈元方的儿子长文有出众的才能，和叔叔季方的儿子孝先各自夸耀自己父亲的功业道德，彼此争执，仍无法得到答案，便去请教祖父太丘。太丘说："元方卓尔不群，做哥哥很难啊；季方俊异出众，做弟弟也很难啊。"

【注释】

①荀巨伯：东汉人，生

【原文】

荀巨伯远看友人疾①，值胡贼攻郡②，友人语巨伯曰："吾今死矣，子可去③！"巨伯曰："远来相视，子令吾去，败义以求生，岂荀巨伯所行邪？"贼既至，谓巨伯曰："大军至，一郡尽空，汝何男子④，而敢独止？"巨伯曰："友人有疾，不忍委之，宁以我身代友人命。"贼相谓曰："我辈无义之人，而入有义之国！"遂班军而还，一郡并获全。

平不详。

②胡：古代对北方和西域各少数民族的泛称，东汉时常指匈奴、乌桓、鲜卑等。贼：对敌人的蔑称。

③子：对对方的尊称。

④汝：你，略带轻贱、狎昵意味。

【译文】

汉朝荀巨伯远道去探望朋友的病，当时正好遇到外族敌寇攻打该郡，朋友对巨伯说："我都是要死的人了，你还是离开这里吧！"荀巨伯说："我从很远的地方来看你，你却叫我离开，败坏道德以求生存的做法，难道是我荀巨伯的作风吗？"敌寇到了，问荀巨伯："大军到来，整个郡城的人都跑光了，你是什么人，竟敢一个人留下来？"荀巨伯说："朋友有病，不忍心让他一个人留在这里，我情愿代他受死。"敌寇说："我们这些不讲道义的人，却侵入这有道义的国度！"于是撤军返回，整个郡城因而保全。

【原文】

管宁、华歆共园中锄菜①，见地有片金，管挥锄与瓦石不异，华捉而掷去之②。又尝同席读书，有乘轩冕过门者③，宁读如故，歆废书出看。宁割席分坐曰："子非吾友也！"

【注释】

①管宁：字幼安，三国时魏国人，曾避居辽东三十余年，不愿做官。

②捉：拿着，握着。

③轩：官员乘坐的车子。冕：官员的礼帽。这里"轩冕"连用，是复词偏义，偏指"轩"，"冕"字无义。

【译文】

管宁和华歆一起在园中锄菜，看见地上有一片金子，管宁依然挥动锄头，和锄去瓦石没什么不同；华歆却把它捡起来，然后才丢掉。又有一次，两人同席读书，有人乘一辆豪华的车子从门前经过，管宁依旧读着书，华歆却放下书本出去观看。于是管宁便割断坐席，分开座位说："你不是我的朋友！"

【原文】

华歆、王朗俱乘船避难①，有一人欲依附，歆辄难之②。朗曰："幸尚宽，何为不可？"后贼追至，王欲舍所携人。歆曰：

【注释】

①难：这里指汉魏之交的动乱。

②难：认为……难。

③疑：迟疑，犹豫不决。

④纳：接受。

"本所以疑③，正为此耳。既已纳其自托④，宁可以急相弃邪？"遂携拯如初。世以此定华、王之优劣。

【译文】

　　华歆和王朗一起乘船逃难，有一个人想搭他们的船，华歆马上就对这件事表示为难。王朗说："幸好船还很宽，有什么不可以呢？"后来贼兵追到了，王朗想抛弃所带的乘客。华歆说："原先我之所以迟疑，正是为了预防这种情况，既然已接受他托身的请求，怎么可以因为情况危急而抛弃人家呢？"于是仍旧像当初那样拯救他。世人就凭这件事判定华歆、王朗的优劣。

【注释】

①庾公：庾亮，字元规，晋颍川鄢陵（今河南鄢陵西北）人，官至征西大将军、荆州刺史，死后追赠太尉，谥号文康。的卢：也作"的颅"，一种白额的马，传说骑它的人会遭遇不幸。

【原文】

　　庾公乘马有的卢①，或语令卖去。庾云："卖之必有买者，即复害其主。宁可不安己而移于他人哉？昔孙叔敖杀两头蛇以为后人，古之美谈，效之，不亦达乎？"

【译文】

　　庾亮的坐骑中有一匹带白额的马，有人建议他把它卖了。庾亮说："我卖了就表示一定有人买它，也就是将害了它的新主人，怎么可以因为不利于自己而嫁祸别人呢？以前孙叔敖杀了双头蛇，为的是怕后人见到而遭到灾难，这件事成了古代的美谈，若我能效仿他，不也做到了他的美德吗？"

言语第二

【原文】

　　边文礼见袁奉高①，失次序②。奉高曰："昔尧聘许由，面无怍色③，先生何为颠倒衣裳？"文礼答曰："明府初临，尧德未彰，是以贱民颠倒衣裳耳！"

【注释】

①边文礼：边让，字文礼，东汉人，曾任九江太守。

②失次序：指举止失措。次序，顺序，条理。

③怍（zuò）：羞愧，惭愧。

【译文】

　　边文礼去见袁奉高时，举止失措。袁奉高说："从前尧去拜访许由，许由脸上没有惭愧之色，先生为什么举止慌乱失措呢？"边文礼回答："太守您新到任，帝尧之德还没有表现出来，所以我才举止失态的。"

【原文】

　　徐孺子年九岁①，尝月下戏。人语之曰："若令月中无物②，当极明邪？"徐曰："不然。譬如人眼中有瞳子，无此必不明。"

【注释】

①徐孺子：徐稚，字孺子。

②若令：假使，如果。

【译文】

　　徐孺子九岁的时候，曾在月光下玩耍，有人对他说："如果月亮中什么都没有，是不是会更亮呢？"徐孺子回答："不是这样的。这就像人的眼中有瞳仁，没有它眼睛一定不会明亮。"

【原文】

　　孔文举年十岁①，随父到洛②。时李元礼有盛名③，为司隶校尉④。诣门者皆俊才清称及中表亲戚乃通⑤。文举至门，谓吏曰："我是李府君亲。"既通，前坐。元礼问曰："君与仆有何亲？"对曰："昔先君仲尼与君先人伯阳有师资之尊，是仆与君奕世为

【注释】

①孔文举：孔融，字文举，东汉人，孔子二十世孙，曾任北海相、少府、太中大夫，因触怒

②洛：东汉京都洛阳，故城在今河南洛阳东洛水北岸，也是西晋的京都。

③李元礼：李膺，字元礼，东汉人。

④司隶校尉：官名，主管督察京师百官（太尉、司徒、司空除外）及所辖附近各郡。

⑤中表：中表亲。父亲姐妹的儿女叫外表，母亲兄弟姐妹的儿女叫内表，互称中表。

曹操被杀。

通好也。"元礼及宾客莫不奇之。太中大夫陈韪后至，人以其语语之。韪曰："小时了了，大未必佳！"文举曰："想君小时，必当了了！"韪大踧踖。

【译文】

　　孔文举十岁的时候，跟随父亲来到洛阳。当时李元礼极有名望，担任司隶校尉。到他家拜访的人，只有才子名流和李家的近亲才能通报。孔融到了李家门口，对仆吏说："我是李先生的亲戚。"仆吏通报后，孔融晋见就座。李元礼问道："你与我有什么亲戚关系？"孔融回答："我的先君仲尼（孔丘）和你的祖先伯阳（老子）有师生之谊，所以我与您是世代通家之好哇！"李元礼和宾客们都因为他的回答而感到惊讶。太中大夫陈韪后到，有人把孔融刚才的答话告诉了他，陈韪不屑地说："小时候聪明，大了不见得好。"孔融答道："想必您小的时候，一定是很聪明！"陈韪顿时窘迫起来。

【注释】

①收：逮捕，指孔融被曹操逮捕。

②中外：朝廷内外。

③故：仍然。琢钉戏：一种儿童游戏，以掷钉琢地决胜负。

④了无：全然没有。

⑤大人：对父母或父母辈的尊称。

【原文】

　　孔融被收①，中外惶怖②。时融儿大者九岁，小者八岁；二儿故琢钉戏③，了无遽容④。融谓使者曰："冀罪止于身，二儿可得全不？"儿徐进曰："大人岂见覆巢之下⑤，复有完卵乎？"寻亦收至。

【译文】

　　孔融被捕，朝廷内外一片惶恐。当时孔融的大儿子九岁，小儿子八岁；父亲被捕时两人还在玩琢钉游戏，毫无惊恐之色。孔融对差役说："希望罪过只加在我的身上，两个孩子能否保全性命？"儿子从容上前说道："父亲您难道见过捣翻了的鸟巢下面还有完好的鸟蛋吗？"不久两个孩子也被抓了起来。

【原文】

祢衡被魏武谪为鼓吏，正月半试鼓①。衡扬桴为《渔阳掺挝》，渊渊有金石声②，四坐为之改容。孔融曰："祢衡罪同胥靡，不能发明王之梦③。"魏武惭而赦之。

【译文】

祢衡被魏武帝曹操贬谪为鼓吏，正遇八月中汇集宾客要检验鼓的音色。祢衡扬起鼓槌演奏《渔阳掺挝》鼓曲，鼓声深沉，有金石之声，四座的人都为之动容。孔融说："祢衡之罪，和殷时服刑的犯人傅说相同，可是没能使贤明的君主从梦中惊醒过来。"魏武帝听后很惭愧，就赦免了祢衡。

【原文】

钟毓、钟会少有令誉①。年十三，魏文帝闻之，语其父钟繇曰②："可令二子来！"于是敕见③。毓面有汗，帝曰："卿面何以汗？"毓对曰："战战惶惶，汗出如浆。"复问会："卿何以不汗？"对曰："战战栗栗，汗不敢出。"

【译文】

钟毓和钟会两兄弟，从小就有美好的声誉。钟毓十三岁的时候，魏文帝听到了他们的名声，便告诉他们的父亲钟繇说："可以叫你的两个儿子来见我！"于是令他们朝见文帝。朝见时，钟毓脸上冒有汗水，魏文帝就问："你脸上为什么出汗呢？"钟毓回答说："由于恐惧慌张，所以汗水像水浆一样冒出。"魏文帝又问钟会说："你为什么不出汗呢？"钟会回答说："由于恐惧颤抖，所以汗水一点也不敢出。"

【原文】

满奋畏风①。在晋武帝坐，北窗作琉璃屏，实密似疏，奋有难色。帝笑之，奋答曰："臣犹吴牛，见月而喘。"

【注释】

①月半试鼓：《文士传》记载此事说："后至八月朝会，大阅试鼓节。"试，测试。

②渊渊：形容鼓声深沉凝重。金石声：钟、磬类乐器发出的声音。

③"不能"句：意思指鼓曲感动不了魏王曹操。明王，英明的君王，指曹操。

【注释】

①钟毓(yù)：字稚叔，三国时魏国人，十四岁即任散骑侍郎，历任侍中、廷尉、都督荆州军事。钟会：字士季，钟毓的弟弟，官至司徒，后因谋反被杀。

②钟繇(yáo)：字元常，入魏后任廷尉、太傅。

③敕(chì)：皇帝的命令。

【注释】

①满奋：字武秋，曾任冀州刺史、尚书令、司

隶校尉。

【译文】

满奋怕风。在晋武帝身旁侍坐，北面的窗前设有琉璃屏风，虽然很严密，看起来却是稀疏透风，满奋面有难色。晋武帝笑话他，满奋回答说："臣就像吴地的牛，见到月亮也要喘息的。"

【注释】

①诸葛靓（liàng）：字仲思，三国时魏国人，父亲诸葛诞起兵反司马氏，派他到吴国当人质，吴任用为右将军、大司马。吴亡，先到洛阳，后逃匿不出。

【原文】

诸葛靓在吴①，于朝堂大会。孙皓问："卿字仲思，为何所思？"对曰："在家思孝，事君思忠，朋友思信，如斯而已。"

【译文】

诸葛靓在吴国时，有一次于朝堂大会上，孙皓问他："你的字是仲思，你思的是什么呢？"诸葛靓回答："在家思的是孝敬父母，侍奉君主思的是忠诚，交友思的是诚信，如此而已。"

【注释】

①新亭：三国时吴国修筑，也叫劳劳亭，故址在今江苏南京市南。
②周侯：周顗（yǐ），封武城侯。
③王丞相：王导，字茂弘，晋琅玡临沂（今属山东）人。愀（qiǎo）然：脸色变化的样子。
④神州：本泛指中国，这里指黄河流域一带的中原地区。

【原文】

过江诸人，每至美日，辄相邀新亭①，藉卉饮宴。周侯中坐而叹曰②："风景不殊，正是有山河之异！"皆相视流泪。唯王丞相愀然变色曰③："当共戮力王室，克复神州④，何至作楚囚相对！"

【译文】

到江南来避难的一些人士，每逢天气晴朗的日子，总是互相邀请到新亭，坐在草地开筵饮酒。武城侯周顗在席间喟然叹息说："江南风景跟中原没有两样，只是眼前的山河起了变化！"在座的人都相互对看，流下了眼泪。只有丞相王导神色严肃地说："大家正应当同心协力，报效朝廷，收复中原，哪至于像被俘在晋国的楚囚那样，一味地相对悲泣而不图振作呢？"

【注释】

①谢仁祖：谢尚，字仁

【原文】

谢仁祖年八岁①，谢豫章将送客②，尔时语已神悟，自参上流③。诸人咸共叹之曰:"年少,一坐之颜回。"仁祖曰:"坐无尼父,焉别颜回?"

【译文】

谢仁祖八岁的时候,父亲谢豫章带着他送客。此时谢仁祖已经是聪明颖悟,跻身于上流的人才了。大家都在赞扬他,说道:"此少年是在座各位中的颜回呀。"谢仁祖答道:"座上没有孔子,怎么能区别出颜回呢?"

【原文】

谢太傅语王右军曰①:"中年伤于哀乐②,与亲友别,辄作数日恶。"王曰:"年在桑榆,自然至此,正赖丝竹陶写。恒恐儿辈觉损欣乐之趣。"

【译文】

太傅谢安对右军将军王羲之说:"人到中年,很容易感伤。我和亲友告别,就会难过好几天。"王羲之说:"晚年光景,自然要这样,只好靠音乐来陶冶性情了。还总怕子侄们伤害这种快乐情绪。"

【原文】

谢太傅寒雪日内集,与儿女讲论文义。俄而雪骤,公欣然曰:"白雪纷纷何所似?"兄子胡儿曰①:"撒盐空中差可拟②。"兄女曰③:"未若柳絮因风起。"公大笑乐。即公大兄无奕女④,左将军王凝之妻也。

【译文】

太傅谢安在一个寒冷的雪天里召集家人,跟晚辈们探讨文章义理,一会儿雪突然下大了,太傅兴致勃勃地问:"大雪纷纷像什

祖,晋陈郡阳夏(今河南太康)人,官至尚书仆射(yè)、镇西将军。

②谢豫章:谢鲲,字幼舆,谢尚的父亲,曾任豫章太守。将:带领。

③自参上流:自己参与到上流人物之中。

【注释】

①谢太傅:谢安。王右军:王羲之,字逸少,晋琅玡临沂(今属山东)人,东晋著名书法家,曾任右军将军、会稽内史。

②中年:指四十岁左右的年纪。哀乐:复词偏义,偏指"哀","乐"字无义。

【注释】

①胡儿:谢朗,字长度,小字胡儿,谢安次兄谢据的长子,官至东阳太守。

②差:大略,差不多。

③兄女:这里指谢韬元,字道韫(yùn),谢安长兄谢奕的女儿,

聪明而有才识，有诗文传世。

④无奕：谢奕，字无奕。

【注释】

①讲：研习讨论。《孝经》：儒家经典之一，讲述孝道和孝治思想。

②谢公兄弟：指谢安、谢石。私庭：私人宅邸。

③车武子：车胤(yìn)，字武子，官至吏部尚书。难：感到为难。苦：竭力地。

④袁羊：袁乔，字彦叔，小字羊，曾任尚书郎、江夏相。这里的袁羊应是袁虎之误（虎是袁宏的小字），孝武讲经时袁羊已死。

么？"哥哥的儿子胡儿（谢朗）说："大概像盐巴撒在空中吧。"哥哥的女儿谢道韫说："不如比作柳絮随风飘起。"太傅高兴地大笑。这个女子是太傅大哥谢无奕的女儿，左将军王凝之的妻子。

【原文】

孝武将讲《孝经》①，谢公兄弟与诸人私庭讲习②。车武子难苦问谢③，谓袁羊曰④："不问则德音有遗，多问则重劳二谢。"袁曰："必无此嫌。"车曰："何以知尔？"袁曰："何尝见明镜疲于屡照，清流惮于惠风？"

【译文】

孝武帝司马曜将要研讨《孝经》，谢安、谢石兄弟和众人先在自己家学习。车武子不好意思苦苦地询问谢氏兄弟，就对袁羊说："不问呢，怕遗漏了真知卓识；问多了呢又怕麻烦谢家兄弟。"袁羊说："不必有这种烦恼。"车武子说："怎么知道是这样呢？"袁羊说："你什么时候见过明亮的镜子因为屡屡照影而疲倦、清澈的流水会由于微风吹拂而感到害怕呢？"

政事第三

【原文】

陈仲弓为太丘长①，时吏有诈称母病求假。事觉收之，令吏杀焉②。主簿请付狱，考众奸③。仲弓曰："欺君不忠，病母不孝。不忠不孝，其罪莫大。考求众奸，岂复过此？"

【注释】

①陈仲弓：陈寔（shì），字仲弓。

②焉：代词，相当于"之"。

③考：考问。

【译文】

陈仲弓任太丘县令，当时有个官吏谎称母亲病重请假。后来事情被发觉，逮捕了这个人，陈仲弓下令杀掉他。主簿请求将罪犯交给狱吏，审查他是否还有其他罪行。陈仲弓说："欺骗君主是不忠，诅咒母亲生病是不孝，不忠不孝，还有比这罪更大的吗？审查别的罪行，难道还能超过这件事吗？"

【原文】

陈仲弓为太丘长，有劫贼杀财主①，主者捕之②。未至发所③，道闻民有在草不起子者④，回车往治之。主簿曰："贼大，宜先按讨。"仲弓曰："盗杀财主，何如骨肉相残？"

【注释】

①财主：财物的主人。

②主者：主管事情的人。

③发所：案发地点。

④在草：分娩。起：养育。

【译文】

陈仲弓任太丘县令，有一个盗贼劫财杀人，主管官吏捕获了强盗。陈仲弓还没赶到案发现场，路上又听说有人生了孩子后遗弃的事，就赶忙掉转车头要去处理这件事。主簿说："盗贼的事大，应该先追查处理。"陈仲弓说："强盗杀物主，怎么能比得上骨肉相残呢？"

【原文】

陈元方年十一时①，候袁公②。袁公问曰："贤家君在太丘③，远近称之，何所履行？"元方曰："老父在太丘，强者绥之以

【注释】

①陈元方：陈纪，字元方，陈寔的儿子。

②袁公：未详何人。

③贤家君：对对方父亲的尊称。

④周旋：应酬，交往。动静：行止，这里指活跃社会和安定社会的做法。

德，弱者抚之以仁，恣其所安，久而益敬。"袁公曰："孤往者尝为邺令，正行此事。不知卿家君法孤，孤法卿父？"元方曰："周公、孔子，异世而出，周旋动静④，万里如一。周公不师孔子，孔子亦不师周公。"

【译文】

陈元方十一岁时，去拜访袁公。袁公问他："令尊在太丘县为官时，远近的人都赞扬他，他都做了些什么事啊？"元方说："家父在太丘时，强者以德来安抚，弱者以仁来体恤，让他们安居乐业，时间长了，他们就越加尊敬他了。"袁公说："我以前曾任邺县县令，做的也是这些事。不知是令尊效法我，还是我效法令尊？"元方答道："周公和孔子，生在不同的年代，虽然相隔很远，为官和处世却是一样的。周公没有效法孔子，孔子也没有效法周公。"

【注释】

①略：全，几乎完全。

②封：封事，一种密封的奏章。篆（lù）：簿籍文书。诺：指在文书上批字或签名表示许可。

③愦（kuì）愦：糊涂。

【原文】

丞相末年，略不复省事①，正封篆诺之②。自叹曰："人言我愦愦③，后人当思此愦愦。"

【译文】

丞相王导晚年时，几乎不再处理政务，只是在文书上签字画押。自己感叹道："人们都说我糊涂，后人会怀念我这种糊涂的。"

【注释】

①摆拨：丢开。

②共言：共同谈论。

③方：还，仍然。

【原文】

王、刘与深公共看何骠骑，骠骑看文书，不顾之。王谓何曰："我今故与深公来相看，望卿摆拨常务①，应对共言②，那得方低头看此邪③？"何曰："我不看此，卿等何以得存？"诸人以为佳。

【译文】

王濛、刘惔和深公一起去看望骠骑将军何充，何充正在看文件，也不理他们。王濛对他说："我今天特意和深公来探望你，希望你能丢下日常的工作，和咱们一起谈论玄理，哪还能埋头看这些东西呢？"何充回答："我不看这个，你们这些人怎么能够活命呢？"大家都认为他说得非常好。

【原文】

王东亭与张冠军善①。王既作吴郡，人问小令曰②："东亭作郡，风政何似③？"答曰："不知治化何如，唯与张祖希情好日隆耳。"

【注释】

①王东亭：王珣(xún)。张冠军：张玄，字祖希。

②小令：指王珉(mín)，王珣的弟弟，曾任中书令。

③风政：教化政绩。

【译文】

东亭侯王珣和冠军将军张玄关系良好。王珣担任吴郡太守后，人们问王珣的弟弟王珉："东亭担任郡太守，社会风气和政绩怎么样？"王珉回答："不知治理教化得如何？只知道他和张祖希的交情一天比一天更深厚了。"

【原文】

殷仲堪当之荆州①，王东亭问曰："德以居全为称②，仁以不害物为名。方今宰牧华夏，处杀戮之职，与本操将不乖乎？"殷答曰："皋陶造刑辟之制，不为不贤；孔丘居司寇之任，未为不仁。"

【注释】

①殷仲堪：晋陈郡长平（今河南西华东北）人，曾任都督荆益宁三州军事、荆州刺史，后与桓玄相攻伐，兵败被杀。

②居全：这里指具备完美的德行。称：称号，名称。

【译文】

殷仲堪要出任荆州刺史，东亭侯王珣问他："品格完美称为德，不伤害他人叫做仁。如今你要掌管荆州，身处生杀予夺的高位，这和你原来的操守恐怕相违背吧！"殷仲堪回答："皋陶制定法律制度，不能说不贤；孔丘担任司寇之职，也不能说是不仁。"

文学第四

【原文】

　　郑玄在马融门下，三年不得相见，高足弟子传授而已。尝算浑天不合，诸弟子莫能解。或言玄能者，融召令算，一转便决，众咸骇服。及玄业成辞归，既而融有"礼乐皆东"之叹。恐玄擅名而心忌焉①。玄亦疑有追，乃坐桥下，在水上据屐②。融果转式逐之③，告左右曰："玄在土下水上而据木，此必死矣。"遂罢追，玄竟以得免。

【译文】

　　郑玄在马融门下求学，三年都没有见到马融，只是由马融的高才弟子传授学问而已。马融曾用浑天仪测算天体位置，计算得不准确，弟子们也弄不清楚。有人说郑玄可以解决这个难题，马融就找来郑玄，让他测算，郑玄一推算就得到了结果，大家都惊叹佩服。后来郑玄学成离去，马融发出了"礼乐都随着郑玄东去了"的慨叹。马融担忧郑玄名声超过自己，心里很嫉妒；郑玄也疑心他们会前来追杀，就坐在桥下，脚上穿着木屐踏在水面。马融果然在转动栻盘占卜他的行踪，他对左右的人说："郑玄现在土下水上，而且脚踩木头，可见得他一定是死了。"于是就停止追赶。郑玄竟然得以脱身。

【原文】

　　郑玄欲注春秋传，尚未成，时行与服子慎遇①，宿客舍。先未相识。服在外车上与人说己注传意，玄听之良久，多与己同。玄就车与语曰："吾久欲注，尚未了②。听君向言，多与吾同，今当尽以所注与君。"遂为服氏注。

【译文】

　　郑玄打算注《春秋传》，还没有完成。他有事外出的时候，与服子慎（虔）不期而遇，他们住在同一家旅店，刚开始两人并不认识对方。服虔在旅店外边同别人讲自己注《春秋传》的想法。郑玄听了很长时间，他认为服虔的见解很多都与自己的相同。于是走到车前对服虔说："我一直都想注《春秋传》，现在却还没有完成。刚才听您的话，很多都与我的想法相同。今天我应该将已经作的注全部送给您。"这就是服氏《春秋注》。

【原文】

　　郑玄家奴婢皆读书。尝使一婢，不称旨，将挞之。方自陈说，玄怒，使人曳著泥中①。须臾，复有一婢来，问曰："胡为乎泥中②？"答曰："薄言往诉，逢彼之怒③。"

【注释】

①曳：拉。

②"胡为"句：语出《诗经·邶风·式微》，意思是怎么会在泥水中。

③"薄言"二句：语出《诗经·邶风·柏舟》，意思是赶过去诉说，他却大发怒火。

【译文】

　　郑玄家的奴婢都读书。郑玄曾经使唤一个奴婢，不合他的心思，要打她，她还在辩解。郑玄十分生气，就让人把她拖到泥水里。一会儿，又有一个奴婢过来，用《诗经》中的一句问道："胡为乎泥中？"意思是："你怎么到了泥里？"那个婢女也用《诗经》中的话回答："薄言往诉，逢彼之怒"。意思是我要申诉，正赶上他发怒。

【原文】

　　服虔既善春秋，将为注，欲参考同异。闻崔烈集门生讲传，遂匿姓名，为烈门人赁作食。每当至讲时，辄窃听户壁间。既知不能逾己，稍共诸生叙其短长①。烈闻，不测何人。然素闻虔名，意疑之。明早往，及未窹，便呼："子慎！子慎！"虔不觉惊应，遂相与友善②。

【注释】

①共：介词，同、与。

②相与：相互，彼此。

【译文】

　　服虔因擅长研究《春秋》，因此准备作注，想参考一些不同的观点。因听说崔烈召集门徒讲《春秋》，于是隐姓埋名，让崔烈的门徒雇用自己来煮饭。每当崔烈讲时，他就站在墙外偷听。感到崔烈所讲无法超越自己，就与崔烈的学生稍微探讨了一下崔的得失。崔烈听说后，猜不出是谁，但是因对服虔早有耳闻，于是怀疑是他。第二天早晨，服虔还在睡着的时候，崔烈就前去大声叫喊："子慎！子慎！"服虔被惊醒，不觉中应了声。从此，两人成为挚友。

【注释】

①钟会：字士季，颍川长社（今河南长葛东部）人，三国后期魏国名将，是太傅钟繇的小儿子。《四本论》：讨论才性同异的文章。四本指的是才性同、才性异、才性合、才性离。

【原文】

　　钟会撰《四本论》始毕①，甚欲使嵇公一见。置怀中，既诣，畏其难，怀不敢出，于户外遥掷，便回急走。

【译文】

　　钟会刚写完《四本论》，很想让嵇康看看。于是把稿子抱在怀中，主意已经打定，又怕嵇康刁难，一直将书揣在怀里不敢拿出来。后来就在门外很远的地方，把书扔了进去，然后转身跑走。

【注释】

①何平叔：何晏，字平叔。《老子》：又称为《道德经》，分为道经和德经两部分，相传为春秋时老聃所著。
②王辅嗣：王弼，字辅嗣。

【原文】

　　何平叔注《老子》①，始成，诣王辅嗣②。见王注精奇，乃神伏，曰："若斯人，可与论天人之际矣！"因以所注为《道德二论》。

【译文】

　　何平叔注释《老子》刚刚完成，就去拜访王辅嗣，看到王辅嗣注释的《老子》更精湛非凡，就佩服得五体投地，说："这样的人，可以和他谈论天人之间的关系了。"于是把自己的注释改为《道德二论》。

【原文】

王辅嗣弱冠诣裴徽①，徽问曰："夫无者②，诚万物之所资③，圣人莫肯致言，而老子申之无已，何邪？"弼曰："圣人体无，无又不可以训，故言必及有；老、庄未免于有，恒训其所不足。"

【译文】

王辅嗣不满二十岁时去拜访裴徽，裴徽问他说："无，确实是万物的根源，孔子没有对他发表意见，而老子反复地论述它，这是为什么呢？"王辅嗣说："孔子体察到无，无又是不可说的，所以言必谈有；老子、庄子不能超脱有，所以总是解释他们不足的无。"

【原文】

傅嘏善言虚胜，荀粲谈尚玄远，每至共语，有争而不相喻。裴冀州释二家之义，通彼我之怀，常使两情皆得，彼此俱畅①。

【译文】

傅嘏爱谈论一些无形的美妙境界，荀粲擅长解说深奥悠远的老庄道学。二人在一起时往往争论不休，彼此无法理解。裴冀州（徽）解释双方的义理，往往能使彼此沟通，使双方融洽相处，心情都很畅快。

【原文】

诸葛宏年少不肯学问①，始与王夷甫谈，便已超诣。王叹曰："卿天才卓出，若复小加研寻，一无所愧。"宏后看庄、老，更与王语，便足相抗衡②。

【译文】

诸葛宏年轻的时候总是不肯用功学习，但是一开始与王夷甫

（衍）谈论义理，就已经达到了相当高的境界。王衍感叹道："你有过人的天赋，倘若能够稍微用功钻研，则无论面对什么人都会面无愧色。"以后诸葛宏阅读了《庄子》、《老子》，然后去和王衍谈论，就同他不相上下了。

【注释】

①总角：指童年。古人未成年时将头发梳成双髻，状如角，故称总角。

②乐令：乐广。

③想：思念，即因醒时心想。

【原文】

　　卫玠总角时①，问乐令"梦"②，乐云："是想③。"卫曰："形神所不接而梦，岂是想邪？"乐云："因也。未尝梦乘车入鼠穴，捣齑啖铁杵，皆无想无因故也。"卫思"因"，经日不得，遂成病。乐闻，故命驾为剖析之，卫即小差。乐叹曰："此儿胸中当必无膏肓之疾！"

【译文】

　　卫玠在童年时问乐广"梦"是怎么回事，乐广说："是心有所想。"卫玠说："形体并未接触、神思也从未想过的东西却梦见了，难道这是心有所思吗？"乐广说道："那就是要有因由根据啊。你总该没有梦到过将车子驶进老鼠的洞穴，将捣菜的铁棍吃进肚子里吧。这都是因为你醒着的时候没有想过，于是也没有形成梦的根据的缘故。"卫玠就去思考形成梦的"因由"，总也想不出来，并因此生病。乐广听说后，专门派人备好车马去为他分析解释，卫玠的病情顿时大有好转。乐广感叹道："这个孩子心中应该没有无法治愈的病。"

【注释】

①人：相当于"人家"，此处用作第一人称代词"我"。

【原文】

　　庾子嵩读庄子，开卷一尺许便放去，曰："了不异人意①。"

【译文】

　　庾子嵩（敳）读《庄子》，刚展开一尺来长就又放下了，说道："与我的想法完全相同。"

【原文】

客问乐令"旨不至"者，乐亦不复剖析文句，直以麈尾柄确几曰①："至不？"客曰："至。"乐因又举麈尾曰："若至者，那得去②？"于是客乃悟服。乐辞约而旨达，皆此类。

【注释】

①确：通"榷"，敲。

②那得：怎么能。

【译文】

有客人去问乐令（广）"指不至，至不绝"的论题，乐广并没有急着解释文句，只是用麈尾柄敲了敲几案，问道："到了吗？"客人说："到了。"于是乐广又举起麈尾，说道："倘若是到了，又怎能离开呢？"于是客人领悟了义理，纷纷表示信服。乐广往往说得不多，但是意思非常透彻，大都是这样的。

【原文】

初，注《庄子》者数十家，莫能究其旨要。向秀于旧注外为解义①，妙析奇致，大畅玄风。唯《秋水》、《至乐》二篇未竟而秀卒②。秀子幼，义遂零落，然犹有别本。郭象者③，为人薄行，有俊才。见秀义不传于世，遂窃以为己注。乃自注《秋水》、《至乐》二篇，又易《马蹄》一篇，其余众篇，或定点文句而已④。后秀义别本出，故今有向、郭二《庄》，其义一也。

【注释】

①向秀：字子期，和嵇康等人相友爱，是"竹林七贤"之一。嵇康被害后，他开始出仕，曾任黄门侍郎、散骑常侍。

②《秋水》：和下文《至乐》、《马蹄》均为《庄子》一书中的篇名。

③郭象：字子玄，晋人，曾任黄门侍郎、太傅主簿。

④定点：修改。

【译文】

当初，注释《庄子》的有几十家，但没有谁能探求出它的意旨要领。向秀在前人旧注之外重新解释《庄子》，分析精确玄妙，使玄学之风更为兴盛。只是《秋水》、《至乐》两篇的注释尚未完成，他就去世了。向秀的儿子这时还小，所以他的释义就此散落，但还有另外的抄本。郭象这个人，品行低下，但是才华出众，他看到向秀的释义没有流传于世，就剽窃来作为自己的注解，另外又补注了《秋水》、《至乐》两篇，改注《马蹄》一篇，其余诸篇，也只是改变一下文句而已。后来，向秀的其他抄本也刊出了，所以现今有向秀、郭象两种《庄子》注本，但内容基本上是一样的。

【注释】

①三乘：佛教用语，指声闻乘、缘觉乘和菩萨乘，是三种浅深不同、得道解脱的修行途径，三种途径就好比所乘的三种车子，所以叫三乘。滞义：晦涩难解的含义。

②炳然：显明的样子。

【原文】

三乘佛家滞义①，支道林分判，使三乘炳然②。诸人在下坐听，皆云可通。支下坐，自共说，正当得两，入三便乱。今义弟子虽传，犹不尽得。

【译文】

佛教三乘的教义，晦涩难懂，支道林进行解剖分析，使三乘的含义清楚。大家在下面坐着听，都说能够通晓明白。支道林下了讲坛后，大家自己讨论，却只能解释到二乘，进入三乘就混乱了。现在的三乘教义，弟子们虽然能够得到传授，但仍没有彻底理解其义理。

【注释】

①自然：天然，即道家认为生成万物的大自然。禀受：指人从大自然那里接受的品行资质。

②名通：精妙的解释。

【原文】

殷中军问："自然无心于禀受①，何以正善人少，恶人多？"诸人莫有言者。刘尹答曰："譬如写水著地，正自纵横流漫，略无正方圆者。"一时绝叹，以为名通②。

【译文】

中军将军殷浩问："大自然并没有存心赋予人类不同的品行资质，为什么世上恰恰是好人少，坏人多？"众人没有谁能回答。丹阳尹刘惔回答说："这好比把水倾泻于地，只是四处流淌漫延，并没有流成纯然是方形或圆形。"一时间大家都极为赞赏，认为是名言。

【注释】

①康僧渊：晋时高僧，本是西域人，生于长安，晋成帝时过江南下。

②周旋：盘桓，游逛。

【原文】

康僧渊初过江①，未有知者，恒周旋市肆②，乞索以自营③。忽往殷渊源许，值盛有宾客，殷使坐，粗与寒温④，遂及义理⑤。语言辞旨，曾无愧色，领略粗举，一往参诣。由是知之。

【译文】

　　康僧渊刚到江南时，没有人了解他，经常在集市上游逛，依靠乞讨来养活自己。一天，他突然前往殷渊源那里，正遇上有许多宾客在座，渊源让他坐下，和他稍稍寒暄几句，之后便谈到义理。康僧渊的言谈意旨，简直毫无愧色。他将深刻领略的内容大略地阐释，却都直接进入高深的境界，于是大家开始对他有所了解。

市肆：市场，集市。

③自营：自己谋生。

④寒温：寒暄。

⑤义理：探讨经义名理的学问。

【原文】

　　人有问殷中军："何以将得位而梦棺器①，将得财而梦矢秽②？"殷曰："官本是臭腐，所以将得而梦棺尸；财本是粪土，所以将得而梦秽污。"时人以为名通③。

【注释】

①位：指官位，爵位。

②矢：通"屎"。

③名通：名言。

【译文】

　　有人问中军将军殷浩："为什么要得到地位时会梦见棺材，要得到钱财时会梦见粪便呢？"殷浩答道："官职原本就是腐臭的，所以要得到的时候就会梦见棺材尸体；财物原本就是粪土，所以要得到的时候就会梦见污秽的东西。"当时人们认为至理名言。

【原文】

　　谢公因子弟集聚，问："《毛诗》何句最佳？"遏称曰①："昔我往矣，杨柳依依；今我来思，雨雪霏霏②。"公曰："讦谟定命，远猷辰告。"谓此句偏有雅人深致。

【注释】

①遏：谢玄，小字遏。

②"昔我"四句：语出《诗经·小雅·采薇》，意思是，回想当初出征的时候，杨柳依依随风摆荡；如今回到家乡，大雪纷纷满天飘扬。思，语末助词。雨雪，下雪。

【译文】

　　谢安趁子侄们聚会的时间问："《毛诗》里哪句最好？"侄子谢玄说："'昔我往矣，杨柳依依；今我来思，雨雪霏霏。'"谢公说："'讦谟定命，远猷辰告。'"他认为这一句最有高雅人士的深远志趣。

【注释】

①转：渐渐。

【原文】

桓南郡与殷荆州共谈，每相攻难。年余后，但一两番。桓自叹才思转退①。殷云："此乃是君转解。"

【译文】

南郡公桓玄和荆州刺史殷仲堪一起谈论，每次都互相驳难。一年后，两人辩论的次数少到只有一两次，桓玄感叹自己才思在逐渐衰退，殷仲堪说："这正是因为你逐渐感悟了呀。"

【注释】

①文帝：指魏文帝曹丕。东阿王：指曹植，字子建，曹丕的同母弟，曾封为东阿王，后进封陈王，死后谥为思，世称陈思王。早年曾以文才受父曹操宠爱，后备受曹丕父子猜忌，郁闷而死。

②大法：指死刑。

③羹：稠汤。

【原文】

文帝尝令东阿王七步中作诗①，不成者行大法②。应声便为诗曰："煮豆持作羹③，漉菽以为汁。萁在釜下然，豆在釜中泣。本自同根生，相煎何太急？"帝深有惭色。

【译文】

魏文帝曹丕命令东阿王曹植在七步之内作出一首诗，否则就要施行大法处死。曹植随声就作成一首诗："拿豆子料理汤羹，先把豆豉滤汁当做汤头，并将豆茎放在锅底生火，被烹煮的豆子在锅里哭泣说道：'我们明明来自同一根源，何苦急迫互相煎熬呢？'"魏文帝于是露出深自惭愧的脸色。

【注释】

①手笔：撰写散文。

②让：辞让。

③表：上奏皇帝的疏。

④要当：必须，但要。

⑤标位：列举，揭示，阐明。

⑥错综：交错安排，组织整理。

【原文】

乐令善于清言，而不长于手笔①。将让河南尹②，请潘岳为表③。潘云："可作耳，要当得君意④。"乐为述己所以为让，标位二百许语⑤，潘直取错综⑥，便成名笔。时人咸云："若乐不假潘之文，潘不取乐之旨，则无以成斯矣。"

【译文】

乐广非常善于清谈玄理，却不擅长写文章。他想辞让河南尹的官职，请求潘岳替他写一道表章。潘岳说："让我写可以，但是我必须得了解你的意思。"于是乐广叙述了自己辞让的原因，大概说了二百多字。潘岳按照乐广的意思纵横组织，就写成了名篇，当时的人们纷纷说道："若乐广不借潘岳的文采，潘岳不按照乐广的意思，则无法写成这么好的文章。"

【原文】

庾子嵩作《意赋》成，从子文康见①，问曰："若有意邪，非赋之所尽；若无意邪，复何所赋？"答曰："正在有意无意之间。"

【注释】

① 文康：庾亮，谥号文康。

【译文】

庾子嵩完成了《意赋》，任子文康看了，问道："如果有心意的话，不是一篇赋能表达得尽的；如果是没有心意的话，又何必写这篇赋呢？"庾子嵩回答："正是在有意无意之间。"

【原文】

郭景纯诗云①："林无静树，川无停流②。"阮孚云："泓峥萧瑟，实不可言。每读此文，辄觉神超形越。"

【注释】

① 郭景纯：即郭璞。
② 林无静树，川无停流：林中没有静止不动的树，河中没有静止不流的水。

【译文】

郭璞诗中写道："林无静树，川无停流。"阮孚评价说："这首诗描绘了水深山高、气象萧瑟的景象，真是妙不可言啊。每当读到它，就会有精神形体超凡脱俗的感觉。"

【原文】

孙兴公作《庾公诔》①，袁羊曰②："见此张缓。"于时以为名赏。

【注释】

①《庾公诔(lěi)》：叙述庾亮生平德行，以表示哀悼的文章。诔，哀悼死者的一种文体。
② 袁羊：袁乔，字彦叔，小字羊。

【译文】

孙兴公写《庾公诔》，袁羊说："能从这里面看出有张有弛的节奏。"当时人们认为有名的鉴赏。

【注释】

①都下：京城，这里指东晋京都建康。

②俭狭：贫乏，狭隘。

【原文】

庾仲初作《扬都赋》成，以呈庾亮。亮以亲族之怀，大为其名价，云可三《二京》，四《三都》。于此人人竞写，都下纸为之贵①。谢太傅云："不得尔。此是屋下架屋耳，事事拟学，而不免俭狭②。"

【译文】

庾仲初写完《扬都赋》后，拿给庾亮看。庾亮因为同宗的关系，极力加以赞扬："此赋可以和《二京赋》并列为'三京'，可以和《三都赋》并列为'四都'。"于是人人竞相抄写，京城的纸张因此涨价。太傅谢安说："不应该这样，这不过是高屋下架屋而已，写文章处处都模仿，就免不了内容贫乏而眼界狭窄。"

【注释】

①史才：编撰史书的才学。

②忤：违背。

【原文】

习凿齿史才不常①，宣武甚器之，未三十，便用为荆州治中。凿齿谢笺亦云："不遇明公，荆州老从事耳！"后至都，见简文，返命，宣武问："见相王何如？"答云："一生不曾见此人。"从此忤旨②，出为衡阳郡，性理遂错。于病中犹作汉晋春秋，品评卓逸。

【译文】

习凿齿的史学才能卓著，宣武（桓温）对其非常器重，不到三十岁，就被升迁荆州治中。在他写给桓温的谢函中说："如果不是遇到你，我还依然是荆州的一个老从事罢了！"后来，他在建康见到简文帝（司马昱），回来复命时桓温问他："看见了相王，你觉得怎么样？"他答道："我生来还没有见过这样的人！"从此便违背了桓温的旨意，被降职到衡阳做太守，也因此而精神错乱。病中撰写了《汉晋春秋》一书，书中对历史人物和历史事件的评价独到，见解卓越。

【原文】

孙兴公云："三都、二京，五经鼓吹①。"

【注释】

①鼓吹：乐队演奏，这里是指宣传。

【译文】

孙兴公（绰）说："《三都赋》和《二京赋》，都是五经的吹鼓手。"

【原文】

谢太傅问主簿陆退："张凭何以作母诔，而不作父诔？"退答曰："故当是丈夫之德①，表于事行；妇人之美，非诔不显。"

【注释】

①丈夫：男子，男人。

【译文】

谢太傅（安）问主簿陆退："张凭为何只为母亲写诔文而不给父亲写？"陆退答道："大概是男人的德行，表现在其生平所做的事业上；而女子的德行，没有诔文就显扬不出来。"

【原文】

孙兴公云："潘文烂若披锦，无处不善；陆文若排沙简金①，往往见宝。"

【注释】

①简：选取。

【译文】

孙兴公（绰）说："潘岳的文章就好像是披着锦缎，文采斑斓，没有一处不是美的；陆机的文章就好比披沙淘金，总是可以发现瑰宝。"

【原文】

孙兴公作《天台赋》成，以示范荣期①，云："卿试掷地，要作金石声②。"范曰："恐子之金石，非宫商中声！"然每至佳句，辄云："应是我辈语。"

【注释】

①范荣期：范启，字荣期，官至黄门侍郎。

②金石声：金石类乐器

撞击之声，比喻辞赋音韵之美。

【译文】

　　孙兴公写成了《天台赋》，拿给范荣期看，说："你扔到地上试试看，一定会发出金石一般的铿锵之声。"范荣期说："恐怕你的金石之声，并不是五音协和的声音。"但每当读到优美的文句，就赞叹道："的确是我们这些人才能说的话啊！"

【注释】

①碎金：比喻篇幅短小的美文。

【原文】

　　桓公见谢安石作简文谥议，看竟，掷与坐上诸客曰："此是安石碎金①。"

【译文】

　　桓温看到谢安石作简文帝的谥议，看完后，扔给当时在座的众多客人，并说道："这可是安石的碎金啊。"

【注释】

①潘：指潘岳。
②陆：指陆机。芜：繁杂。

【原文】

　　孙兴公云："潘文浅而净①，陆文深而芜②。"

【译文】

　　孙兴公说："潘岳的文章浅显纯净，陆机的文章虽然深刻，却很繁杂。"

【注释】

①一通：一份，一本。

【原文】

　　裴郎作语林，始出，大为远近所传。时流年少，无不传写，各有一通①。载王东亭作《经王公酒垆下赋》，甚有才情。

【译文】

　　裴郎（启）撰写《语林》这本书，一经问世，便被远近的人们争相传诵。当时的风流少年，无不传抄，人手一本。书中载有王珣所作的《经王公酒垆下赋》，非常有才华。

【原文】

孙兴公道曹辅佐才，如白地明光锦，裁为负版绔①，非无文采，酷无裁制。

【注释】

①负版绔（kù）：服役者穿的裤子。负版，给官府背文书簿籍的人。绔，裤子。

【译文】

孙绰评说曹毗的文才，说好比白底子的明光锦，裁做杂役者穿的裤子，并不是缺乏文采，而是没有裁剪制作的巧匠。

【原文】

桓宣武北征，袁虎时从，被责免官。会须露布文，唤袁倚马前令作①。手不辍笔，俄得七纸，殊可观。东亭在侧，极叹其才。袁虎云："当令齿舌间得利。"

【注释】

①倚：站，立。

【译文】

桓宣武（温）北伐，袁虎（宏）当时也随从出征，他因犯错而被罚免官。这时正好需要起草一份紧急檄文，于是又把袁虎叫来，让他站在马前动笔。他奋笔疾书，一会儿工夫就写满了七张纸，非常可观。王珣在旁对其才气极力称赞，袁虎说："应当让我在你的言辞中得到些好处。"

【原文】

袁宏始作《东征赋》①，都不道陶公。胡奴诱之狭室中②，临以白刃，曰："先公勋业如是！君作《东征赋》，云何相忽略？"宏窘蹙无计，便答："我大道公，何以云无？"因诵曰："精金百炼，在割能断。功则治人，职思靖乱③。长沙之勋，为史所赞。"

【注释】

①《东征赋》：赞颂江东英杰的赋，为世所重。

②胡奴：陶范，陶侃之子，历任乌程令、光禄勋。

③功则治人，职思靖乱：担任官职，文能治国，武能平乱。

【译文】

袁宏开始写《东征赋》，完全不提陶侃。陶范就把他骗进一间小屋里，把雪亮的刀子对准袁宏说："先父有那么大的功绩，而你在写《东征赋》时为何将其忽略过去了呢？"袁宏窘迫为难，无法可想，就说："我在极力称赞陶公，怎么说没有呢？"于是就朗诵道："精金百炼，在割能断。功则治人，职思靖乱。长沙之勋，为史所赞。"

【注释】

①遗：遗弃。

②贵：推崇。

【原文】

或问顾长康："君《筝赋》何如嵇康《琴赋》？"顾曰："不赏者，作后出相遗①。深识者，亦以高奇见贵②。"

【译文】

有人问顾恺之道："你的《筝赋》同嵇康的《琴赋》相比怎样？"顾恺之答道："不能赏识的人将其看成后出之作而将其遗弃，有见识的人则会因其高超精妙而推崇它。"

【注释】

①宏赡：宏大而充裕。

【原文】

殷仲文天才宏赡①，而读书不甚广博，亮叹曰："若使殷仲文读书半袁豹，才不减班固。"

【译文】

殷仲文才华横溢，只是读书不多，傅亮叹息道："倘若殷仲文读的书能赶上袁豹的一半，则他的文才不会在班固之下。"

方正第五

【原文】

陈太丘与友期行①，期日中。过中不至，太丘舍去，去后乃至。元方时年七岁②，门外戏。客问元方："尊君在不③？"答曰："待君久不至，已去。"友人便怒曰："非人哉！与人期行，相委而去。"元方曰："君与家君期日中。日中不至，则是无信；对子骂父，则是无礼。"友人惭，下车引之。元方入门不顾。

【译文】

陈太丘和朋友相约出行，约定在中午时分，过了中午朋友却没有到，陈太丘就先离开了。等他离开后，他的朋友才到。陈太丘的儿子陈元方那时七岁，正在家门外玩耍。客人问他："你父亲在吗？"陈元方回答说："因为等了很久，您都没有来，已经先离开了。"客人便生气地说："真不是人啊！和别人约好一起出行，却抛弃别人先离去。"陈元方说："您与我父亲约定在中午见面，到了中午您却没有到，这就是没有信用；对着孩子骂他的父亲，这便是没有礼貌。"客人觉得惭愧，赶紧下车前来，想拉拉陈元方。陈元方连头也不回地走入家门，不再理他。

【原文】

南阳宗世林①，魏武同时②，而甚薄其为人，不与之交。及魏武作司空，总朝政，从容问宗曰："可以交未？"答曰："松柏之志犹存。"世林既以忤旨见疏，位不配德。文帝兄弟每造其门③，皆独拜床下④，其见礼如此。

【译文】

南阳宗世林和魏武帝曹操是同时代的人，宗世林很鄙夷曹

【注释】

①陈太丘：陈寔，字仲弓。

②元方：陈纪，字元方，陈寔的儿子。

③尊君：尊称对话人的父亲。

【注释】

①宗世林：宗承，字世林，以德行高尚受到世人敬重，官至直谏大夫。

②魏武：指曹操。

③文帝兄弟：指曹丕、曹植等。曹丕，字子

桓，曹操次子。曹植，字子建，为曹丕的弟弟。

④床：这里指坐具，相当于现在的榻。

【注释】

①戚：愁苦、悲哀。

②服膺：谨记在心中。

操的为人，不愿和他来往。等曹操做了司空，总揽朝廷大权的时候，他不经意地对宗世林说："现在我们可以结交为朋友了吗？"宗世林回答："我的松柏之志还在。"宗世林因为违背曹操的旨意遭疏远，职位与其威望不相符。但曹丕兄弟到他这里拜访时，还是行弟子礼，在榻下跪拜，每次他都受到如此的礼遇。

【原文】

魏文帝受禅，陈群有戚容①。帝问曰："朕应天受命，卿何以不乐？"群曰："臣与华歆服膺先朝②，今虽欣圣化，犹义形于色。"

【译文】

魏文帝曹丕接受禅让称帝，陈群脸上流露出愁苦悲哀的神色。文帝问他："我顺应天命接受帝位，你有什么不高兴的？"陈群答道："我与华歆都曾忠心耿耿地服侍汉朝，如今虽然欣逢陛下圣明的教化，可是不忘前朝的正义之情还是不免会流露于外。"

【注释】

①战庸：战功。庸，功劳。

②戒装：准备行装。

③原：赦免。

【原文】

郭淮作关中都督，甚得民情，亦屡有战庸①。淮妻，太尉王凌之妹，坐凌事，当并诛，使者征摄甚急。淮使戒装②，克日当发。州府文武及百姓劝淮举兵，淮不许。至期遣妻，百姓号泣追呼者数万人。行数十里，淮乃命左右追夫人还，于是文武奔驰，如徇身首之急。既至，淮与宣帝书曰："五子哀恋，思念其母。其母既亡，则无五子；五子若殒，亦复无淮。"宣帝乃表，特原淮妻③。

【译文】

郭淮担任关中都督时，深得民心，也屡建战功。他的夫人是太尉王凌的妹子，由于王凌犯罪而受到牵连，应该一同被处死。

朝廷使者加紧追捕。郭淮就让夫人准备行装，按限定的日期出发。州府官员和百姓纷纷劝导郭淮起兵反抗，可是郭淮不同意。到了规定的日子，便打发夫人动身上路。几万百姓哭号追随。行数十里后，郭淮才命令左右随从去把夫人追回来。于是百官赶忙跑去，就像救自己的性命。夫人被追回后，郭淮向司马懿上书道："我的五个儿子苦苦地想念着他们的母亲，一旦他们的母亲死了，五个儿子也就完了；五个儿子完了，我也就不会存在了。"于是司马懿上表魏帝，将郭淮的夫人赦免了。

【原文】

夏侯玄既被桎梏[1]，时钟毓为廷尉，钟会先不与玄相知，因便狎之[2]。玄曰："虽复刑余之人，未敢闻命！"考掠初无一言，临刑东市，颜色不异。

【注释】

①桎梏：脚镣和手铐，意为拘捕。

②狎（xiá）：亲近而不庄重。

【译文】

夏侯玄被逮捕后，当时正值钟毓担任掌管刑狱的廷尉，钟会之前同夏侯玄没有交往，这时便借此机会同夏侯玄套亲近。夏侯玄说："我虽然是服刑的人，也不能按照你的意思做！"他受到刑讯，却始终没有说一句话。直到执行死刑时，都面不改色。

【原文】

高贵乡公薨[1]，内外喧哗。司马文王问侍中陈泰曰[2]："何以静之？"泰云："唯杀贾充以谢天下[3]。"文王曰："可复下此不？"对曰："但见其上，未见其下。"

【注释】

①高贵乡公：曹髦（máo），曹丕的孙子。

②司马文王：司马昭，司马懿之子。

③贾充：魏晋之臣，贾逵之子。司马昭的心腹，指挥杀害皇帝曹髦。

【译文】

高贵乡公被杀后，朝廷内外议论纷纷。司马昭问侍中陈泰道："怎么才能使这种局面平静下来呢？"答道："只有把贾充杀了来向天下人谢罪。"司马昭说："找一个比贾充地位低的人杀，怎么样？"陈泰说："只有找比贾充地位高的，不可找比贾充地位低的。"

【注释】

① 成：通“诚”，确实，非常。成进：即大有长进。

【原文】

　　和峤为武帝所亲重，语峤曰："东宫顷似更成进①，卿试往看。"还，问何如。答曰："皇太子圣质如初。"

【译文】

　　和峤受到晋武帝的亲近和器重，武帝对和峤说："东宫太子近些日子好像比以前大有长进了，你可以去看一下。"看完返回后，武帝问："怎么样啊？"答道："皇太子的资质同以前没有两样。"

【注释】

① 除：授任。

【原文】

　　诸葛靓后入晋，除大司马①，召不起。以与晋室有雠，常背洛水而坐。与武帝有旧，帝欲见之而无由，乃请诸葛妃呼靓。既来，帝就太妃间相见。礼毕，酒酣，帝曰："卿故复忆竹马之好不？"靓曰："臣不能吞炭漆身，今日复睹圣颜。"因涕泗百行。帝于是惭悔而出。

【译文】

　　诸葛靓在吴灭亡后去了晋朝，被晋武帝任命为大司马，但是他不去就任。原因是他与晋王室有着杀父之仇，他常背对洛水而坐。他同晋武帝有旧交情，武帝想见他却又想不出理由，于是请叔母诸葛妃把诸葛靓叫来。诸葛靓来了以后，晋武帝就在叔母处同他见面。行过礼，酒喝得正畅快淋漓时，武帝说："你还记得我们儿时的友谊吗？"诸葛靓说："我没能像豫让那样吞炭漆身，为父报仇，现在又看到了皇上的尊颜。"说着泪流满面。武帝于是惭愧而又懊悔地出去了。

【注释】

① 王武子：王济，字武子。晋武帝曾命同母弟

【原文】

　　武帝语和峤曰："我欲先痛骂王武子①，然后爵之。"峤曰："武子俊爽，恐不可屈。"帝遂召武子，苦责之，因曰："知愧

不？"武子曰："'尺布斗粟^②'之谣，常为陛下耻之！他人能令疏亲，臣不能使亲疏，以此愧陛下。"

【译文】

晋武帝司马炎对和峤说："我要先痛骂王武子一顿，然后封他爵位。"和峤说："王武子才智超群，是俊迈豪爽之人，恐怕不能使他屈服。"武帝于是召来王武子，狠狠地斥责他，随后说："你知道有愧吗？"王武子说："民间流传'一尺布，尚可缝；一斗粟，尚可春；兄弟二人，不能相容'这样的歌谣，我常常为皇上感到羞耻！别人能让疏远的人亲近，我却不能使亲近的人疏远，因此我很愧对陛下。"

【原文】

晋武帝时，荀勖为中书监，和峤为令。故事^①，监、令由来共车。峤性雅正，常疾勖谄谀。后公车来，峤便登，正向前坐，不复容勖。勖方更觅车，然后得去。监、令各给车，自此始。

【译文】

晋武帝的时候，荀勖任中书监，和峤任中书令。按惯例，中书监和中书令应该同坐一辆车。和峤性格典雅正直，常常看不惯荀勖的谄媚奉承。后来，官府的车来了，和峤便先上车，在前边的正中间坐下，再也容不下荀勖了。荀勖只好另找车，才得去。自此，开始实行给中书监和中书令各派一辆公车。

【原文】

山公大儿，著短帢车中倚^①。武帝欲见之，山公不敢辞，问儿，儿不肯行。时论乃云胜山公。

【译文】

山涛的大儿子头戴便帽，倚坐在车中。晋武帝想见见他，山

齐王司马攸回到封国，王济多次劝谏，并派自己妻子常山公主等求情，想把齐王留在京都，因而触怒武帝，被降职为国子祭酒。
②"尺布"句：喻指兄弟失和。

【注释】
①故事：惯例。

【注释】
①短帢(qià)：一种轻便小帽。

涛不敢推辞，问儿子，儿子又不肯去。当时社会舆论认为他要胜过其父山涛。

【原文】

向雄为河内主簿①，有公事不及雄，而太守刘准横怒②，遂与杖遣之。雄后为黄门郎③，刘为侍中，初不交言。武帝闻之，敕雄复君臣之好④，雄不得已，诣刘，再拜曰："向受诏而来，而君臣之义绝，何如？"于是即去。武帝闻尚不和，乃怒问雄曰："我令卿复君臣之好，何以犹绝？"雄曰："古之君子，进人以礼，退人以礼；今之君子，进人若将加诸膝，退人若将坠诸渊。臣于刘河内，不为戎首，亦已幸甚，安复为君臣之好？"武帝从之。

【译文】

向雄担任河内主簿，有件公事和向雄并无关联，太守刘准却迁怒于他，对他杖责并辞退其官位。向雄后来做了黄门侍郎，刘准做了侍中，二人从来不说一句话。晋武帝司马炎听说后，命令向雄恢复和刘准的君臣情义。向雄不得已，就去刘准那里，行再拜礼后说："刚才受皇上之命到你这里，不过我们的君臣情义确实是断了，你看怎么办呢？"说完立刻就走了。晋武帝听说二人依旧不和，就怒斥向雄："我命令你恢复君臣情义，为什么你们还是互不往来呢？"向雄说："古代的君子，按礼制选用人，按礼制罢免人；现在的君子，提拔谁就把谁抱到膝盖上，罢免谁就把谁推到深渊里。我对于刘太守，不当挑衅生事的人，就已经很庆幸了，怎么可能恢复君臣情义呢？"晋武帝只好随他去了。

【原文】

齐王冏为大司马，辅政，嵇绍为侍中，诣冏咨事。冏设宰会①，召葛旟董艾等共论时宜。旟等白冏："嵇侍中善于丝竹，公可令操之。"遂送乐器。绍推却不受，冏曰："今日共为欢，卿何却邪？"绍曰："公协辅皇室，令作事可法。绍虽官卑，职备常伯。操丝比竹盖乐官之事，不可以先王法服为伶人之业。今逼高命②，不敢苟辞，当释冠冕，袭私服，此绍之心也。"旟等不自得而退。

【译文】

　　齐王同任大司马辅政，嵇绍担任侍中去齐王同那里请示公事。司马同正在举行官吏集会，召葛旟和董艾等人来共商国是。葛旟等人禀告司马同说："嵇绍擅长乐器，可以让他弹奏一曲。"于是命人将乐器送上。嵇绍推辞而不肯演奏。司马同说："今天大家在一起欢聚，你为何要推辞呢？"嵇绍答道："您辅佐皇室，要求僚属办事要符合法度。我虽然官位低，可也是侍中。演奏乐器是乐官的事情，我不能穿着先王制定的官服去做伶工才做的事情。如今因为是您的命令，我不敢随便推辞，但是那也得脱去官服，换上便服，再遵命演奏，这就是我个人的想法。"葛旟等人自觉无趣，便退了下去。

【原文】

　　卢志于众坐问陆士衡①："陆逊、陆抗，是君何物？"答曰："如卿于卢毓、卢珽。"士龙失色②。既出户，谓兄曰："何至如此，彼容不相知也③。"士衡正色曰："我父祖名播海内，宁有不知？鬼子敢尔④！"议者疑二陆优劣，谢公以此定之⑤。

【译文】

　　卢志在大庭广众之下问陆士衡："陆逊、陆抗是你什么人？"陆士衡回答："就像你和卢毓、卢珽的关系。"士龙听完惊慌得变了脸色。从屋里出来后，就对哥哥说："你何必要这样做，他可能真的不了解我们的家世呢。"士衡严肃地说："我们的父亲和祖父名扬四海，他难道会不知道，鬼孙子竟敢如此无礼！"当时评论的人难分陆氏兄弟的优劣，谢公（谢安）以此来判定他们的高下。

【注释】

①卢志：字子道，曾任卫尉卿、尚书郎。陆士衡：陆机，字士衡，西晋文学家。

②士龙：陆云，字士龙，陆机的弟弟，曾任清河内史、大将军右司马，世称"陆清河"。

③容：或许。

④鬼子：骂人的话。

⑤谢公：谢安。

【注释】

①版：因王封官用版，称为"版官"，此为授官之意。

【原文】

羊忱性甚贞烈，赵王伦为相国，忱为太傅长史，乃版以参相国军事①。使者卒至，忱深惧豫祸，不暇被马，于是帖骑而避。使者追之，忱善射，矢左右发，使者不敢进，遂得免。

【译文】

羊忱性格特别刚烈忠直，赵王司马伦在做相国时，羊忱任太傅长史。后来赵王诏羊忱做参相国军事。使者突然赶到，羊忱担心因接受司马伦的封官而受牵连、遭祸患。因此他来不及套上马鞍，就急忙贴身于马背而逃。使者追赶他，因其擅长骑射，而左右开弓射向使者，使者因此不敢再追，羊忱方得以免任司马伦所授官职。

【注释】

①卿：对官爵、辈分低于自己的人或同辈之间的亲热、不拘礼节的称呼。置：放下。
②君：对对方的尊称。

【原文】

王太尉不与庾子嵩交，庾卿之不置①。王曰："君不得为尔②。"庾曰："卿自君我，我自卿卿；我自用我法，卿自用卿法。"

【译文】

太尉王衍不与庾嵩交往，庾嵩却总是用"卿"来称呼他。王衍就说："君不能这样称呼我。"庾嵩说："您自用'君'称呼我，我自用'卿'称呼您；我用我的方式，卿用卿的方式。"

【注释】

①者：代词，这样的事。

【原文】

阮宣子论鬼神有无者①，或以人死有鬼，宣子独以为无，曰："今见鬼者云，著生时衣服，若人死有鬼，衣服复有鬼邪？"

【译文】

阮宣子这样论述鬼神是否存在的问题。有人认为，人死后有鬼，阮宣子却认为没有鬼，他说："现在自称见到鬼的人，说鬼穿着活着时的衣服，如果人死后有鬼，衣服也有鬼吗？"

【原文】

诸葛恢大女适太尉庾亮儿①，次女适徐州刺史羊忱儿。亮子被苏峻害，改适江彪。恢儿婚邓攸女。于时谢尚书求其小女婚，恢乃云："羊、邓是世婚，江家我顾伊，庾家伊顾我，不能复与谢裒儿婚。"及恢亡，遂婚。于是王右军往谢家看新妇，犹有恢之遗法：威仪端详，容服光整。王叹曰："我在遣女裁得尔耳②！"

【注释】

①适：嫁给。

②裁：通"才"，仅仅。

【译文】

诸葛恢的大女儿嫁给了太尉庾亮的儿子，二女儿嫁给了徐州刺史羊忱的儿子。庾亮的儿子被苏峻杀害后，诸葛恢的大女儿改嫁给江彪。诸葛恢的儿子娶了邓攸的女儿。这时，谢尚书请求诸葛恢的小女儿做自己的儿媳。诸葛恢说："羊、邓两家世代通婚，江家是由我来照顾他，庾家则是由他们来顾念我，不能再与谢家结亲了。"直到诸葛恢去世后，谢的儿子才同诸葛恢的小女儿成了亲。当时王右军（羲之）去谢家看新娘子，认为新娘身上还保留有诸葛恢的风范：仪容安详，举止端庄；容光焕发，服饰整洁。王羲之赞叹道："我活着，嫁女儿时也不过如此而已！"

【原文】

周叔治作晋陵太守，周侯、仲智往别，叔治以将别，涕泗不止。仲智恚之曰："斯人乃妇女①，与人别，唯啼泣！"便舍去。周侯独留，与饮酒言话，临别流涕，抚其背曰："奴好自爱②。"

【注释】

①乃：动词，如，像。

②奴：同"阿奴"，尊对卑或长对幼的爱称。

【译文】

周叔治做晋陵太守，周侯和仲智前去送别。叔治因为兄弟三人将要分开而泪流不止。仲智生气地说："你就像个女人，与人离别时就只知道哭。"于是丢下他走了。周侯单独留下来同他一起喝酒聊天。临别时还拍了拍叔治的背说："你自己多保重啊！"

【注释】

①直：只，只是。

【原文】

　　周伯仁为吏部尚书，在省内夜疾危急，时刁玄亮为尚书令，营救备亲好之至，良久小损。明旦，报仲智，仲智狼狈来。始入户，刁下床对之大泣，说伯仁昨危急之状。仲智手批之，刁为辟易于户侧。既前，都不问病，直云①："君在中朝，与和长舆齐名，那与佞人刁协有情？"径便出。

【译文】

　　周伯仁任吏部尚书，在尚书省中，夜里突然急病发作。当时刁玄亮任尚书令，全力救护，表现得非常亲密友好。很长时间后，周伯仁病情才稍微有所好转。第二天早晨，通知仲智，仲智很狼狈地赶到，刚一进门，刁玄亮就离开坐榻，哭着诉说昨夜周伯仁病情危急的情景。仲智挥手就要打，刁玄亮赶忙退避到门边。仲智走到周伯仁跟前，丝毫不问病情，只是说："你中朝时同和长舆（峤）齐名，现在怎么同谄媚的小人刁协有交情呢？"说完后就径直走了。

【注释】

①狼藉：行为不法。
②反侧：惶恐不安。
③晏然：心情平静、安闲的样子。

【原文】

　　王含作庐江郡，贪浊狼藉①。王敦护其兄，故于众坐称："家兄在郡定佳，庐江人士咸称之！"时何充为敦主簿，在坐，正色曰："充即庐江人，所闻异于此！"敦默然。旁人为之反侧②，充晏然③，神意自若。

【译文】

　　王含任庐江郡太守的时候，贪赃枉法，声名狼藉。弟弟王敦替他辩护，专门在大庭广众之下称颂道："我兄长在庐江郡一定有很好的业绩，庐江人都在称颂他。"当时何充担任王敦的主簿，也在座，他表情严肃地说："我就是庐江人，但是所听说的跟你说的不一样。"王敦沉默不语。一旁的人都为何充感到不安，何充却神情泰然自若。

【原文】

明帝在西堂，会诸公饮酒，未大醉，帝问："今名臣共集，何如尧、舜时？"周伯仁为仆射①，因厉声曰："今虽同人主，复那得等于圣治②！"帝大怒，还内，作手诏满一黄纸，遂付廷尉令收，因欲杀之。后数日，诏出周，群臣往省之。周曰："近知当不死，罪不足至此。"

【译文】

晋明帝在西堂聚集群臣饮酒。喝到半醉时，明帝问："今天名臣共聚一堂，同尧、舜时相比怎么样？"周伯仁任仆射，他厉声说道："现今尽管都是人主，然而这又怎么可以等同于尧舜的圣明之治呢？"明帝异常恼怒，回宫后便亲手写了满满一张诏书，交给廷尉，命他们逮捕周伯仁，准备将其杀掉。几天后，明帝又下诏将周伯仁释放，群臣前去看望他。周伯仁说："这几天我知道自己还不应当死，因为我的罪还不致如此。"

【原文】

王大将军当下，时咸谓无缘尔。伯仁曰："今主非尧、舜，何能无过？且人臣安得称兵以向朝廷？处仲狼抗刚愎①，王平子何在②？"

【译文】

王大将军即将率兵顺江而下，当时大家纷纷议论没有理由这么做。周伯仁说："当今的皇帝不是尧、舜，怎么可能没有过失呢？况且做臣子的，怎么可以用兵攻打朝廷呢？处仲（王敦）这个人狂妄自大，目中无人，王平子现在哪里呢？"

【原文】

王敦既下，住船石头，欲有废明帝意。宾客盈坐，敦知帝聪明，欲以不孝废之。每言帝不孝之状，而皆云："温太真所说。

③钩深致远：指贤能
聪明。

温尝为东宫率①，后为吾司马②，甚悉之。"须臾，温来，敦便奋
其威容，问温曰："皇太子作人何似？"温曰："小人无以测君
子。"敦声色并厉，欲以威力使从己，乃重问温："太子何以称佳？"
温曰："钩深致远③，盖非浅识所测。然以礼侍亲，可称为孝。"

【译文】

　　王敦起兵东下，将船停泊在石头城，企图废黜明帝的太子名
分。当时宾客满座，王敦自知太子聪明，便想用不孝的罪名来将其
废掉。每当讲太子不孝的罪状时，王敦总是说："这是温峤说的。
温峤曾担任东宫官职，后来又担任我的司马，对宫中的事情非常
熟悉。"过了一会儿，温峤进来了。王敦便装出威严的面色，问温
峤："皇太子为人怎么样？"温峤说："小人无法揣测君子。"王
敦声色俱厉，想以威胁来强迫温峤听从自己，就再次问道："太子
哪里好？"温峤答道："他聪明贤能、见多识广，不是浅薄之人所
能测度的。他完全遵从礼教来侍奉亲长，可以称得上孝子。"

【原文】

　　苏峻既至石头，百僚奔散，唯侍中钟雅独在帝侧。或谓钟
曰："见可而进，知难而退，古之道也。君性亮直，必不容于寇
雠，何不用随时之宜，而坐待其弊邪？"钟曰："国乱不能匡，
君危不能济，而各逊遁以求免，吾惧董狐将执简而进矣①！"

【注释】
①董狐：春秋时敢于冒
死秉笔直书的史家。

【译文】

　　苏峻的叛军到达石头城，朝中官员纷纷落荒而逃，只有侍中
钟雅一个人守着成帝。有人对钟雅说："看到可行的事情就前
进，知道有困难就后退，这是自古以来的道理。你这么忠诚坦率
的性格，肯定不为仇敌所容。为何不见机行事，反而在这里等着
祸患的来临呢？"钟雅说："国家混乱而不去匡救，皇上危难而不
去保护，反而各自逃跑以求免祸，我恐怕古代的良史董狐即将拿
着竹简来了。"

【原文】

庾公临去①，顾语钟后事，深以相委。钟曰："栋折榱崩②，谁之责邪？"庾曰："今日之事，不容复言，卿当期克复之效耳③！"钟曰："想足下不愧荀林父耳。"

【译文】

庾公（庾亮）离开时，回头叮嘱钟雅今后需要做的事情，将朝廷大事托付给他。钟雅说："国家遭难，这是谁的责任呢？"庾公说："现在的事情，不容许再多说了，你应当期待光复后的欢乐啊。"钟雅说："想必你不会愧对荀林父吧。"

【原文】

苏子高事平，王、庾诸公欲用孔廷尉为丹阳。乱离之后，百姓凋弊。孔慨然曰："昔肃祖临崩，诸君亲升御床，并蒙眷识，共奉遗诏。孔坦疏贱，不在顾命之列①。既有艰难，则以微臣为先，今犹俎上腐肉②，任人脍截耳③！"于是拂衣而去，诸公亦止。

【译文】

苏子高（峻）的叛乱平定后，王导和庾亮等大臣想任孔廷尉（坦）做丹阳尹。因战乱不断，百姓颠沛流离，生活困苦。孔坦感慨地说："之前肃祖（司马绍）临终时，你们几个亲临御床边，共同受到眷顾和赏识，也一起接受了遗诏。我孔坦由于位卑才疏而不在顾命大臣之列。如今有了困难，却把我推到最前面。现在我就像是砧板上的烂肉，任人切割。"说罢拂袖而去，大臣们也只好作罢。

【原文】

梅颐尝有惠于陶公①。后为豫章太守，有事，王丞相遣收之。侃曰："天子富于春秋②，万机自诸侯出③，王公既得录，陶公何为不可放！"乃遣人于江口夺之。颐见陶公，拜，陶公止之。颐曰："梅仲真膝，明日岂可复屈邪！"

官员。

【译文】

梅颐曾于陶公（陶侃）有恩。后来梅颐担任豫章太守，因为犯事，丞相王导派人逮捕他。陶侃说："天子年轻，国家的事情常由大臣做主，王公既然能够抓了梅颐，我陶公怎么不能够放了他呢！"于是派人在江口将他夺下。梅颐见到陶公，屈身行跪拜礼，陶公阻止他，梅颐说："我梅仲真的双膝，日后难道还会再跪下吗？"

【注释】

①元辅：首辅，即宰相。

②龙飞：比喻帝王登基。

【原文】

何次道、庾季坚二人并为元辅①。成帝初崩，于时嗣君未定。何欲立嗣子，庾及朝议以外寇方强，嗣子冲幼，乃立康帝。康帝登阼，会群臣，谓何曰："朕今所以承大业，为谁之议？"何答曰："陛下龙飞②，此是庾冰之功，非臣之力。于时用微臣之议，今不睹盛明之世。"帝有惭色。

【译文】

何次道、庾季坚二人同是成帝的宰相。成帝刚去世，当时还没有选定继承帝位的人选。何次道想立皇太子，庾季坚和其他朝廷官员则认为目前外寇正是强大之时，皇太子年幼，因此立了康帝。康帝即位，会见群臣，他对何次道说："我今天之所以能够登上帝位，是谁的提议呢？"何次道答道："陛下能够继承帝位，都是庾冰（季坚）的功劳，而非我的力量。当时要是按照我的意见，就看不到现在这种昌盛的时代了。"康帝听后，脸上流露出惭愧的表情。

【注释】

①手：手段，技艺。

②戏：游艺，这里指下围棋。

【原文】

江仆射年少，王丞相呼与共棋。王手尝不如两道许①，而欲敌道戏，试以观之。江不即下。王曰："君何以不行？"江曰："恐不得尔。"傍有客曰："此年少戏乃不恶②。"王徐举首曰："此年少，非唯围棋见胜。"

【译文】

江仆射年少时，王丞相将其叫来一起下棋。王的棋艺原比江的差两道左右，却想与他对等下棋，试看他怎么样。江并没有马上动子。王说："你怎么不走呢？"江说道："恐怕不能这样吧？"旁边就有客人说道："这个年轻人的棋艺非常不错。"王缓缓地抬起头来说："这个年轻人，不只是围棋胜出。"

【原文】

孔君平疾笃，庾司空为会稽，省之，相问讯甚至，为之流涕。庾既下床，孔慨然曰："大丈夫将终，不问安国宁家之术，乃作儿女子相问^①！"庾闻，回谢之，请其话言^②。

【译文】

孔坦病重，庾冰当时正任会稽内史，他去探望，问候病情，情真意切，并因其病重而难过地流泪。庾冰离开坐榻后，孔坦感慨地说："大丈夫即将离开人世，不去问他治国安邦之道，却像个小儿女一样前来问候！"庾冰听到后，赶忙转身向他道歉，并请求孔坦说出临终教诲的话。

【原文】

桓大司马诣刘尹，卧不起。桓弯弹弹刘枕，丸进碎床褥间。刘作色而起曰："使君如馨地^①，宁可斗战求胜？"桓甚有恨容。

【译文】

桓大司马（温）去走访刘尹，刘躺在床上不起身。桓就用弹弓来弹刘的枕头，结果弹丸破碎，散落在了床褥上。刘变了脸色，起身说道："使君居然这样，难道这种情况也可以靠打仗来获胜吗？"桓听后，脸上流露出恼怒的神色。

【注释】

①宿士：老成饱学之
士。

②周旋：交往。

【原文】

后来年少，多有道深公者。深公谓曰："黄吻年少，勿为评论宿士①。昔尝与元明二帝、王庾二公周旋②。"

【译文】

后生少年们经常谈论深公（竺法深）。深公对他们说："你们这些黄口小儿，不要总是随便议论老成饱学之士。以前，我曾与元、明二帝（司马睿和司马绍）以及王导、庾亮两公交往。"

【注释】

①转：调动官职，指升官。

②拜：接受官职。

【原文】

王述转尚书令①，事行便拜②。文度曰："故应让杜许。"蓝田云："汝谓我堪此不？"文度曰："何为不堪，但克让自是美事，恐不可阙。"蓝田慨然曰："既云堪，何为复让？人言汝胜我，定不如我。"

【译文】

王述升任尚书令，一接到诏命就忙去赴任。他的儿子王文度说："本该谦让给杜许二人。"王述说："你觉得我能胜任这个任务吗？"文度说："当然能胜任了，不过谦让是美德，恐怕还是应该不要丢弃的。"王述感慨地说："既然可以胜任，为何还要谦让？别人都说你比我强，看来到底还是不如我。"

【注释】

①庾道恩：庾羲，字叔和，小名道恩，是庾亮的儿子。

【原文】

孙兴公作《庾公诔》，文多托寄之辞。既成，示庾道恩①，庾见，慨然送还之，曰："先君与君，自不至于此。"

【译文】

孙兴公撰写《庾公诔》，文中很多话都寄有深情厚谊。写成后，给庾亮的儿子庾羲看，庾羲看完后感慨地将其送还，并说："先父同您的关系原本不至于像您在文中写的那样交情深厚。"

【原文】

刘简作桓宣武别驾，后为东曹参军，颇以刚直见疏。尝听记[1]，简都无言。宣武问："刘东曹何以不下意[2]？"答曰："会不能用。"宣武亦无怪色。

【注释】

①听记：听候处理公文的意见。

②下意：提出意见。

【译文】

刘简担任桓温的别驾，后来又担任东曹参军，往往因为刚正率直而被疏远。有一次，刘简参加听桓温有关处理公文的意见，刘简一直都没有说话。桓温问："刘东曹怎么不发表意见。"刘简答道："终归是不会被采用的。"桓温对他也没有责怪之意。

【原文】

阮光禄赴山陵，至都，不往殷、刘许[1]，过事便还。诸人相与追之。阮亦知时流必当逐己，乃遄疾而去，至方山，不相及[2]。刘尹时为会稽，乃叹曰："我入，当泊安石渚下耳，不敢复近思旷傍。伊便能捉杖打人，不易。"

【注释】

①许：同"所"，表示住所。

②相及：赶上他。相，表示动作偏向一方。

【译文】

阮光禄参加成帝（司马衍）的丧礼，到京都后没有到殷浩和刘惔的处所，事情结束后就往回返。众人都一起去追赶他。阮光禄也早就猜到这些当地名流会追赶自己，就急忙离开。这些人追到方山，还是没有追上。刘惔当时正谋求出任会稽太守，他叹息道："我要是到会稽去，就只能将船停泊在安石（谢安）的处所旁，而不敢靠近思旷。不然他会举起木棒打人，肯定的。"

【原文】

王、刘与桓公共至覆舟山看[1]。酒酣后，刘牵脚加桓公颈，桓公甚不堪，举手拨去。既还，王长史语刘曰："伊讵可以形色加人不？"

【注释】

①覆舟山：在建康，东连钟山，北临玄武湖。

【译文】

王濛、刘惔和桓公（温）一同到覆舟山游览，喝够了酒后，刘抬起脚架在桓公的脖子上，桓公实在受不了了，就用手将刘的脚拨开。回来后，王长史（濛）对刘说："他难道可以给人凶横的脸色看吗？"

【注释】

①罗君章：罗含，字君章，晋人，官至廷尉、长沙相。

②多：这里的意思是时间久。

【原文】

罗君章曾在人家①，主人令与坐上客共语。答曰："相识已多②，不烦复尔。"

【译文】

罗君章曾在别人家做客，主人让他和客人们一起聊聊，他回答说："大家都相识已久，不必麻烦再这样做了。"

【注释】

①消摇：同"逍遥"，悠闲自适的样子。

②轰隐交路：车马、仆从往来于道路。

【原文】

韩康伯病，拄杖前庭消摇①。见诸谢皆富贵，轰隐交路②，叹曰："此复何异王莽时？"

【译文】

韩康伯生病，拄着拐杖在庭前散步，看见谢家人人富贵，车马仆从往来不断于大路上。他叹道："这同王莽专权时有什么区别啊！"

【注释】

①恶见：少见。恶，形容词，难。

②那可：怎么能。

【原文】

王文度为桓公长史时，桓为儿求王女，王许咨蓝田。既还，蓝田爱念文度，虽长大，犹抱著膝上。文度因言桓求己女婚。蓝田大怒，排文度下膝，曰："恶见①，文度已复痴，畏桓温面？兵，那可嫁女与之②！"文度还报云："下官家中先得婚处。"桓公曰："吾知矣，此尊府君不肯耳。"后桓女遂嫁文度儿。

【译文】

　　王文度任桓公（温）的长史，桓公就为儿子求娶王的女儿。王答应回家请示父亲蓝田（王述）。回到家里，王述因疼爱儿子，还是将已经长大成人的儿子抱起来放在膝上。文度就趁机将桓温求亲的事说给了父亲。王述听后勃然大怒，他把文度推下膝说："真是太少见了！文度竟然犯傻。害怕桓温的脸色吗？身为一个兵士，怎么能把女儿嫁给他们家呢？"文度只好回桓温道："女儿早就有婆家了。"桓公听后说："我知道了，这是你父亲不同意罢了。"后来，桓公的女儿最终嫁给了文度的儿子。

【原文】

　　王右军与谢公诣阮公[①]，至门，语谢："故当共推主人[②]。"谢曰："推人正自难。"

【注释】

①阮公：阮裕，字思旷。

②推：推崇，推许。

【译文】

　　右军将军王羲之和谢公（谢安）去拜访阮公（阮裕），走到门口，王羲之对谢公说："我们应当共同推崇主人。"谢公说："正是推崇别人这件事，让人觉得很难。"

【原文】

　　太极殿始成，王子敬时为谢公长史，谢送版[①]，使王题之，王有不平色，语信云："可掷著门外。"谢后见王，曰："题之上殿何若？昔魏朝韦诞诸人，亦自为也。"王曰："魏祚所以不长[②]。"谢以为名言。

【注释】

①版：指做匾额用的木板。

②祚（zuò）：帝位。

【译文】

　　太极殿刚刚建成，王子敬当时担任谢安的长史，谢安命人送匾去让王子敬题写。王子敬显露出不满的神情，对来人说："可丢在门外。"谢后来又见到王，问道："给正殿题的匾怎么样了？以前那些魏朝韦诞等名流，也都是这样做的。"王说："这就是魏朝江山不能坐久的原因。"谢安认为这是一句名言。

【注释】

①自量：指估量自己的才德。

【原文】

王恭欲请江卢奴为长史，晨往诣江，江犹在帐中。王坐，不敢即言。良久乃得及。江不应，直唤人取酒，自饮一碗，又不与王。王且笑且言："那得独饮？"江曰："卿亦复须邪？"更使酌与王。王饮酒毕，因得自解去。未出户，江叹曰："人自量①，固为难！"

【译文】

王恭想请江卢奴做长史，早晨到江家去，江还在帐中。王坐下后不敢立即开口，好长时间才说明来意。江没有说什么，只是命人拿来酒。自己喝了一碗，也不请王喝。王就边笑边说："怎么可以一个人喝酒呢？"江说："你也要喝吗？"于是就命人给王斟酒。王喝了酒后就趁机离开。还没有走出门，江便感叹道："一个人要正确估量自己，本来就是很困难的啊！"

【注释】

①风流：风采，神韵。
②"忠孝"句：意思是在忠孝方面自己比哥哥强。假人：借给别人。

【原文】

孝武问王爽："卿何如卿兄？"王答曰："风流秀出①，臣不如恭，忠孝亦何可以假人②！"

【译文】

晋孝武帝司马曜问王爽："你和你哥哥王恭相比如何？"王爽回答："风流与才华，我比不上王恭。若说起忠孝之德，又怎么可以让给别人！"

雅量第六

【原文】

豫章太守顾劭①，是雍之子②。劭在郡卒，雍盛集僚属，自围棋。外启信至，而无儿书，虽神气不变，而心了其故。以爪掐掌，血流沾褥。宾客既散，方叹曰："已无延陵之高③，岂可有丧明之责④？"于是豁情散哀，颜色自若。

【译文】

豫章太守顾劭，是顾雍的儿子。顾劭在任内去世时，顾雍正兴味盎然地与大批部属们欢聚，而他自己正在下围棋。仆人禀告豫章的信使到了，却没有儿子的书信。虽然当时神情未变，但心里已经明白怎么回事了。他的指甲掐进了手掌，血流出来，染到了座褥。宾客们散去后，顾雍才叹息道："我虽然没有延陵季札失去儿子时那样的豁达，难道可以像子夏那样，因为丧子而哭瞎眼睛，招来众人的指责吗？"于是放宽胸怀，抒解心中的哀痛，神色坦然自若。

【原文】

嵇中散临刑东市①，神气不变。索琴弹之，奏《广陵散》②。曲终，曰："袁孝尼尝请学此散，吾靳固不与，《广陵散》于今绝矣！"太学生三千人上书，请以为师，不许。文王寻亦悔焉。

【译文】

中散大夫嵇康押到东市被处决时，神色不变，向人要琴弹奏《广陵散》。演奏完说："袁孝尼曾经想跟我学弹此曲，我舍不得传授给他，如今《广陵散》将要成为绝响了！"当时有三千多太学生上书朝廷，请求拜嵇康为师，没有获准。嵇康死后不久，晋文王司马昭也后悔杀了嵇康。

【注释】

① 顾劭（shào）：字孝则，三国时吴国人，官至豫章太守。

② 雍：顾雍，字元叹，顾劭的父亲，曾任会稽丞，行太守事，在吴任丞相，执政十九年。

③ 延陵之高：延陵本为春秋时吴国贵族季札的封邑（在今江苏武进），这里代指季札。

④ 丧明：指丧失视力。

【注释】

① 嵇中散：嵇康，字叔夜，三国时魏谯郡铚（今安徽宿州西南）人。

② 《广陵散》：琴曲名，又称《广陵止息》，是篇幅最长的琴曲之一。

【注释】

①霹雳：响声很大的雷。

【原文】

　　夏侯太初尝倚柱作书，时大雨，霹雳破所倚柱①，衣服焦然，神色无变，书亦如故。宾客左右，皆跌荡不得住。

【译文】

　　夏侯太初曾经靠着柱子写字，当时正值大雨倾盆，雷电将他靠着的柱子给劈开了，同时烧焦了他的衣服。可是他面不改色，依旧写字。宾客随从都吓得东倒西歪，站都站不稳了。

【注释】

①信然：确实这样。

【原文】

　　王戎七岁，尝与诸小儿游。看道边李树多子折枝，诸儿竞走取之，唯戎不动。人问之，答曰："树在道边而多子，此必苦李。"取之，信然①。

【译文】

　　王戎七岁的时候，曾经同一些小孩子在一起玩儿。他们看到路边有一棵李子树，上面结了很多果实，树枝都被压弯了。小孩儿们争着去摘李子，只有王戎不动。有人问他为什么不去，他说："这树在路边，却还有那么多果实，说明这必是苦李。"拿来一尝，果然像他所说。

【注释】

①断虎爪牙：即把老虎关在笼子里。

②承间：承着空隙。

【原文】

　　魏明帝于宣武场上断虎爪牙①，纵百姓观之。王戎七岁，亦往看。虎承间攀栏而吼②，其声震地，观者无不辟易颠仆，戎湛然不动，了无恐色。

【译文】

　　魏明帝在宣武场上把老虎关到笼子里，让百姓观看。当时，七岁的王戎也去看。老虎抓着笼子的空隙攀上栅栏怒吼，声音撼天动地，观看的人都惊退跌倒，王戎却神情镇定，安然不动，毫无惊恐之色。

【原文】

裴叔则被收，神气无变，举止自若。求纸笔作书①，书成，救者多，乃得免。后位仪同三司②。

【注释】

①作书：写信。

②仪同三司：散官名，位非三公但是待遇同等。

【译文】

裴顗被牵连而逮捕，他面不改色，举止同往常一样自然。他索要纸笔写信。书信送出去后，很多人前来营救，因此得以免罪。后来官至仪同三司。

【原文】

王夷甫尝属族人事，经时未行。遇于一处饮燕，因语之曰："近属尊事，那得不行①？"族人大怒，便举樏掷其面。夷甫都无言，盥洗毕，牵王丞相臂②，与共载去。在车中照镜，语丞相曰："汝看我眼光，乃出牛背上。"

【注释】

①那得：怎么。

②牵：拉，引。

【译文】

王夷甫（衍）托族人办一件事，一段时间后还没有办完。一天两个人在宴会上相遇，王借机对这位族人说："前些日子嘱办的事情，怎么还没有办好呢？"族人听后大发雷霆，举起食盒子扔到王的脸上。王夷甫没有说一句话，盥洗完毕，他就拉着王丞相（导）的手，一起坐车离开。在车上他照了照镜子，对王丞相说："你看我的眼光就好像是从牛背上射出一样。"

【原文】

裴遐在周馥所①，馥设主人②。遐与人围棋，馥司马行酒③。遐正戏，不时为饮。司马恚，因曳遐坠地。遐还坐，举止如常，颜色不变，复戏如故。王夷甫问遐："当时何得颜色不异？"答曰："直是暗当故耳④！"

【注释】

①裴遐：字叔道，曾任散骑郎。周馥：字祖宣，曾任平东将军，以功封永宁伯。

②设主人：作主人宴请。

③行酒：依次劝酒。

④暗当：默默承受。

【译文】

　　裴遐在周馥家里，周馥以主人身份请客款待。裴遐和人下围棋，周馥手下的司马过来给他敬酒，裴遐正下着棋，没有及时喝酒，司马很生气，把裴遐扯倒在地。裴遐站起来后又回到座位上，举止和平时一样，脸色也没变，继续下棋。事后王夷甫问裴遐："当时你怎么能做到面不改色的地步呢？"裴遐回答："只是默默忍受罢了！"

【注释】

①刘庆孙：刘舆，字庆孙，曾任宰府尚书郎、颍川太守、东海王司马越长史。太傅：这里指司马越，字元超，封东海王，历任中书令、司空、太傅。晋怀帝时，代表皇族势力专擅国政。

②庾子嵩：庾敳，字子嵩，晋颍川鄢陵（今属河南）人。

③换：借贷。

④颓然：瘫下来的样子。

【原文】

　　刘庆孙在太傅府①，于时人士多为所构，唯庾子嵩纵心事外②，无迹可间。后以其性俭家富，说太傅令换千万③，冀其有吝，于此可乘。太傅于众坐中问庾，庾时颓然已醉④，帻堕几上，以头就穿取，徐答云："下官家故可有两娑千万，随公所取。"于是乃服。后有人向庾道此，庾曰："可谓以小人之虑，度君子之心。"

【译文】

　　刘庆孙在太傅府任长史时，很多有名望的人遭到他设计陷害，只有庾子嵩因为不关心政事而超然物外，没有什么事情让刘庆孙离间。后来刘庆孙就以庾子嵩生性节俭，家中必定存有一笔钱为由，劝太傅司马越向庾子嵩借财千万，企望他会因吝惜而不借，这样就有了可乘之机。太傅在聚会时向庾子嵩提到这件事情，庾子嵩此时已喝得酩酊大醉，头巾落到几案上，他用头凑上去戴起来，缓缓地答道："我家确实有两三千万，您随便拿去用吧。"刘庆孙这才服了。后来有人把这件事告诉庾子嵩，庾子嵩说："这可以说是以小人之心，度君子之腹。"

【注释】

①恶欲取之：厌恶、诋毁他并得到回应。

【原文】

　　王夷甫与裴景声志好不同，景声恶欲取之①，卒不能回。乃故诣王，肆言极骂，要王答己，欲以分谤。王不为动色，徐曰："白眼儿遂作。"

【译文】

　　王衍和裴景声两人志趣爱好不一样，裴想诋毁王并得到回应，裴于是专门到王家进行辱骂，要王回复自己，想以此来分担人们的非议。王丝毫不为所动，只是缓慢地说道："这个翻白眼的人居然又发作了。"

【原文】

　　祖士少好财①，阮遥集好屐，并恒自经营。同是一累，而未判其得失。人有诣祖，见料理财物。客至，屏当未尽②，余两小簏，着背后，倾身障之，意未能平。或有诣阮，见自吹火蜡屐，因叹曰："未知一生当着几量屐③！"神色闲畅。于是胜负始分。

【注释】

①祖士少：祖约，祖逖（tì）之弟。
②屏当：同"摒挡"，料理，收拾。
③量：量词，"双"的意思。

【译文】

　　祖约爱好钱财，阮孚爱好木屐，两人常常亲自料理。虽然同属一种累人的嗜好，但当时还无法分辨二人的优劣高下。有人到祖约家里拜访，看到他正在检点查看财物，客人到了都还没有收捡起来，剩下两个小竹箱子，于是把它们藏在背后，侧身将其挡住，神色有些慌乱。有人去阮孚家里拜访，见他正亲自吹火给木屐上蜡，并感叹道："不知道我这一辈子能穿几双木屐！"他的神色悠闲舒畅。于是二人的优劣高下便分辨出来了。

【原文】

　　许侍中、顾司空俱作丞相从事，尔时已被遇，游宴集聚，略无不同。尝夜至丞相许戏，二人欢极，丞相便命使入己帐眠。顾至晓回转，不得快孰。许上床便呬台大鼾①。丞相顾诸客曰："此中亦难得眠处。"

【注释】

①呬（hāi）台：叠韵联绵词，睡觉鼾声。

【译文】

　　许侍中（璪）和顾司空（和）都在丞相（王导）手下做从事，当时均已受到王的赏识。但凡遇到游览宴饮，宾朋聚会，两人待遇没有丝毫的差异。有一次，在夜里到丞相那里去玩，二人都很尽兴，丞相就留他们睡在自己的床上。顾和翻来覆去，直到天亮都没有睡着，而许璪一上床就鼾声大作。丞相回头对客人们说："这里也是难得安眠的地方。"

【注释】

①怛（dá）：吓唬。

②减：比……差。

③阿恭：庾会小字。庾会，字会宗，晋太尉庾亮之长子。

【原文】

庾太尉风仪伟长，不轻举止，时人皆以为假。亮有大儿数岁，雅重之质，便自如此，人知是天性。温太真尝隐幔怛之①，此儿神色恬然，乃徐跪曰："君侯何以为此？"论者谓不减亮②。苏峻时遇害。或云："见阿恭③，知元规非假。"

【译文】

庾太尉（亮）风度仪表伟岸俊美，举止端庄稳重。世人认为他矫揉造作。庾亮的大儿子才几岁，文雅庄重的气质就是那样，世人才感到这是天性使然。温太真（峤）有一次躲在帐幕后吓唬他，他神态安然，只是慢慢地跪下问道："君侯为何要这么做？"人们认为这个小孩子不会比他的父亲差。他在苏峻之乱时遇害。又有人说："见了阿恭，就知道庾亮并非矫揉造作。"

【注释】

①何物：什么人。

②伧（cāng）父：北方佬。南北朝时南人蔑称北人为"伧人"。

【原文】

褚公于章安令迁太尉记室参军，名字已显而位微，人未多识。公东出，乘估客船，送故吏数人投钱唐亭住。尔时，吴兴沈充为县令，当送客过浙江，客出，亭吏驱公移牛屋下。潮水至，沈令起彷徨，问："牛屋下是何物①？"吏云："昨有一伧父来寄亭中②，有尊贵客，权移之。"令有酒色，因遥问："伧父欲食饼不？姓何等？可共语。"褚因举手答曰："河南褚季野。"远近久承公名，令于是大遽，不敢移公，便于牛屋下修刺诣公，更宰杀为馔，具于公前，鞭挞亭吏，欲以谢惭。公与之酌宴，言色无异，状如不觉。令送公至界。

【译文】

　　褚公由章安令升迁为太尉记室参军，虽然名声很大，但是官位很卑微，认识他的人并不多。有一次，他乘商船到东边去，与为他送行的几位属吏投宿钱塘亭。这时吴兴沈充担任县令，正要送客过浙江。客人来后，亭吏便将褚公赶到牛棚里住。潮水涌来时，沈充到庭院间散步，问："牛棚里是什么人？"亭吏说："昨天有一个北方佬来钱塘亭投宿，由于贵客到来，暂且把他移到了那里。"沈充有些醉意，就远远地问道："北方佬，你想吃饼吗？姓什么，可以一起聊聊。"褚公举手答道："河南褚季野。"远近的人早就知道褚的大名，江充听后窘迫异常，又不敢移动他，就在牛棚下恭恭敬敬地将自己的名帖递上，来拜谒他，并杀鸡宰羊，设宴款待。同时在褚面前鞭打亭吏，以赔礼谢罪。褚与沈一起喝酒聊天，言语神色一如既往，好像什么事情都没有发生过。江充一直把他送到县界。

【原文】

　　郗太傅在京口，遣门生与王丞相书①，求女婿。丞相语郗信："君往东厢，任意选之。"门生归，白郗曰："王家诸郎亦皆可嘉，闻来觅婿，咸自矜持，唯有一郎在东床上坦腹卧，如不闻。"郗公云："正此好！"访之，乃是逸少②，因嫁女与焉。

【注释】

①门生：门客。

②逸少：王羲之，王导之侄。

【译文】

　　太傅郗鉴在京口，他派门人给丞相王导送信，想在王家找个女婿。王导对郗鉴派来送信的人说："你到东厢房去随便选吧。"门客回去禀报郗鉴道："王家的几位男子都很好，听说您选女婿，个个庄重得有些拘谨，只有一个在东床上袒腹而卧，仿佛不知道这回事似的。"郗鉴说："正是这个好！"一去打听，原来是王羲之，于是将女儿嫁给了他。

【注释】

①舆饰：都整治。舆，都，皆。供馔：酒宴。

【原文】

　　过江初，拜官，舆饰供馔①。羊曼拜丹阳尹，客来早者，并得佳设，日晏渐罄，不复及精，随客早晚，不问贵贱。羊固拜临海，竟日皆美供，虽晚至，亦获盛馔。时论以固之丰华，不如曼之真率。

【译文】

　　晋室南渡之初，新任命的官员都要大办酒席。羊曼被任命为丹阳尹时，来得早的客人都能吃到美味佳肴，天色渐晚，菜肴也逐渐被吃尽，精美食物已经没有。来客不分贵贱，只有早晚的不同。羊固担任临海太守时，一天到晚都供应美味佳肴。有人虽然来得晚，也可以吃到好的饭菜。当时舆论认为，羊固的丰盛华美比不上羊曼的真诚直率。

【注释】

①阿奴：尊对卑或长对幼的爱称。火攻：出自《孙子兵法》："火攻有五：一曰火人，二曰火积，三曰火辎，四曰火库，五曰火队。凡军必知五火之变，故以火佐攻者明。"

【原文】

　　周仲智饮酒醉，瞋目还面谓伯仁曰："君才不如弟，而横得重名！"须臾，举蜡烛火掷伯仁，伯仁笑曰："阿奴火攻①，固出下策耳！"

【译文】

　　周仲智（嵩）喝醉了酒，圆睁双眼转过脸去对哥哥周伯仁说："你的才华不如你的弟弟，却徒有盛名。"一会儿，举起燃着的蜡烛就投向伯仁。伯仁笑着说："阿奴用火攻，不过是出于下策罢了。"

【注释】

①月旦：农历每月初一。
②未入顷：还未入衙的片刻间。
③此中最是难测地：心

【原文】

　　顾和始为扬州从事，月旦当朝①，未入顷②，停车州门外。周侯诣丞相，历和车边，和觅虱，夷然不动。周既过，反还，指顾心曰："此中何所有？"顾搏虱如故，徐应曰："此中最是难测地③。"周侯既入，语丞相曰："卿州吏中有一令仆才。"

【译文】

　　顾和刚担任扬州刺史的从事，每月的初一都要入衙聚会。在尚未入衙的片刻间隙，将车停在门外。周侯来拜访丞相王导，经过顾和的车，顾和正在安闲自在地敞开胸襟捉虱子，没有理会周侯。周侯走过去，又返回，指着顾和的心说："这里面有什么？"顾和依然捉虱子，缓慢地答道："这里是最难测度的地方。"周侯走进去后对王导说："你的州吏中有一个人才可以担任尚书令、尚书仆射。"

中是最难猜测的地方，即人心难测。

【原文】

　　庾太尉与苏峻战，败，率左右十余人乘小船西奔，乱兵相剥掠，射，误中舵工，应弦而倒，举船上咸失色分散。亮不动容，徐曰："此手那可使著贼①！"众乃安。

【译文】

　　庾太尉（亮）和苏峻作战，战败后带领十来个随从坐小船向西逃跑。乱兵抢夺财物，向船上的人射了一支箭，却误中了舵工，舵工随箭倒下。全船人都被吓坏了，个个脸色苍白。庾亮却不动声色，他从容地说："这样的射技，怎么可能让他射中敌兵呢？"大家听后方安定下来。

【原文】

　　王劭、王荟共诣宣武，正值收庾希家。荟不自安，逡巡欲去①；劭坚坐不动，待收信还，得不定②，乃出。论者以劭为优。

【译文】

　　王劭、王荟一起去拜访宣武侯桓温，正好遇上桓温下令抓捕庾希一家。王荟坐立不安，徘徊不定地想离去。王劭却一直坚定地坐在那里，等抓捕的差役回来，知道自己没什么事了，才出来。清谈的人以此判定王劭较为优秀。

①芟（shān）夷：除掉。

②条牒（dié）：分项陈述的文书。

③王坦之：字文度，太原晋阳人。因官居北中郎将，故称王中郎。

④不觉：禁不住。

【注释】

①倡：同"倡"，提议。

②既：既而，不久。

③将无：莫非，还是。

④承响：应声。

【原文】

桓宣武与郗超议芟夷朝臣①，条牒既定②，其夜同宿。明晨起，呼谢安、王坦之入③，掷疏示之。郗犹在帐内，谢都无言，王直掷还，云："多。"宣武取笔欲除，郗不觉窃从帐中与宣武言④。谢含笑曰："郗生可谓入幕宾也。"

【译文】

宣武侯桓温和郗超商议除去朝廷大臣，上奏文书拟定以后，当晚二人住在一起。第二天早晨起来，桓温就招呼谢安、王坦之进来，把奏疏稿扔给他们看，郗超这时还在帐里。谢安一言不发，王坦之又把奏疏扔还给桓温，说："太多了。"桓温拿起笔来准备要删，郗超忍不住偷偷地在帐中和桓温说话，于是谢安笑着说道："郗超真可说是入幕之宾了。"

【原文】

谢太傅盘桓东山时，与孙兴公诸人泛海戏。风起浪涌，孙、王诸人色并遽，便唱使还①。太傅神情方王，吟啸不言。舟人以公貌闲意说，犹去不止。既风转急②，浪猛，诸人皆喧动不坐。公徐云："如此，将无归③！"众人即承响而回④。于是审其量，足以镇安朝野。

【译文】

谢安在东山隐居时，与孙绰等人一起出海游玩。这时，风起浪涌，孙绰和王羲之他们都神色惊恐，嚷着要回去。谢安却正有兴致，边吟诗边长啸，不说别的话。船工因谢安神色安定而心情愉悦，便继续前进不停。一会儿，风势更强，浪涛更猛，众人又都惊恐喧哗，不敢坐下。谢安这才缓慢地说："要是这样的话，还是回去好了。"众人于是应声坐回原处。由此事来审察谢安的度量，足以镇抚朝野，安定官民。

【原文】

桓公伏甲设馔，广延朝士，因此欲诛谢安、王坦之。王甚遽，问谢曰："当作何计？"谢神意不变，谓文度曰："晋阼存亡①，在此一行。"相与俱前。王之恐状，转见于色。谢之宽容愈表于貌②。望阶趋席，方作洛生咏，讽"浩浩洪流"。桓惮其旷远，乃趣解兵③。王、谢旧齐名，于此始判优劣。

【注释】

①阼：皇位，国统。

②宽容：从容不迫。

③趣：急忙。

【译文】

桓温埋伏好兵士，摆设宴席，遍请朝中官员，准备趁此机会将谢安和王坦之杀掉。王坦之非常担忧，他问谢安："我们该怎么办呢？"谢安神色镇定地对王坦之说："晋朝国运的存亡，就看我俩此行了。"于是两人一同前往。王坦之脸上的恐惧神情越来越明显，谢安的神色却更加从容。谢安向着台阶迅速走向席位，并模仿洛阳书生吟咏的腔调，背诵"浩浩洪流"的诗句。桓温被谢安的旷达风度震慑，便赶紧将伏兵撤走了。本来王坦之与谢安齐名，可是却由此事分辨出了他俩气度胆识的高下。

【原文】

谢太傅与王文度共诣郗超，日旰未得前①。王便欲去，谢曰："不能为性命忍俄顷②？"

【注释】

①旰：天晚。

②俄顷：片刻。

【译文】

谢安和王坦之一同去拜访郗超，天色很晚了还没有被接见。王坦之便要离开，谢安说："难道不能为了保全性命而忍一会儿吗？"

【原文】

支道林还东，时贤并送于征虏亭。蔡子叔前至，坐近林公。谢万石后来，坐小远。蔡暂起，谢移就其处。蔡还，见谢在焉，因合褥举谢掷地①，自复坐。谢冠帻倾脱②，乃徐起，振衣就席，神意甚平，不觉瞋沮③。坐定，谓蔡曰："卿奇人，殆坏我面。"蔡答曰："我本不为卿面作计。"其后，二人俱不介意。

【注释】

①褥：坐垫。

②冠帻（zé）：头巾。

③瞋（chēn）沮：生气，颓丧。

【译文】

支道林要回会稽去，当时的名流齐聚征虏亭为他送行。蔡子叔先到达，座位离林公很近。谢万石后来，就坐得稍远。蔡暂时起身，谢就挪到他那里。蔡回来后，看见谢坐在自己的座位上，就把谢连同坐垫一起举起来扔在地上，自己坐上去。谢的帽子和头巾都因此倾斜跌落，于是慢慢站起，整理好衣冠后重新入座，神情安定，毫无发怒或懊恼的样子。坐定后，对蔡说："你这个人真怪，差点就把我的脸碰伤了。"蔡说："我本来就没有替你的脸考虑。"后来二人对此事都不介意。

【注释】

①释道安：东晋名僧，俗姓卫，饱读经典，以博学闻名。
②斛（hú）：容量单位，十斗为一斛。

【原文】

郗嘉宾钦崇释道安德问①，饷米千斛②，修书累纸，意寄殷勤。道安答直云："损米，愈觉有待之为烦。"

【译文】

郗嘉宾钦佩道安和尚的道德学问，送他一千斛米，还写了一叠纸的长信，表达诚恳的情意。道安只回复说："感谢你赐米，但更觉得有所依靠是做人烦恼的来源。"

【注释】

①戴公：戴逵，字安道，擅长鼓琴、绘画、铸造和雕刻，曾被征为国子博士，未就职，后移居会稽剡（shàn）县。东出：这里指从会稽往京都建康。

【原文】

戴公从东出①，谢太傅往看之。谢本轻戴，见，但与论琴书。戴既无吝色，而谈琴书愈妙。谢悠然知其量。

【译文】

戴公（戴逵）从东边来京都，谢太傅去探望他。谢安原本瞧不起戴逵，虽然与其见面，但只和他谈论琴艺书法。戴逵对此不但没有丝毫不快的神色，反而谈得越来越精妙。谢安这才从他超远闲适的态度中，了解到他的器量。

【原文】

谢公与人围棋，俄而谢玄淮上信至①，看书竟，默然无言，徐向局。客问淮上利害，答曰："小儿辈大破贼。"意色举止，不异于常。

【注释】

①淮上：淮河上，因淝水为淮河上游的支流，故称淮上。这里是指淝水之战。

【译文】

谢公和人下围棋，不一会儿谢玄从淮上前线派来信使，谢安看完信后，沉默不语，然后又慢慢地接着下棋。客人询问淮上战争的胜负情况，谢安说："孩子们大破了敌兵。"他说话的神情举止同平常没有丝毫的差别。

【原文】

王子猷、子敬曾俱坐一室，上忽发火，子猷遽走避①，不惶取屐；子敬神色恬然，徐唤左右，扶凭而出②，不异平常。世以此定二王神宇。

【注释】

①遽（jù）：匆忙。
②扶凭：搀扶。此为当时贵族的一种气派。

【译文】

王子猷（徽之）、子敬（献之）兄弟俩曾一起坐在室内，忽然屋上起火，子猷赶忙逃跑，慌得连木屐都没顾上穿；子敬却神态安然，慢慢地叫侍从来把他扶出去，同平常一样。世人就此事评定二人气度的高下。

【原文】

苻坚游魂近境，谢太傅谓子敬曰："可将当轴①，了其此处。"

【注释】

①可将：可人心意的将领。当轴：掌握权力的重要人物。

【译文】

苻坚来犯边境，谢安对王子敬说："掌握实权的可心将领，即将在此被了结了。"

【注释】

①钓碣（jié）：便于垂钓的石头。谢玄，小名羯（jié），爱好钓鱼。羯与碣音同，此为双关。

②诪（zhōu）张：放肆，狂妄。

③肃省：谨慎自省。

④侵陵：即"侵凌"。

【原文】

王僧弥、谢车骑共王小奴许集。僧弥举酒劝谢云："奉使君一觞。"谢曰："可尔。"僧弥勃然起，作色曰："汝故是吴兴溪中钓碣耳①！何敢诪张②！"谢徐抚掌而笑曰："卫军，僧弥殊不肃省③，乃侵陵④上国也。"

【译文】

王僧弥和谢玄同在王小奴家里做客。僧弥举起酒杯向谢祝酒道："敬使君一杯。"谢说："应该这样。"僧弥一听就生气地站起来，变了脸色说道："你本不过是吴兴溪中的钓碣而已，怎么可以如此放肆！"谢慢慢地笑着鼓掌，并说道："卫军（指王小奴），僧弥太不自量了，居然敢侵犯大国诸侯。"

【注释】

①相贬笑：嘲笑他。相，表示一方对另一方的动作。

【原文】

王东亭为桓宣武主簿，既承藉，有美誉，公甚欲其人地为一府之望。初，见谢失仪，而神色自若。坐上宾客即相贬笑①，公曰："不然。观其情貌，必自不凡，吾当试之。"后因月朝阁下伏，公于内走马直出突之，左右皆宕仆，而王不动。名价于是大重，咸云："是公辅器也。"

【译文】

王东亭做桓宣武主簿，既受荫于祖辈，又享有好的声誉，桓温非常希望他的人品和门第能够在司马府中树立声望。当初，王东亭在拜见、告辞时有失礼之处，却不慌张，依然神情自若。座上有客人嘲笑他，桓公说："不是这样。看其神情举止，必定不平常。我得试试他。"后来，在月初聚会的时候，王和同僚们一道拜伏在官署阁下，桓温骑着马从里面冲出来，两旁的人全都摇晃跌倒，只有王一动不动。于是王的名声身价倍增，人们都说："这是辅国大臣的材料。"

【原文】

羊绥第二子孚，少有俊才，与谢益寿相好。尝早往谢许，未食。俄而王齐、王睹来。既先不相识，王向席有不说色，欲使羊去。羊了不眄[1]，唯脚委几上，咏瞩自若[2]。谢与王叙寒温数语毕，还与羊谈赏，王方悟其奇，乃合共语。须臾食下，二王都不得餐，唯属羊不暇。羊不大应对之，而盛进食，食毕便退。遂苦相留，羊义不住，直云："向者不得从命，中国尚虚[3]。"二王是孝伯两弟。

【注释】

①眄（miàn）：斜着眼看。

②咏瞩：吟咏，顾盼。

③中国：指腹中。

【译文】

羊绥的次子羊孚，年轻时非常有才气，与谢益寿很要好。有一次早晨到谢那里，还没有吃饭。没多长时间，王齐和王睹也来了。原来他们彼此不认识，二王坐在席位上脸色很难看，想让他走开。羊看都不看，只是将脚放在几案上，吟咏诗句，左顾右盼，悠然自得。谢同二王寒暄了几句，便回身同羊孚谈论、赏析，这时二王才发现了羊孚的不一般，便同他一起交谈。不久，饭食摆上来，二王自己顾不上吃，只是不停地招呼羊孚进食。羊对他们爱答不理的，只顾大吃大喝，吃完后就走了。他们苦苦挽留，羊还是执意要走，只说："刚才没能遵命离开这里，只是由于腹中空虚。"二王是孝伯（王恭）的两个弟弟。

识鉴第七

【注释】

①曹公：即曹操。乔玄：字公祖，东汉人，官至尚书令。

②拨：整治。

③累：牵累。

【原文】

曹公少时见乔玄①，玄谓曰："天下方乱，群雄虎争，拨而理之②，非君乎？然君实乱世之英雄，治世之奸贼。恨吾老矣，不见君富贵，当以子孙相累③。"

【译文】

曹公（曹操）年轻时拜见乔玄，乔玄对他说："现在天下正动乱不安，各路英雄如猛虎一般，群起争斗，能够治理乱世的，不就只有你吗？不过你是乱世的英雄，盛世中的奸贼。遗憾的是我老了，不能见到你荣华富贵的那一天，我就把子孙托付给你了。"

【注释】

①裴潜：三国魏河东闻喜人，为人博雅有才。曾任曹操参丞相军事。入魏后为散骑常侍、尚书令等。

②共在荆州：指裴潜和刘备同在刘表处共事。

【原文】

曹公问裴潜曰①："卿昔与刘备共在荆州②，卿以备才如何？"潜曰："使居中国，能乱人，不能为治；若乘边守险，足为一方之主。"

【译文】

曹操问裴潜说："你曾与刘备同在荆州共事，你认为刘备的才能如何？"裴潜说："若让他据守中原，他就只能扰乱民心，却治理不好民众；若让他把守边塞，则他足以成为一方霸主。"

【注释】

①荀粲（càn）：字奉倩，三国时魏国人。

②穆：和睦。

③休：吉庆。

【原文】

何晏、邓飏、夏侯玄并求傅嘏交，而嘏终不许。诸人乃因荀粲说合之①，谓嘏曰："夏侯太初一时之杰士，虚心于子，而卿意怀不可，交合则好成，不合则致隙。二贤若穆②，则国之休③，此蔺相如所以下廉颇也。"傅曰："夏侯太初，志大心劳④，能合虚誉，诚所谓利口覆国之人。何晏、邓飏有为而躁，博而寡要⑤，外好利而内无关籥⑥，贵同恶异，多言而妒前。多言多衅⑦，妒前无亲。以吾观之，此三贤者，皆败德之人耳！远之犹恐罹祸，况可亲之邪？"后皆如其言。

④心劳：用尽心机。

⑤寡要：缺少要领。

⑥关籥（yuè）：门闩，这里喻指检点约束。

⑦衅：破绽，漏洞。

【译文】

何晏、邓飏、夏侯玄三个人都想和傅嘏结交，但傅嘏始终没有答应。三人就通过荀粲为他们说合，荀粲对傅嘏说："夏侯太初，是当代优秀的人才，诚心和你结交，你却不和他交往。能够交好，就有了情谊，不能交好就会产生嫌隙。两位贤人如果能和睦相处，就是国家的幸事，这就是蔺相如情愿居于廉颇之下的原因。"傅嘏说："夏侯太初志向远大，心胸狭窄，用尽心机。这样的人只喜欢虚名，正是那种花言巧语颠覆国家的人。何晏、邓飏有所作为却很浮躁，学识广博却不专精，贪财好利，不知检点自己，只喜欢认同自己的人，厌恶观点不同的人，爱说话，嫉贤妒能。说话多破绽就多，爱嫉妒就没有人愿意亲近。依我看，这三个贤人，都是败坏道德的人而已，远离他们都还怕惹来灾祸，更何况去亲近他们呢？"后来事实果然如傅嘏所说的那样。

【原文】

晋武帝讲武于宣武场①，帝欲偃武修文②，亲自临幸，悉召群臣。山公谓不宜尔③，因与诸尚书言孙、吴用兵本意④。遂究论，举坐无不咨嗟。皆曰："山少傅乃天下名言。"后诸王骄汰⑤，轻遭祸难，于是寇盗处处蚁合，郡国多以无备不能制服，遂渐炽盛，皆为公言。时人以谓山涛不学孙、吴，而暗与之理会。王夷甫亦叹云："公暗与道合。"

【注释】

①晋武帝：司马炎。讲武：讲习武事。宣武场：操场名，在洛阳宣武观北面。

②偃（yǎn）武修文：停息武备，倡导文教。

③山公：山涛，字巨源，魏末晋初河内怀县（今河南武涉西）人，"竹林七贤"之一，曾任吏

【译文】

晋武帝司马炎在宣武场讲习军事，他想停止武备，提倡教化，所以亲自驾到，并且召集所有大臣参加。山公（山涛）认为这

样不妥，就和各位尚书谈论孙武、吴起用兵的本意。还进一步作了探讨，座上的人无不交口称赞，都说："山少傅所说的话真是至理名言。"后来，王侯们骄奢放纵，给国家造成祸害。各地的兵寇强盗也如同蚂蚁般纷纷聚合，因为多数郡国没有武备，不能加以制伏，以致他们逐渐扩大起来，一切都和山公说的一样。当时人们认为，山公虽然没有向孙子、吴起学习兵法，却无形中和他们的见解相通。王夷甫说："山公不知不觉中合乎用兵之道。"

【原文】

　　王夷甫父义，为平北将军，有公事，使行人论①，不得。时夷甫在京师，命驾见仆射羊祜、尚书山涛。夷甫时总角②，姿才秀异，叙致既快，事加有理，涛甚奇之。既退，看之不辍，乃叹曰："生儿不当如王夷甫邪？"羊祜曰："乱天下者，必此子也！"

【译文】

　　王夷甫的父亲王义担任平北将军，有公事，派使者去陈述，但没有合适的人选。当时王夷甫在京师，就乘车去见仆射羊祜和尚书山涛。当时夷甫尚未成年，但容貌才华秀美出众。不仅说话爽快，而且叙事很有条理，为此，山涛感到十分惊讶。王夷甫出去时，山涛还一直看着他，并叹息道："生儿子不就应该像王夷甫那样吗？"羊祜说："将来扰乱天下者，必定是此人！"

【原文】

　　潘阳仲见王敦少时①，谓曰："君蜂目已露，但豺声未振耳。必能食人，亦当为人所食。"

【译文】

　　潘阳仲见到王敦少年时的模样，对他说："你已经流露出毒蜂一般的目光，只是说话尚未像豺声那样尖利罢了。你一定能够吃人，也将会被人吃掉。"

部尚书、太子少傅、尚书右仆射、司徒。

④孙、吴：指孙子、吴起。

⑤王：皇帝对同宗、臣僚所封的最高一级爵位，诸王都有自己的封国。

【注释】

①行人：指使者，奉命执行任务的人。

②总角：指未成年时。

【注释】

①潘阳仲：潘滔，字阳仲，曾任洗马、河南尹。王敦：字处仲，小字阿黑，晋琅玡临沂（今属山东）人。

【原文】

石勒不知书，使人读《汉书》①。闻郦食其劝立六国后，刻印将授之，大惊曰："此法当失，云何得遂有天下？"至留侯谏②，乃曰："赖有此耳！"

【译文】

石勒不识字，叫人读《汉书》给他听，听到郦食其劝说刘邦立六国的后代为王侯，并刻好了大印准备授给他们的时候，石勒大惊，说："这个办法不妥，这样怎么能得到天下？"等听到留侯张良阻止此事时，又说："幸亏张良劝阻啊！"

【原文】

张季鹰辟齐王东曹掾①，在洛，见秋风起，因思吴中菰菜、莼羹、鲈鱼脍②，曰："人生贵得适意尔，何能羁宦数千里以要名爵③！"遂命驾便归。俄而齐王败，时人皆谓为见机④。

【译文】

张季鹰担任齐王司马冏的东曹属官，住在洛阳，见到秋风起了，就想到家乡吴地的菰菜、莼羹和鲈鱼脍，说："人生贵在快活称心，怎么能为了功名，在数千里外做官来谋求名声爵位呢？"说完就让人备车回故乡了。不久，齐王失败，时人都觉得张季鹰有远见。

【原文】

王平子素不知眉子①，曰："志大其量，终当死坞壁间。"

【译文】

王平子一向不赏识侄子眉子，他说："眉子志向大，器量小，最终必定会死在战乱的小城堡中。"

【注释】

①《汉书》：东汉班固撰，是记载西汉王朝主要事迹的史书。

②留侯：张良，字子房，曾在博浪沙椎击秦始皇未中，后率众归汉，是刘邦的重要谋士。汉朝建立，封为留侯。

【注释】

①东曹掾（yuàn）：东曹中的属官。曹，官署中分科办事的机构。

②脍：切得很细的鱼或肉。

③羁（jī）宦：旅居外地做官。要（yāo）：求，谋求。

④见机：事前洞察事情变化的迹象。

【注释】

①眉子：王玄，字眉子，王澄的侄儿，担任吴国内史时，为政苛急，大行威罚，后代理陈留太守，遭人袭击被害。

【注释】

①中鸣云露车：即云车，又名楼车，车上有望楼可以观察敌情，车中置鼓锣以指挥军队进退。

②署：任用，委任。

③知遇：赏识，厚待。

【原文】

王大将军始下，杨朗苦谏不从，遂为王致力。乘中鸣云露车径前①，曰："听下官鼓音，一进而捷。"王先把其手曰："事克，当相用为荆州。"既而忘之，以为南郡。王败后，明帝收朗，欲杀之。帝寻崩，得免。后兼三公，署数十人为官属②。此诸人当时并无名，后皆被知遇③，于时称其知人。

【译文】

大将军王敦将要东下进攻建康时，杨朗极力劝阻，可是王敦不听从，杨朗只好尽心为王敦效力。他坐着中鸣云露车直奔王敦面前，说："听我的鼓声，一次进攻即可获胜。"王敦握着他的手说："事情成功之后，我要任命你来担任荆州刺史。"后来他忘了自己的承诺，只让杨朗当了南郡太守。王敦失败后，晋明帝司马绍逮捕了杨朗，要杀掉他。不久明帝驾崩，杨朗得以赦免。后来杨朗位居三公，有几十人被他任命为属吏。这些人当时并没有名望，后来都受到朝廷赏识重用，因此人们赞扬杨朗有识才之能。

【注释】

①有相：有荣华富贵之相或吉祥福气之相。

②阿母：（当面称呼）母亲。亲属称谓前加"阿"，是汉魏六朝时的称谓习惯，带有亲昵的意味。

【原文】

周伯仁母冬至举酒赐三子曰："吾本谓渡江托足无所，尔家有相①，尔等并罗列吾前，复何忧？"周嵩起，长跪而泣曰："不如阿母言②。伯仁为人志大而才短，名重而识暗，好乘人之弊，此非自全之道；嵩性狼抗，亦不容于世；唯阿奴碌碌，当在阿母目下耳。"

【译文】

周伯仁的母亲在冬至这一天赐酒给三个儿子，说："我本以为过江后无落脚之地，幸亏你们周家有福气，你们兄弟几人都在我身边，我也就没什么可忧虑的了。"周嵩起身恭敬地跪在母亲的膝前，流着泪说："并不像母亲所讲。大哥伯仁为人志向远大却才能不足，名声显赫却见识肤浅，且爱乘人之危，这并不是保全自己的方法。我本人性格耿直高傲，为世所难容。只有小弟弟平庸，可以时常在母亲跟前罢了。"

【原文】

王大将军既亡，王应欲投世儒，世儒为江州；王含欲投王舒，舒为荆州。含语应曰："大将军平素与江州云何①，而汝欲归之？"应曰："此乃所以宜往也。江州当人强盛时，能抗同异，此非常人所行。及睹衰危，必兴愍恻。荆州守文，岂能作意表行事？"含不从，遂共投舒。舒果沈含父子于江。彬闻应当来，密具船以待之。竟不得来，深以为恨。

【注释】

①云何：怎么样。

【译文】

王大将军败亡之后，他的嗣子王应想投奔王彬（世儒），世儒为江州刺史，王含想投奔王舒。王舒为荆州刺史。王含对王应说："大将军以前与江州的关系如何，你如今要去投靠他？"王应说道："正是因为他们平时感情不好，因此才该去他那里的。江州王彬能够在别人强盛的情况下坚持己见，这不是一般人能够做得到的。当他知道别人面临危难，就必然会有怜悯恻隐之心，荆州的王舒，拘泥于成法，他怎么会做出超出常规、让人感到意外的事情呢？"王含却不听他的意见，于是两人一起去投奔王舒。王舒用船将王含父子沉入江底。王彬本来听说王应要来，就私下里准备等待他，可是最终王应都没有来，他因此深感遗憾。

【原文】

武昌孟嘉作庾太尉州从事，已知名。褚太傅有知人鉴，罢豫章还，过武昌，问庾曰："闻孟从事佳，今在此不？"庾云："试自求之。"褚眄睐良久①，指嘉曰："此君小异，得无是乎②？"庾大笑曰："然！"于时既叹褚之默识③，又欣嘉之见赏。

【注释】

①眄睐：目光左右流动地观察。

②得无：表示推测，语气偏向于肯定，相当于"大概"、"恐怕"。

③默识：暗自识别。

【译文】

　　武昌的孟嘉担任太尉庾亮的江州从事，当时他已经有名气了。太傅褚裒有鉴赏品评人物的才能，被罢免豫章太守后，归途中路过武昌，他问庾亮："听说孟从事这个人很不错，今天在这里吗？"庾亮说："你自己找找看吧！"褚裒环视了良久，指着孟嘉说："这一位有点与众不同，可能就是他吧？"庾亮大笑，说："对啊。"此时他既赞褚裒的鉴识能力，又替孟嘉受到赏识而高兴。

【注释】

①确然：态度坚定。确，"榷"的同音借字，表示坚硬。

②相谓：互相谈论。

【原文】

　　王仲祖、谢仁祖、刘真长俱至丹阳墓所省殷扬州，殊有确然之志①。既反，王、谢相谓曰②："渊源不起，当如苍生何？"深为忧叹。刘曰："卿诸人真忧渊源不起邪？"

【译文】

　　王仲祖、谢仁祖、刘真长一起到丹阳墓地探望隐居的殷扬州，殷扬州表示了自己长期隐居的坚定信念。回来的路上，王和谢相互议论道："殷渊源不出来做官，怎么向百姓交代啊？"深深地为此忧虑叹息。刘却说："你们几位真的担心渊源不出来做官吗？"

【注释】

①小庾：庾翼，是庾亮的弟弟，任安西将军、荆州刺史。

【原文】

　　小庾临终①，自表以子园客为代。朝廷虑其不从命，未知所遣，乃共议用桓温。刘尹曰："使伊去，必能克定西楚，然恐不可复制。"

【译文】

　　小庾（翼）临终时上奏章推荐自己的儿子园客（庾爱之）接替荆州刺史。朝廷担心园客不服从安排，找不到派去的人选，众人进行一番商讨后决定让桓温去。刘尹说："派他去，肯定会使西楚稳定，可是恐怕今后再也无法控制他了。"

【原文】

桓公将伐蜀，在事诸贤咸以李势在蜀既久，承藉累叶①，且形据上流，三峡未易可克。唯刘尹云："伊必能克蜀。观其蒲博，不必得，则不为。"

【注释】

①承藉累计：继承（前辈事业）好几代。

【译文】

桓温即将讨伐蜀地，为官的贤达之人都认为李势在蜀地的时间已经很长了，继承祖辈的基业也已经有好几代了，并且他们在地形上控制了长江上游，三峡是不会轻而易举被攻破的。只有刘尹说："桓温肯定能够将蜀地征服。我看过他赌博，没有绝对的把握他就不会出手。"

【原文】

谢公在东山畜妓①，简文曰："安石必出。既与人同乐，亦不得不与人同忧。"

【注释】

①谢公：谢安，字安石。东山：谢安早年隐居的地方。当时他常和王羲之等人带着女妓出游。妓：表演音乐、歌舞的女侍。

【译文】

谢公（谢安）在东山养有歌舞女妓，简文帝司马昱说："安石一定会出仕，他既然能与人同乐，也就不得不与人同忧。"

【原文】

郗超与谢玄不善。苻坚将问晋鼎①，既已狼噬梁、岐，又虎视淮阴矣。于时朝议遣玄北讨，人间颇有异同之论。唯超曰："是必济事。吾昔尝与共在桓宣武府，见使才皆尽，虽履屐之间②，亦得其任。以此推之，容必能立勋。"元功既举③，时人咸叹超之先觉，又重其不以爱憎匿善。

【注释】

①问晋鼎：指谋夺东晋的政权。传说夏朝铸九鼎，将其作为国宝，成为国家权力的象征。
②履屐（jī）之间：比喻处理小事情。
③元功：首功，大功。举：成，实现。

【译文】

郗超和谢玄的关系不好。苻坚将要对东晋政权图谋不轨，早已像饿狼一样吞食了梁州和岐山，然后对淮水之南虎视眈眈。当时朝廷商议派谢玄率兵北伐，持不同意见的人有很多。只有郗超说："谢玄肯定可以成功。我以前曾在桓温幕府与他共事，发现他用人可以尽其才。就是处理小事情也都能委任得当。从这些情形来推断，他应该一定可以建功立业。"谢玄凯旋后，世人纷纷赞叹郗超的预见能力，同时对他不因个人的爱憎而隐匿别人长处的品德非常敬重。

【注释】

①蝉（chán）连：连续不断。

【原文】

王恭随父在会稽，王大自都来拜墓，恭暂往墓下看之。二人素善，遂十余日方还。父问恭："何故多日？"对曰："与阿大语，蝉连不得归①。"因语之曰："恐阿大非尔之友，终乖爱好。"果如其言。

【译文】

王恭随同父亲住在会稽，王大从京都来会稽扫墓，王恭到墓地去看他。两人素来友好，因此逗留了十多天才回去。父亲问王恭："怎么去了这么多天？"王恭说："与阿大谈话，说起来没完没了，因此回不来。"父亲对他说："恐怕阿大不会成为你的朋友，你们最终会因为志趣爱好不同而分手。"后来果然如父亲所说。

赏誉第八

【原文】

陈仲举尝叹曰①："若周子居者②，真治国之器。譬诸宝剑，则世之干将。"

【译文】

陈仲举曾赞叹地说："像周子居这样的人，的确是治国的人才。如果用宝剑来比喻，就是世上的干将。"

【注释】

①陈仲举：陈蕃，字仲举。

②周子居：周乘，字子居。

【原文】

世目李元礼："谡谡如劲松下风①。"

【译文】

世人品评李元礼说："清凛刚直，就像大风吹过的劲松。"

【注释】

①谡（sù）谡：形容风声疾速强劲。

【原文】

公孙度目邴原："所谓云中白鹤，非燕雀之网所能罗也①。"

【译文】

公孙度评论邴原说："他是人们所说的云中白鹤，不是用捕捉燕雀的罗网所能捉到的。"

【注释】

①罗：罗网。

【原文】

王浚冲、裴叔则二人，总角诣钟士季，须臾去，后客问钟曰："向二童何如？"钟曰："裴楷清通，王戎简要。后二十年，此二贤当为吏部尚书，冀尔时天下无滞才①。"

【注释】

①滞才：被遗漏的人才。

【译文】

王浚冲和裴叔则在童年时去拜访钟士季，没待多长时间就离开了。走后，客人问钟士季："刚才那两个孩子如何？"钟说道："裴楷清廉通达，王戎简约扼要。二十年后，这两位贤人将会做吏部尚书。但愿到那时候，天下人才可以尽其用。"

【注释】

①夏侯太初：夏侯玄，字太初。

②肃肃：严整的样子。

廊庙：本指殿下屋和太庙，是君臣议论政事的地方，这里指朝廷。

③琅（lǎng）琅：形容玉石的光彩。

④山巨源：山涛，字巨源。

⑤幽然：深远的样子。

【原文】

裴令公目夏侯太初①："肃肃如入廊庙中②，不修敬而人自敬。"一曰："如入宗庙，琅琅但见礼乐器③。""见钟士季，如观武库，但睹矛戟。见傅兰硕，汪廧靡所不有。见山巨源④，如登山临下，幽然深远⑤。"

【译文】

中书令裴令公品评夏侯太初："见到他那严整的样子，就像进入朝廷一样，令人肃然起敬。自己不造作，却让人自然而然地敬重。"还有一种说法是："就像进了宗庙，看到的都是美妙的礼器乐器。""见到钟士季，就像参观武器库，只看到矛戟之类的兵器。见到傅兰硕，就像看到汪洋大海，感到深厚广博，无所不有。见到山巨源，就像登上高山往下看，幽远深邃。"

【注释】

①璞（pú）玉浑金：未经雕琢的玉和未经冶炼的金。比喻人质朴。

②钦：看重。

③名：称呼。器：器量，才识。

【原文】

王戎目山巨源："如璞玉浑金①，人皆钦其宝②，莫知名其器③。"

【译文】

王戎评山涛："他好比未经雕琢的玉和未经冶炼的金，人人都看重他的珍贵，却无人知道该如何评价他的才识和度量。"

【注释】

①清真：清雅纯真。

【原文】

山公举阮咸为吏部郎，目曰："清真寡欲①，万物不能移也。"

【译文】

山涛推荐阮咸担任吏部郎，并评价阮咸道："纯真淡雅，清心寡欲，没有什么能够改变他高洁的品格。"

【原文】

庚子嵩目和峤："森森如千丈松①，虽磊砢有节目②，施之大厦，有栋梁之用。"

【译文】

庚子嵩品评和峤："有如茂盛的千丈松柏，虽然有节疤枝杈，但用来建造高楼，有栋梁的用途。"

【原文】

王戎云："太尉神姿高彻①，如瑶林琼树②，自然是风尘外物③。"

【译文】

王戎说："太尉王衍的仪态高迈豪爽，犹如美玉般的宝树，天生就是超脱世俗之外的人物。"

【原文】

王汝南既除所生服，遂停墓所。兄子济每来拜墓，略不过叔①，叔亦不候。济脱时过②，止寒温而已。后聊试问近事，答对甚有音辞，出济意外，济极惋愕；仍与语，转造精微。济先略无子侄之敬，既闻其言，不觉懔然，心形俱肃。遂留共语，弥日累夜。济虽俊爽，自视缺然，乃喟然叹曰："家有名士，三十年而不知！"济去，叔送至门。济从骑有一马绝难乘，少能骑者。济聊问叔："好骑乘不？"曰："亦好尔。"济又使骑难乘马，叔姿形既妙，回策如萦③，名骑无以过之。济益叹其难测，非复一事。既还，浑问济："何以暂行累日？"济曰："始得一叔。"浑问其故，济具叹述如此。浑曰："何如我？"济曰："济以上人。"武帝每见济，辄以湛调之，曰："卿家痴叔死未？"济常无以答。既而得叔后，武帝又问如前，济曰："臣叔不痴。"称其实美。帝曰："谁比？"济曰："山涛以下，魏舒以上。"于是显名，年二十八始宦。

【译文】

　　王汝南（湛）为父亲服丧三年，脱掉丧服后就在墓地居住。他的侄子王济每次来扫墓，都不去看叔叔，而叔叔也从不等他。王济偶然经过，不过寒暄几句而已。后来王济随意问了一些最近的事情，王汝南回答得言辞华美、音调悦耳，出乎王济预料，令其大吃一惊。继续与他谈论，越谈越精深微妙。这之前王济对王汝南完全没有子侄应有的恭敬，听完他的言辞，王济敬畏之情顿生，身心肃穆。于是留下来一起谈论，一连好几天都是通宵达旦。王济虽然才华出众，性格豪放，但还是认识到了自己的不足之处，他长叹了一口气说："家里有位名士，三十年来却都不知道。"王济告辞时，叔叔将他送到门口。王济的随从中有一匹马，不好驾驭，很少有人能骑它。王济就顺便问叔叔道："您喜欢骑马吗？"叔叔答道："喜欢啊！"王济就让叔叔去骑那匹烈马。发现叔叔跨上马背的姿势妙不可言。马鞭向后一甩，就形成了一个圆圈，即使是著名的骑手，都很难超越他。王济越发赞叹叔叔的高深莫测，其才能并非仅仅表现在某一个方面。回家后，父亲王浑问王济："怎么去了这么久？"王济说："我方才找到一位好叔叔。"父亲问他是什么意思，他就边赞叹边述说自己的见闻。父亲又问："跟我比如何？"王济说："是在你之上的人物。"以往晋武帝每次见到王济，都会拿王湛跟他开玩笑，问他："你家的那个傻叔叔死了吗？"王济往往不知怎么回答。重新认识了叔叔以后，当晋武帝又像往常那样问他时，王济便说："我叔叔并不傻。"并极力称赞叔叔的各种美德。晋武帝问："可以与谁相比呢？"王济说："在山涛之下、魏舒之上。"王湛从此闻名于世，二十八岁才开始做官。

【原文】

张华见褚陶，语陆平原曰："君兄弟龙跃云津①，顾彦先凤鸣朝阳②。谓东南之宝已尽，不意复见诸生。"陆曰："公未睹不鸣不跃者耳！"

【注释】

①龙跃云津：像龙从天上银河跃出。比喻英才崛起。

②凤鸣朝阳：像凤鸟在早上鸣叫。比喻贤才遇时而起。

【译文】

张华见到褚陶后，对陆机说："你们兄弟俩就像飞龙从天上银河跃出；顾彦先就像凤鸟迎着朝阳鸣叫。我本来以为东南的珍宝已经全在这里了，没想到现在又遇见了褚先生。"陆机说："那只是因为您没有看到不鸣叫不跳跃的人而已。"

【原文】

卫伯玉为尚书令，见乐广与中朝名士谈议，奇之曰："自昔诸人没已来，常恐微言将绝①。今乃复闻斯言于君矣！"命子弟造之，曰："此人，人之水镜也②，见之若披云雾睹青天③。"

【注释】

①微言：精深微妙的言辞。指玄学清谈。

②水镜：像水一样清澈明亮的镜子。

③披：拨开，分开。

【译文】

卫瓘担任尚书令时，看到乐广与西晋的名士谈论，感到非常出乎意料，说："自从过去那些名士去世以来，我总是担心清谈即将断绝。如今又从您这里听到了这种谈论！"于是他命弟子去拜访乐广，并说："此人就像清澈明亮照人的镜子，见到他就仿佛拨开云雾见青天一样。"

【原文】

王平子曰太尉①："阿兄形似道②，而神锋太俊③。"太尉答曰："诚不如卿落落穆穆④。"

【注释】

①王平子：王澄，字平子。太尉：指王衍，王澄的哥哥。

②道：有道，有德行。

③神锋：精神气概。俊：突出。

④落落穆穆：豁达而又沉静。

【译文】

王平子品评太尉王衍："哥哥的外表像是很有德行，只是锋芒太露。"太尉回答说："我的确不如你豁达沉静。"

【注释】

①弘旷：宏大宽广。

②虚夷：谦虚平易。

【原文】

　　林下诸贤，各有俊才子：籍子浑，器量弘旷①；康子绍，清远雅正；涛子简，疏通高素；咸子瞻，虚夷有远志②；瞻弟孚，爽朗多所遗；秀子纯、悌，并令淑有清流；戎子万子，有大成之风，苗而不秀；唯伶子无闻。凡此诸子，唯瞻为冠，绍、简亦见重当世。

【译文】

　　竹林七贤都有才智出众的儿子：阮籍的儿子浑，器量宽广恢弘；嵇康的儿子绍，清雅高远、耿直正派；山涛的儿子简，宁静淡泊、高洁通达；阮咸的儿子瞻，谦逊平和、志存高远；阮瞻的弟弟孚，坦率开朗，对事物多有超越；向秀的儿子纯、悌，都善良美好、品行高洁；王戎的儿子万子，气度非凡，足以成就大业，但可惜英年早逝；唯独刘伶的儿子默默无闻。在这些人的儿子中，只有阮瞻堪称第一，嵇绍和山简也被世人看重。

【注释】

①雅：副词，甚，很。

②式瞻：即"瞻"，观看。式：发语词。

【原文】

　　太傅东海王镇许昌，以王安期为记室参军，雅相知重①。敕世子毗曰："夫学之所益者浅，体之所安者深。闲习礼度，不如式瞻仪形②；讽味遗言，不如亲承音旨。王参军人伦之表，汝其师之。"或曰："王、赵、邓三参军，人伦之表，汝其师之。"谓安期、邓伯道、赵穆也。袁宏作名士传，直云王参军。或云："赵家先犹有此本。"

【译文】

　　太傅东海王（司马越）镇守许昌时，任命王安期（承）为记室参军，对他非常赏识。告诫自己的儿子司马毗说："从书中学来的东西比较肤浅，亲身体验到的感受比较深刻。"学习掌握礼仪法度，不如亲眼去观看礼仪形式；吟咏品味先人的遗言，不如亲身接受贤人的教诲。王参军是众人的表率，你要向他学习，以他为师。"还有一种这样的说法："王、赵、邓三位参军是人民的表率，你要以他们为师。"说的是王安期、邓伯道（攸）、赵穆。袁宏撰写《名士传》时，就只提到了"王参军"。有人说："以前赵穆家里还保存着这个抄本。"

【原文】

王公目太尉："岩岩清峙①，壁立千仞。"

【注释】

①岩岩：形容高俊。清峙（zhì）：清静耸立。

【译文】

王导评价王衍说："他就像巍峨的高山，清秀挺拔；就像千仞峭壁，耸立于前。"

【原文】

庾太尉目庾中郎："家从谈谈之许①。"

【注释】

①许：赞许。

【译文】

庾太尉（亮）评价庾中郎道："我家叔父深不可测。"

【原文】

时人目庾中郎："善于托大①，长于自藏。"

【注释】

①托大：把高位当成寄身之所，即居高位而不作威作福。

【译文】

当时的人们评价庾中郎道："他善于寄身大道而超脱世事，长于韬光养晦而不露锋芒。"

【原文】

王平子与人书，称其儿"风气日上①，足散人怀"。

【注释】

①风气：风采气量。

【译文】

王澄给朋友写信，称赞他的儿子"风度翩翩，气质日日向上，足以排遣内心的苦闷"。

【注释】

①刁玄亮：刁协，字玄亮，深得晋元帝信任重用，官至尚书令。察察：清察明辨。

【原文】

王丞相云："刁玄亮之察察①，戴若思之岩岩，卞望之之峰距。"

【译文】

丞相王导说："刁玄亮明察秋毫，戴若思性情严峻，卞望之整饬而有锋芒。"

【注释】

①右军：王羲之，字逸少，曾任右将军，是大将军王敦的堂侄。

【原文】

大将军语右军①："汝是我佳子弟，当不减阮主簿。"

【译文】

大将军王敦对右军（王羲之）说："你是我们家的优秀弟子，应该不落后于阮主簿（裕）。"

【注释】

①嶷（yí）：形容山高特立。

【原文】

世目周侯："嶷如断山①"。

【译文】

世人评价周侯，说："他高峻陡峭，好像一座劈开的大山，让人望而生畏。"

【注释】

①主：僚属称上司为主。

【原文】

王蓝田为人晚成，时人乃谓之痴。王丞相以其东海子，辟为掾。常集聚，王公每发言，众人竞赞之；述于末坐曰："主非尧、舜①，何得事事皆是？"丞相甚相叹赏。

【译文】

蓝田侯王述成名比较晚，当时的人们都说他傻。丞相王导因他是东海太守王承的儿子而征召他来做属官。大家经常聚会，王导每次发言都会得到众人竞相赞美。王述坐在末座，却说："丞相并非尧、舜，怎么能什么都对呢？"王导很赞赏他的话。

【原文】

庾公为护军，属桓廷尉觅一佳吏，乃经年。桓后遇见徐宁而知之，遂致于庾公，曰："人所应有，其不必有；人所应无，己不必无，真海岱清士①。"

【译文】

庾亮担任护军时，嘱托桓廷尉给他寻找一位好的属官，居然过了一年。桓廷尉后来遇到了徐宁，对他很赏识，就将其引荐给了庾亮，说："常人应该有的，他不一定有；常人应该没有的，他却不一定没有，实在是海岱之间的高洁之士。"

【注释】

① "人所"句：这里所说的"有"和"无"，大概是指礼法、道德方面的内容。按句意，似指徐宁与众不同。

【原文】

桓茂伦云："褚季野皮里阳秋。"谓其裁中也①。

【译文】

桓茂伦说："褚季野肚子里藏着春秋。"这就是说他内心对人事有褒有贬。

【注释】

①裁中：裁于中，内心有裁决。

【原文】

何次道尝送东人，瞻望，见贾宁在后轮中①，曰："此人不死，终为诸侯上客。"

【译文】

何次道曾送从东边来的客人，他远远地看到贾宁坐在后面的车中，便说："此人若不死的话，就必定会成为诸侯的座上客。"

【注释】

①后轮：后车。

【注释】

①拔萃过举：出类拔萃的人，全国推崇的人。

【原文】

庾公云："逸少国举。"故庾倪为碑文云："拔萃国举①。"

【译文】

庾亮说："王羲之是全国上下所推崇的人物。"因此庾倪给他写碑文为"拔萃国举"。

【注释】

①未冠：还没成年。
②亹（wěi）亹：同"娓娓"，勤勉不倦的样子。这里指谈论不倦。

【原文】

谢太傅未冠始出西①，诣王长史清言良久。去后，苟子问曰："向客何如尊？"长史曰："向客亹亹②，为来逼人。"

【译文】

谢太傅（安）还没有成年时，初到建康拜访王长史，清谈了很长时间。走后，王苟子问他的父亲："刚才那位客人与父亲相比如何？"王长史说："他说话娓娓动听，早晚都会凌驾于众人之上。"

【注释】

①掇（duō）：揭去。

【原文】

谢公称蓝田："掇皮皆真①。"

【译文】

谢公（安）称赞蓝田（王述）说："此人性情表里如一，就算搓掉了表皮，显露出来的也是真的。"

【注释】

①可儿：等于可人，使人可意的人，可爱的人。

【原文】

桓温行经王敦墓边过，望之云："可儿①！可儿！"

【译文】

桓温外出，路过王敦的墓地，他望着陵墓说："可心的人啊！可心的人啊！"

【原文】

王长史谓林公："真长可谓金玉满堂①。"林公曰："金玉满堂，复何为简选②？"王曰："非为简选，直致言处自寡耳。"

【注释】

①金玉满堂：比喻非常有才学。

②简选：挑选。

【译文】

王长史对支道林说："真长应该说是满腹经纶，就好比金玉满堂。"林公说："既然是满腹经纶，为什么还要挑选言辞呢？"王说："并非挑选言辞，只不过是他本来就寡言少语而已。"

【原文】

王右军道谢万石"在林泽中，为自道上①"，叹林公"器朗神俊"，道祖士少"风领毛骨②，恐没世不复见如此人"，道刘真长"标云柯而不扶疏"。

【注释】

①为：而。道（qiú）：刚劲有力。

②毛骨：容貌。

【译文】

王羲之说谢万石"在丛林水泽中，自然会挺拔向上"。称赞支道林说"器宇轩昂，神采非凡"。称赞祖士少"相貌独具风韵，恐怕这辈子都见不到这样的人了"。评价刘真长"好比高耸入云的柯树，但是枝叶不茂盛"。

【原文】

简文目庾赤玉："省率治除。"谢仁祖云："庾赤玉胸中无宿物①。"

【注释】

①宿物：积物，旧物。

【译文】

简文帝（司马昱）评价庾赤玉（统）："简约直率，不蔓不枝。"谢仁祖（尚）评价说："庾赤玉胸中没有陈腐的东西。"

【原文】

殷中军道韩太常曰①："康伯少自标置②，居然是出群器③。及其发言遣辞，往往有情致④。"

【注释】

①韩太常：韩伯，字康伯，殷浩的外甥。

②标置：标榜自负，自视甚高。

③居然：显然。

④往往：处处。

【注释】

①于荣利又不淡：并不淡泊功名利禄。

【注释】

①长史：指王濛(méng)，官至司徒左长史。

②德音：有卓识的言谈。

③苦：这里指在谈论中用言辞使人陷入困境。

【注释】

①转：愈，更加。

②成：通"诚"，实在，确实。

【译文】

中军将军殷浩评价韩康伯说："康伯年少时就很自负，果然是出类拔萃的人才。当他开口说话时，言谈措辞，也往往是很有情趣的。"

【原文】

简文道王怀祖："才既不长，于荣利又不淡①；直以真率少许，便足对人多多许。"

【译文】

简文帝称赞王述说："他并没有突出的才能，也不淡泊功名利禄，只是由于他天真坦率，就这一点就已经抵上了别人的许多优点。"

【原文】

林公谓王右军云："长史作数百语①，无非德音②，如恨不苦③。"王曰："长史自不欲苦物。"

【译文】

支道林对右军将军王羲之说："左长史王濛谈了几百句话，没有一句不是卓越的见解，遗憾的是不能说服别人。"王羲之说道："长史本来就不想为难别人信服他。"

【原文】

殷中军与人书，道谢万："文理转道①，成殊不易②。"

【译文】

殷中军（浩）在给别人写的信中评价谢万，说他"文辞义理越来越刚劲有力，实在是非常不容易"。

【原文】

王长史云："江思悛思怀所通，不翅儒域①。"

【注释】

①不翅：不啻（chì），不止，不仅。

【译文】

王长史（濛）说："江思悛心中所通晓的，并不仅仅限于儒学。"

【原文】

许玄度送母，始出都，人问刘尹："玄度定称所闻不①？"刘曰："才情过于所闻。"

【注释】

①称：相称。

【译文】

许玄度（询）因送母亲而初次来到京都。有人问刘尹道："玄度本人与社会上的传闻到底相符吗？"刘说："此人的才华远远超出了社会上的传闻。"

【原文】

谢公道豫章："若遇七贤，必自把臂入林①。"

【注释】

①把臂：拉着手，表示亲密的意思。

【译文】

谢公称赞豫章说："倘若他遇上了七贤，则必定会挽着他们的胳膊进入山林中。"

【原文】

殷中军道右军："清鉴贵要①。"

【注释】

①清鉴：清高，有鉴识。贵要：尊贵扼要。

【译文】

殷浩称赞王羲之："清爽明鉴，高贵简要。"

【注释】

①谢公：谢安，此时谢安早已离开桓温幕府。

【原文】

桓大司马病。谢公往省病①，从东门入。桓公遥望，叹曰："吾门中久不见如此人！"

【译文】

大司马桓温生病了，谢安前去探望，从东门进去。桓温远远看到谢安进来，感叹道："我家中好久没有看到像谢安这样品高才卓的人了。"

【注释】

①卫君长：卫永，东晋济阴成阳（今山东曹县东北）人，曾任温峤左军长史。

②近：浅近，平凡。

【原文】

孙兴公为庾公参军，共游白石山，卫君长在坐①。孙曰："此子神情都不关山水，而能作文。"庾公曰："卫风韵虽不及卿诸人，倾倒处亦不近②。"孙遂沐浴此言。

【译文】

孙绰担任庾亮的参军，有一次，他们一起游白石山，卫永当时也在。孙绰说："此人的神情不留意于山水却可以写文章。"庾亮说："卫永的风韵气度虽然不能与其他人相提并论，但是其令人敬佩之处也不同凡响。"孙绰于是久久沉浸在这话中。

【注释】

①陈玄伯：陈泰。司马昭杀高贵乡公曹髦阴谋篡权，陈泰忧愤呕血而死。

【原文】

王右军目陈玄伯①："垒块有正骨。"

【译文】

王羲之评价陈泰，说他"胸中积郁不平，但有凛然之气"。

【注释】

①行来：来往。

【原文】

初，法汰北来，未知名，王领军供养之。每与周旋，行来往名胜许①，辄与俱。不得汰，便停车不行。因此名遂重。

【译文】

当初，法汰刚从北方来，还没有什么名气，由王领军供养。王每每同他交往，拜访社会名流，都与法汰一同去。若法汰没有来，王就停下车子不肯前进。法汰因此而闻名。

【原文】

桓公语嘉宾："阿源有德有言，向使作令仆，足以仪刑百揆。朝廷用违其才耳①。"

【注释】

①用：使用，这里指让殷浩带兵。

【译文】

桓温对嘉宾说："阿源（殷浩）很有德行，口才也好，之前若让他做尚书令或仆射，完全可以成为百官的典范。可朝廷对他的使用与他的才干完全相悖。"

【原文】

孙兴公、许玄度共在白楼亭，共商略先往名达①。林公既非所关，听讫，云："二贤故自有才情。"

【注释】

①商略：品评，评论。名达：贤达。

【译文】

孙兴公和许玄度同在白楼亭评论过去的名士①。林公与这些没有任何关系，听了他们的话后说："二位贤人的确有才华。"

【原文】

王右军道东阳："我家阿林①，章清太出。"

【注释】

①阿林：应为"阿临"，指王临之。王临之是王羲之的同宗晚辈，因此说"我家"。阿，前辅助词。

【译文】

王羲之称赞东阳（王临之）道："我们家的阿临，彰明廉洁，特别突出。"

【注释】

①长：通"常"。易：平和。

【原文】

王长史与刘尹书，道渊源"触事长易①"。

【译文】

左长史王濛在给丹阳尹刘惔的信中，评论殷渊源"遇事常常很平和"。

【注释】

①安北：指王坦之，死后追赠安北将军。

【原文】

谢太傅道安北①："见之乃不使人厌，然出户去，不复使人思。"

【译文】

谢安评价安北（王坦之）说："看见他后虽然不至于令人厌烦，但是他出门后不会令人再想念他。"

【注释】

①何次道：何充，据说他饮酒不失礼容，人们都喜爱他的饮酒风度。

【原文】

刘尹云："见何次道饮酒①，使人欲倾家酿。"

【译文】

刘尹说："看何充喝酒，让人情愿把家里的好酒都拿出来请他。"

【注释】

①令音：优美的言辞。

【原文】

谢公云："长史语甚不多，可谓有令音①。"

【译文】

谢安说："王长史虽然不多说话，但是可以说总出妙言。"

【注释】

①文学：辞章学问。镞

【原文】

谢镇西道敬仁："文学镞镞①，无能不新。"

【译文】

镇西将军谢尚评论王敬仁："辞章学问十分突出，如果没有才能，就不会有这样的新意。"

【原文】

林公云："见司州警悟交至①，使人不得住，亦终日忘疲。"

【注释】

①警悟：机敏，领悟。

【译文】

林公说："看到王胡之（司州）机巧的话语纷至沓来，让人听后欲罢不能，并且可以整日不知疲劳。"

【原文】

世称"苟子秀出①，阿兴清和②"。

【注释】

①苟子：王脩（xiú）的小名。
②阿兴：王蕴，字叔仁，小字阿兴，苟子的弟弟。阿，前辅助语词。

【译文】

世人称赞"苟子才华出众，阿兴清静平和"。

【原文】

简文云："刘尹茗柯有实理①。"

【注释】

①茗柯：榠楂（míng zhā）（楂）和柯树。"茗"是"榠"的同音借字。本句以乔木榠和柯树来比喻刘尹身居高位，以柯木的质地坚实来比喻刘尹的"有实理"，也就是善于清谈。

【译文】

简文帝说："刘尹就好像榠楂和柯树，虽然身居高位，但是言谈非常有实理。"

【原文】

吴四姓旧目云①："张文，朱武，陆忠，顾厚。"

【注释】

①旧目：旧时评说。

【译文】

过去人们评论吴地的四大望族时说："张姓崇尚文，朱姓崇尚武，陆姓崇尚忠贞，顾姓崇尚宽厚。"

镞（zú）：挺拔出众的样子。

【注释】

①辞寄：言辞，寄托。

②契素（qiè）：情投意合。

【原文】

许掾尝诣简文，尔时风恬月朗，乃共作曲室中语。襟情之咏，偏是许之所长。辞寄清婉[1]，有逾平日。简文虽契素[2]，此遇尤相咨嗟，不觉造膝，共叉手语，达于将旦。既而曰："玄度才情，故未易多有许。"

【译文】

许掾（询）有一次去拜访简文帝，那天晚上，风静月明，于是一起在内室清谈。直抒胸臆恰是许的长处。言辞清新婉约，远远超过平常。简文帝虽然一直与许都很合得来，但这一次还是大加赞赏，不知不觉中两人便促膝而坐，执手共语，直到天亮。事后，简文帝说："玄度才华横溢，其他人实在是很难达到那样的高度。"

【注释】

①峭：严厉。

②阿：我。

【原文】

谢车骑问谢公："真长至峭[1]，何足乃重？"答曰："是不见耳！阿见子敬[2]，尚使人不能已。"

【译文】

谢玄问谢安："真长性格非常严峻，怎么值得受到这么大的敬重呢？"谢安说："那是因为没有见到他。见到了子敬（王献之）尚且让人忍不住敬仰之情。"

【注释】

①倾目：斜着眼睛看，等于注目。

②已已：第一个"已"，解为停止，第二个"已"，是语气词。

【原文】

谢公领中书监，王东亭有事应同上省。王后至，坐促，王、谢虽不通，太傅犹敛膝容之。王神意闲畅，谢公倾目[1]。："向见阿瓜，故自未易有。虽不相关，正是使人不能已已[2]。"

【译文】

谢安兼任中书监，王东亭有公事和谢一起上朝。王后到，车上座位狭窄，王和谢虽然平时不来往，但是谢还是将双膝收拢，腾出地方让王坐下。王的神态安闲自在，令谢禁不住倾心注目。回来后，对刘夫人说："刚才见到阿瓜，确实是个不可多得的人。虽然我和他没有任何关系，不过他依然让人倾慕不已。"

【原文】

王子敬语谢公："公故萧洒。"谢曰："身不萧洒，君道身最得，身正自调畅①。"

【译文】

王子敬对谢安说："你的确是非常萧洒。"谢安说："我并非装出萧洒的样子，你却评价我最得当，我真正是适意舒畅。"

【原文】

范豫章谓王荆州①："卿风流俊望，真后来之秀。"王曰："不有此舅，焉有此甥？"

【译文】

范宁对王忱说："你仪容秀美，才智超群，实在是后起之秀啊！"王忱说："如果没有您这样的舅父，怎么会有我这样的外甥呢？"

【原文】

张天锡世雄凉州，以力弱诣京师，虽远方殊类，亦边人之桀也。闻皇京多才，钦羡弥至①。犹在渚住，司马著作往诣之。言容鄙陋，无可观听。天锡心甚悔来，以遐外可以自固。王弥有俊才美誉，当时闻而造焉。既至，天锡见其风神清令②，言话如流，陈说古今，无不贯悉。又谙人物氏族，中来皆有证据③。天锡讶服。

【译文】

　　张天锡世代称雄凉州，后来由于势力衰弱而来到了京都，他虽然是边远地区的异族，但也称得上边陲的杰出人物。他听说京都到处都是人才，就非常美慕钦佩。在长江停泊时，司马著作前去拜访他，言语粗俗，容貌鄙陋，实在是不堪入人耳目。天锡心里很后悔来到了南方，他认为将自己置身于荒原的凉州，还可以自保。王弥才华出众，闻名当地，他听说后就去拜访此人。到后，天锡看他风度翩翩，神采飞扬，言语流畅，谈古论今，无不通晓。并且他熟悉名士的氏族姻亲，说出来都很有根据，天锡不觉惊叹佩服。

【注释】

①休明：美好光明。

②九泉：黄泉，指阴间。

【原文】

　　殷仲堪丧后，桓玄问仲文："卿家仲堪，定是何似人？"仲文曰："虽不能休明一世①，足以映彻九泉②。"

【译文】

　　殷仲堪死后，桓玄问殷仲文："你们家的仲堪，到底是什么样的人呢？"仲文说："他虽然没有达到一生完美无缺，但其品行的光明，在死后也足以映照九泉。"

品藻第九

【原文】

　　汝南陈仲举、颍川李元礼二人，共论其功德，不能定先后。蔡伯喈评之曰①："陈仲举强于犯上，李元礼严于摄下②。犯上难，摄下易。"仲举遂在三君之下③，元礼居八俊之上。

【译文】

　　世人评价汝南陈仲举、颍川李元礼二人的功德，无法确定他们的高下。蔡伯喈评论说："陈仲举敢于冒犯上司，李元礼严于威慑下属。冒犯上司很难，威慑下属比较容易。"因此陈仲举就排在"三君"之后，李元礼则位居"八俊"之前。

【原文】

　　庞士元至吴①，吴人并友之。见陆绩、顾劭、全琮，而为之目曰："陆子所谓驽马有逸足之用，顾子所谓驽牛可以负重致远。"或问："如所目，陆为胜邪？"曰："驽马虽精速，能致一人耳。驽牛一日行百里，所致岂一人哉？"吴人无以难。"全子好声名，似汝南樊子昭。"

【译文】

　　庞统来到吴中，当地人纷纷与他交朋友。他见到陆绩、顾劭、全琮，就评论他们道："陆绩是人们常说的驽马，但有代步的用处；顾劭是人们所说的驽牛，但可以负重到很远。"有人说："照您这么说，应该是陆绩胜出些？"庞统说："驽马虽然比驽牛跑得快些，但是它所运载的只不过是一个人而已。驽牛一天走一百里，难道它所运载的只是一个人吗？"吴中人士都没法反驳他。他又接着说："全琮看重名声，就像汝南的樊子昭。"

【注释】

①陶冶：熏陶，施加影响。

②与时浮沉：随时势变化而变化，顺应潮流。

③王霸：王道和霸道，即以仁义治国的策略和以武力治国的策略。

【原文】

顾劭尝与庞士元宿语，问曰："闻子名知人，吾与足下孰愈？"曰："陶冶世俗①，与时浮沉②，吾不如子；论王霸之余策③，览倚仗之要害，吾似有一日之长。"劭亦安其言。

【译文】

顾劭曾和庞士元晚上一起聊天，他问庞士元："我听说你善于赏鉴人物，我和你相比，谁更好一些呢？"庞士元说："改变社会风俗，顺应变化，这点我不如你；探究帝王称霸的策略，观察祸福利害的变化，我可能比你强一些。"顾劭也觉得他的评论很恰当。

【注释】

①诸葛瑾：字子瑜，仕吴任长史、南郡太守，孙权称帝后，担任大将军兼豫州牧。

②狗：这里没有贬义，只是喻指人物的流品依次低于龙、虎。

【原文】

诸葛瑾、弟亮及从弟诞①，并有盛名，各在一国。于时以为蜀得其龙，吴得其虎，魏得其狗②。诞在魏，与夏侯玄齐名；瑾在吴，吴朝服其弘量。

【译文】

诸葛瑾和弟弟诸葛亮以及堂弟诸葛诞三人，都享有盛名，三人各在一个国家任职。当时人们认为"蜀国的诸葛亮是龙，吴国的诸葛瑾是虎，魏国的诸葛诞是狗"。诸葛诞在魏国和夏侯玄齐名；诸葛瑾在吴国，朝廷上下都佩服他宽宏的器量。

【注释】

①正始：三国魏齐王曹芳的年号（240~249）。

②比论：并列起来评论。

③方：比拟，相比。

【原文】

正始中①，人士比论②，以五荀方五陈③：荀淑方陈寔，荀靖方陈谌，荀爽方陈纪，荀彧方陈群，荀𫖮方陈泰。又以八裴方八王：裴徽方王祥，裴楷方王夷甫，裴康方王绥，裴绰方王澄，裴瓒方王敦，裴遐方王导，裴頠方王戎，裴邈方王玄。

【译文】

正始年间，人们把名流们相互比对评论，用五位荀门中的人物和五位陈门中的人物对比：荀淑比陈寔，荀靖比陈谌，荀爽比陈

纪，荀彧比陈群，荀颗比陈泰。后来又用八位裴门中的人物和八位
王门中的人物对比：裴徽比王祥，裴楷比王夷甫，裴康比王绥，
裴绰比王澄，裴瓒比王敦，裴遐比王导，裴颜比王戎，裴邈比王
玄。

【原文】

冀州刺史杨准二子乔与髦，俱总角为成器①。准与裴颜、乐
广友善，遣见之。颜性弘方②，爱乔之有高韵，谓准曰："乔当
及卿，髦小减也。"广性清淳，爱髦之有神检③，谓准曰："乔自
及卿，然髦尤精出。"准笑曰："我二儿之优劣，乃裴、乐之优
劣。"论者评之，以为乔虽高韵，而神检不逮，乐言为得。然并
为后出之俊。

【译文】

冀州刺史杨准的两个儿子杨乔和杨髦，都是幼年时就已成
才。杨准和裴颜、乐广的关系不错，就让两个儿子和他们见面。裴
颜性格大度正直，喜欢杨乔的高雅气质，对杨准说："杨乔的成就
将会与你相当，杨髦稍微差一点。"乐广性格清正质朴，他喜欢
杨髦非凡的品格，对杨准说："杨乔自然赶得上你，不过杨髦更优
秀。"杨准笑着说："我这两个儿子的好坏，就是你们裴、乐二人
的好坏。"后来有人评论他们，认为杨乔虽然高雅有气质，但操
守不是很完美，证实乐广的评价是正确的。不过二人都是后辈中
的精英。

【原文】

刘令言始入洛，见诸名士而叹曰："王夷甫太解明①，乐
彦辅我所敬，张茂先我所不解，周弘武巧于用短，杜方叔拙于
用长。"

【译文】

刘令言刚到洛阳，同当时的一些名士会见后，赞叹道："王夷

【注释】

①成器：比喻杰出人才。

②弘方：旷达正直。

③神检：非凡的品格。
检，品格。

【注释】

①解明：精明。

甫精明过人，乐彦辅实在让我敬佩，张茂先此人我有些不懂，周弘武非常善于巧用自己的不足之处，杜方叔却不擅长发挥自己的长处。”

【注释】

①西朝：指晋室还没有南渡的时代，即西晋时代。

【原文】

王大将军在西朝时①，见周侯，辄扇障面不得住。后度江左，不能复尔，王叹曰：“不知我进，伯仁退？”

【译文】

王大将军（敦）在西晋的时候，每次看到周侯就会不停地挥动扇子。后来渡江南下后，就不再这样了，他总是感叹：“不知道到底是我前进了，还是周侯（伯仁）倒退了？”

【注释】

①明帝：指晋明帝司马绍。

②郗鉴：字道徽，晋高平金乡（今属山东）人，以儒雅著名。历任兖州、徐州刺史、司空，官至太尉。

【原文】

明帝问周伯仁①：“卿自谓何如郗鉴②？”周曰：“鉴方臣，如有功夫。”复问郗，郗曰：“周颛比臣，有国士门风。”

【译文】

晋明帝司马绍问周颛：“你自认为和郗鉴相比怎么样？”周颛说：“郗鉴和我相比，似乎更有造诣。”明帝又问郗鉴，郗鉴回答说：“周颛和我相比，更有国士的风范。”

【注释】

①端委庙堂：穿着严整的礼服在朝廷办事，这里的意思是掌管朝政。端委，严整宽长的礼服。

②一丘一壑：这里指寄情于山水风景之中。

【原文】

明帝问谢鲲：“君自谓何如庾亮？”答曰：“端委庙堂①，使百僚准则，臣不如亮。一丘一壑②，自谓过之。”

【译文】

晋明帝司马绍问谢鲲：“你自认为和庾亮相比怎么样呢？”谢鲲回答：“身穿朝服端坐在朝中，成为百官的楷模，这方面我不如庾亮；但纵情于山水之间，我自认为超过庾亮。”

【原文】

　　王丞相辟王蓝田为掾，庾公问丞相："蓝田何似？"王曰："真独简贵①，不减父祖②；然旷澹处③，故当不如尔。"

【译文】

　　丞相王导召王蓝田担任属官，庾公（庾亮）问丞相王导："蓝田这个人怎么样？"王导说："率真孤傲、简约高贵这方面，不比他的父亲和祖父差，然而旷达淡泊的胸怀，的确不如长辈啊。"

【注释】

①真独：自然坦率，不同流俗。简贵：简约高贵。

②父祖：父指王承，祖指王湛。

③旷澹：旷达淡泊。

【原文】

　　卞望之云："郗公体中有三反①，方于事上，好下佞己，一反；治身清贞，大修计校②，二反；自好读书，憎人学问，三反。"

【译文】

　　卞望之说："郗公的身上有三种矛盾的现象：侍奉君主方正，却爱好下级对自己谄媚，这是第一个矛盾；自身要求清正廉洁，却对别人斤斤计较，这是第二个矛盾；自己爱好读书，却讨厌别人做学问，这是第三个矛盾。"

【注释】

①反：相反，矛盾。

②计校：算计谋划财物。

【原文】

　　世论温太真是过江第二流之高者。时名辈共说人物，第一将尽之间，温常失色①。

【译文】

　　当时人们认为，温太真是渡江以后，第二流人才中的佼佼者。当时名流们一起品评人物，第一流人物快要说完时，温峤常常惶恐失色。

【注释】

①失色：这里指温峤唯恐第一流人物中没有自己而惊慌失色。

【原文】

　　王丞相云："见谢仁祖，恒令人得上。"与何次道语，唯举手指地曰："正自尔馨①。"

【注释】

①尔馨：如此，这样。

【译文】

　　王丞相说："见到谢仁祖（尚），常令人精神奋发。"与何次道谈话，他只是将手抬起来指着地面说："正是如此。"

【注释】

①减：比……差。

【原文】

　　王右军少时，丞相云："逸少何缘复减万安邪①？"

【译文】

　　王羲之年轻时，王丞相说："逸少（王羲之）为何比不上万安（刘绥）呢？"

【注释】

①伧奴：原籍北方的奴仆。南北朝时南人蔑称北人为伧人。

【原文】

　　郗司空家有伧奴①，知及文章，事事有意。王右军向刘尹称之。刘问："何如方回？"王曰："此正小人有意向耳，何得便比方回？"刘曰："若不如方回，故是常奴耳。"

【译文】

　　郗司空家里有个来自北方的奴仆，通晓文章，办事很用心。王羲之向刘尹称赞他。刘问："跟方回（郗愔）相比如何？"王说："这只不过是个小人办事很用心而已，怎么可以与方回比呢？"刘说："倘若比不上方回，就仍然是个普通的奴仆罢了。"

【注释】

①韶润：韶秀温润。
②思致：思想情趣。

【原文】

　　时人道阮思旷："骨气不及右军，简秀不如真长，韶润不如仲祖①，思致不如渊源②，而兼有诸人之美。"

【译文】

　　当时的人们评论阮思旷说："风骨气度比不上王羲之，简约秀逸比不上刘真长，韶秀温润比不上王仲祖，思想情趣比不上殷渊源，但是集这些人的长处于一身。"

【原文】

简文云："何平叔巧累于理[1]，嵇叔夜俊伤其道。"

【注释】

[1]何平叔：何晏，字平叔，是唯心主义玄学的一个代表人物。

【译文】

简文帝司马昱说："何平叔巧言善辩，牵累了他的玄理；嵇叔夜才学奇异，妨害了他的自然之道。"

【原文】

人问殷渊源："当世王公以卿比裴叔道，云何[1]？"殷曰："故当以识通暗处[2]。"

【注释】

[1]云何：怎么样。

[2]故当：只是，不过是。暗：不精明。

【译文】

有人问殷渊源："当代显贵将你同裴叔道相提并论，你认为怎么样？"殷说："只不过是拿远见卓识来比愚陋之见罢了。"

【原文】

抚军问殷浩："卿定何如裴逸民？"良久答曰："故当胜耳[1]。"

【注释】

[1]故当：应当，表示肯定的语气。

【译文】

抚军大将军司马昱问殷浩："你跟裴颜相比究竟怎么样？"过了很久，殷浩才回答说："我应该比他强吧。"

【原文】

桓公少与殷侯齐名，常有竞心[1]。桓问殷："卿何如我？"殷云："我与我周旋久[2]，宁作我[3]。"

【注释】

[1]竞心：争胜之心。

[2]周旋：交往，引申为反复商量。

[3]宁作我：宁愿做我自己。殷既不肯承认自己差，又不想说自己比桓温强，回答得很巧妙。

【译文】

桓温年少时与殷浩齐名，总有同殷浩争胜的心理。桓温问殷浩："咱俩相比怎么样？"殷浩说："我同自己反复商量了好久，我宁愿做我自己。"

【注释】

①会稽王：指简文帝司马昱，登位前封为会稽王。

【原文】

　　桓大司马下都，问真长曰："闻会稽王语奇进①，尔邪？"刘曰："极进，然故是第二流中人耳。"桓曰："第一流复是谁？"刘曰："正是我辈耳！"

【译文】

　　桓温来到京都，问刘真长："我听说会稽王（司马昱）在谈论名理上有了很大的进步，果真这样吗？"刘说："进步确实很大，不过还是第二流中的人物而已。"桓说："那么第一流的人物又是谁呢？"刘说："恰恰是我们这帮人啊！"

【注释】

①己：用作第三人称代词，他。另一种说法为"已"，过去之意。

【原文】

　　殷侯既废，桓公语诸人曰："少时与渊源共骑竹马，我弃去，己辄取之①，故当出我下。"

【译文】

　　殷浩被废黜后，桓温对一些人说："儿时我曾和他玩骑竹马的游戏，我扔掉的，过后他就捡起来，自然就在我之下了。"

【注释】

①海西公：晋废帝司马奕。

【原文】

　　未废海西公时①，王元琳问桓元子："箕子、比干，迹异心同，不审明公孰是孰非？"曰："仁称不异，宁为管仲。"

【译文】

　　还没有废黜海西公司马奕时，王元琳问桓元子："箕子、比干二人的做法不同，但用意一致，不知你认为谁对谁错呢？"桓温说："如果同样被称作仁人，我宁可做管仲。"

【注释】

①都长：指容貌漂亮，本性敦厚。

【原文】

　　刘尹抚王长史背曰："阿奴比丞相，但有都长①。"

【译文】

刘尹拍着王长史的背说："阿奴与王丞相相比,的确比他漂亮、敦厚。"

【原文】

刘尹、王长史同坐,长史酒酣起舞。刘尹曰:"阿奴今日不复减向子期①。"

【注释】

①向子期:向秀,字子期。这里指王濛有向秀超尘脱俗的韵味。

【译文】

刘尹和王长史同在座,王长史酒喝到酣畅时就跳起舞来。刘尹说:"阿奴今天绝对不比向子期(秀)逊色啊!"

【原文】

谢公与时贤共赏说①,遏、胡儿并在坐②,公问李弘度曰:"卿家平阳何如乐令③?"于是李潸然流涕曰:"赵王篡逆,乐令亲授玺绶。亡伯雅正,耻处乱朝,遂至仰药,恐难以相比!此自显于事实,非私亲之言。"谢公语胡儿曰:"有识者果不异人意。"

【注释】

①赏说:品评人物。

②遏:谢玄。胡儿:谢朗。

③平阳:李重,自幼好学,有文辞,曾上疏陈九品之弊。仕晋中书郎、吏部尚书等。为官清正,安贫处素。曾任平阳太守。

【译文】

谢安与当时的名士一起评论人物,谢玄和谢朗也在座。谢安问李充:"你的伯父李重跟乐广相比如何?"这时,李充潸然泪下,答道:"赵王司马伦篡位时,乐广亲自将天子的印玺交给赵王。先伯父为人正直,以居于乱朝为耻,因此服毒自尽了,恐怕他俩是不能相比的。这是显而易见的事实,实非我偏袒亲人的话语。"谢安对谢朗说:"有见识的人果然不会辜负人们对他的看法。"

【原文】

王脩龄问王长史:"我家临川①,何如卿家宛陵②?"长史未答,脩龄曰:"临川誉贵。"长史曰:"宛陵未为不贵。"

【注释】

①临川:王羲之,曾任临川太守。

②宛陵：王述，曾任宛
陵县令。

【译文】

　　王脩龄问王长史："我们家临川（王羲之）同你们家宛陵（王述）相比怎么样？"王长史没有回答。王脩龄说："临川以高贵著称。"王长史说："宛陵不见得不高贵。"

【注释】

①韶音令辞：美音美辞。
②破的：射中箭靶，指谈论中理，能说明要旨。

【原文】

　　刘尹至王长史许清言，时苟子年十三，倚床边听。既去，问父曰："刘尹语何如尊？"长史曰："韶音令辞①，不如我，往辄破的②，胜我。"

【译文】

　　刘尹到王长史家里去清谈，当时苟子（王脩）才十三岁，站在坐榻边听。客人走后，苟子问父亲："刘尹所谈的与父亲大人相比如何？"王长史说："辞令优美比不上我，一语中的我却比不上他。"

【注释】

①那得：怎能，岂能。

【原文】

　　谢万寿春败后，简文问郗超："万自可败，那得乃尔失士卒情①？"超曰："伊以率任之性，欲区别智勇。"

【译文】

　　谢万在寿春打了败仗后，简文帝问郗超道："谢万原本就该败，他怎么能如此失去兵士们的爱戴之心呢？"郗超答道："他凭借轻率任性的性格，企图区别于靠智勇指挥作战。"

【注释】

①许玄度：许询，字玄度，小字讷，晋高阳人，曾被征召为司徒掾、议郎，均未就职。善于清谈，后隐居山林。

【原文】

　　刘尹谓谢仁祖曰："自吾有四友，门人加亲。"谓许玄度曰①："自吾有由，恶言不及于耳。"二人皆受而不恨。

【译文】

　　丹阳尹刘惔对谢仁祖说："自从我有了颜回，弟子对我更加亲近了。"对许玄度说："自从我有了仲由，坏话就传不到我的耳朵了。"两个人都接受了他的话，没有觉得不满。

【原文】

　　有人问谢安石、王坦之优劣于桓公。桓公停欲言①，中悔，曰："卿喜传人语，不能复语卿。"

【注释】

①停：正，正要。

【译文】

　　有人向桓温问到谢安石、王坦之两人的优劣。桓温正要讲，中途又后悔，说道："你喜欢散播别人的话，不能告诉你。"

【原文】

　　王中郎尝问刘长沙曰①："我何如苟子②？"刘答曰："卿才乃当不胜苟子③，然会名处多。"王笑曰："痴！"

【注释】

①王中郎：王坦之。

②苟子：王脩的小名。

③乃当：虽然，尽管。

【译文】

　　王坦之曾问刘长沙道："我与苟子相比如何？"刘说："你虽然比不上他的才华，但是对名理的融会贯通在他之上。"王听后笑着说道："太傻了。"

【原文】

　　王右军问许玄度："卿自言何如安石①？"许未答，王因曰："安石故相为雄，阿万当裂眼争邪②？"

【注释】

①安石：谢安。

②阿万：字万石，谢安的弟弟。阿，前辅助语词。

【译文】

　　王羲之问许玄度说："你自己说说，你同安石相比如何？"许没有回答。王于是又说："安石和你确实可以并列称雄，不过阿万应该会怒目相争吧。"

【原文】

　　刘尹云："人言江虨田舍①，江乃自田宅屯②。"

【注释】

①田舍：同"田舍儿"，

乡下人，乡 巴佬。

②乃自：竟然。

【注释】

①金谷：园名，是晋人石崇在洛阳城外金谷涧修建的。

【注释】

①孙承公：孙统，字承公，历任鄞（yín）令、吴宁令、余姚令。

【注释】

①攀安提万：仰攀谢安，提携谢万。指介于两人之间，不及谢安，超过 谢万。

【注释】

①"则鄙"句：《世说新语》原注引《续晋阳秋》说，孙兴公"虽有文才，而诞纵多秽行，

【译文】

刘尹说："众人都说江彪是乡巴佬，他居然就驻扎在农舍中（以乡下人自居）。"

【原文】

谢公云："金谷中①，苏绍最胜。"绍是石崇姊夫，苏则孙，愉子也。

【译文】

谢安说："在金谷园聚会的名流中，要数苏绍最为优秀。"苏绍是石崇的姐夫，苏则的孙子，苏愉的儿子。

【原文】

孙承公云①："谢公清于无奕，润于林道。"

【译文】

孙承公说："谢安比无奕清纯，比林道温雅。"

【原文】

或问林公："司州何如二谢？"林公曰："故当攀安提万①。"

【译文】

有人问支道林："王胡之与谢安、谢万相比如何？"支道林说："当然是高攀谢安而强于谢万了。"

【原文】

孙兴公、许玄度皆一时名流。或重许高情，则鄙孙秽行①；或爱孙才藻，而无取于许。

时人鄙之"。

【译文】

孙兴公、许玄度都是当时的名流。有些人敬重许玄度的高尚情操，便鄙视孙兴公的污秽行为；有些人喜爱孙兴公的文才，便认为许玄度一无可取。

【原文】

郗嘉宾道谢公："造膝虽不深彻①，而缠绵纶至②。"又曰③："右军诣嘉宾。"嘉宾闻之云："不得称诣，政得谓之朋耳。"谢公以嘉宾言为得。

【注释】

①造膝：本指促膝交谈，这里指谈论、议论。

②缠绵纶至：指情意非常深厚。

③又：通"有"，有人。

【译文】

郗嘉宾评论谢安："他的谈论虽然不很透彻，但是情意非常深厚。"有人说："右军很有造诣。"嘉宾听到这话后说："不能说很有造诣，只能说两人相当罢了。"谢安认为嘉宾的话说得对。

【原文】

庾道季云①："思理伦和②，吾愧康伯；志力强正，吾愧文度。自此以还，吾皆百之③。"

【注释】

①庾道季：庾龢（hé），字道季，庾亮的儿子，官至中领军。

②伦和：有条理而又和谐。

③百：是一百倍，作动词用。

【译文】

庾道季说："要说思路有条理而又和谐，我自愧比不上康伯；要说志向纯正毅力坚强，我自愧比不上文度。除了这两人外，其余的人我都超过他们一百倍。"

【原文】

王僧恩轻林公①，蓝田曰："勿学汝兄，汝兄自不如伊。"

【注释】

①轻：轻视，看不起。

【译文】

王僧恩看不起林公，他的父亲蓝田（王述）说："不要学你哥哥（王坦之），你哥哥本来就不如他。"

【注释】

①袁羊：袁齐。

②负：违背。引申为舍弃，忽略。

③体：品德。

【原文】

简文问孙兴公："袁羊何似①？"答曰："不知者不负其才②，知之者无取其体③。"

【译文】

简文帝问孙绰："袁齐这个人如何？"孙说："不了解他的人不会忽视他的才能，了解他的人又不会效仿他的德行。"

【注释】

①蔡叔子：疑即蔡子叔，官至抚军长史。

②无骨干：指因肥而看不到骨骼。

③肤立：指外表能够树立起来。

【原文】

蔡叔子云①："韩康伯虽无骨干②，然亦肤立③。"

【译文】

蔡子叔说："韩康伯虽然胖得像没有骨头似的，但是体形壮美，形象还算可以。"

【注释】

①亹亹：同"娓娓"，形容说话谈论滔滔不绝。

②□：此处为缺文，当是"殷"字。由于宋初讳殷，因此用"□"来代替。此处当为传抄者漏填。

【原文】

郗嘉宾问谢太傅曰："林公谈何如嵇公？"谢云："嵇公勤著脚，裁可得去耳。"又问："殷何如支？"谢曰："正尔有超拔，支乃过殷；然亹亹论辩①，恐□欲制支②。"

【译文】

郗嘉宾问谢安："林公谈论名理与嵇康相比如何？"谢说："嵇康必须得马不停蹄地跑才能追赶上啊！"又问："殷浩与林公相比如何？"谢说："正是由于具有如此超凡脱俗的才思和气质，林公才在殷浩之上，但是在娓娓清谈方面，恐怕林公就不如殷浩了。"

【注释】

①庾道季：庾亮少子。历仕丹阳尹、中领军等。

【原文】

庾道季云①："廉颇、蔺相如虽千载上死人，懔懔恒如有生气。曹蜍、李志虽见在，厌厌如九泉下人②。人皆如此，便可结绳而治，但恐狐狸猯貉啖尽③。"

【译文】

　　庾道季说："廉颇和蔺相如虽然是距今千年以上的人了，但是依然正气凛然，始终保持着生气。曹蜍和李志虽然现在还活着，却精神委靡，像是九泉之下的死人。若人人都像曹蜍和李志，天下就可以用结绳记事的方法来治理了，不过恐怕人们也都会被狐狸、猯猪、野貉等野兽吃光了。"

【原文】

　　卫君长是萧祖周妇兄，谢公问孙僧奴："君家道卫君长云何？"孙曰："云是世业人①。"谢曰："殊不尔，卫自是理义人。"于时以比殷洪远。

【译文】

　　卫君长是萧祖周妻子的哥哥，谢安问孙僧奴说："你觉得卫君长这个人如何？"孙说："据说这个人很致力于世务。"谢说："远非如此，卫原本是个精通玄学的人。"当时人们往往把卫君长同殷洪远相比。

【原文】

　　王子敬问谢公①："林公何如庾公②？"谢殊不受，答曰："先辈初无论，庾公自足没林公。"

【译文】

　　王子敬问谢公（谢安）："林公和庾公相比如何？"谢公实在不愿意回答这个问题，答道："前辈们从没有做过评论，庾公原本就超过林公。"

【原文】

　　谢遏诸人共道竹林优劣①，谢公云："先辈初不臧贬七贤②。"

【注释】

②厌厌：同"恹恹"，精神委靡不振的样子。

③啖（dàn）：吃。

【注释】

①世业人：管世事（尘俗之事）的人。

【注释】

①王子敬：王献之，字子敬，晋琅玡临沂（今属山东）人，王羲之的第七子，东晋著名书法家，曾任建威将军、吴兴太守、中书令。

②林公：支道林。庾公：庾亮。

【注释】

①竹林：指竹林七贤。

②臧（zāng）贬：褒贬，

评论高下。

【译文】

　　谢遏等人在一起议论竹林七贤的优劣，谢公（谢安）说："前辈们从来就不褒贬这七位贤人。"

【注释】

①窟窟：用力的样子。

【原文】

　　有人以王中郎比车骑，车骑闻之曰："伊窟窟成就①。"

【译文】

　　有人拿王中郎（王坦之）比谢玄，谢玄听后说道："他在义理上每一个方面都取得成就。"

【注释】

①王黄门：王徽之。兄弟三人：指王徽之、王操之、王献之。
②寒温：寒暄。
③吉人之辞寡，躁人之辞多：指吉美的人言辞少而精粹，浮躁的人言辞多而啰唆。

【原文】

　　王黄门兄弟三人俱诣谢公①，子猷、子重多说俗事，子敬寒温而已②。既出，坐客问谢公："向三贤孰愈？"谢公曰："小者最胜。"客曰："何以知之？"谢公曰："吉人之辞寡，躁人之辞多③。推此知之。"

【译文】

　　黄门侍郎王徽之兄弟三人结伴去拜访谢安。王徽之和王操之总谈一些俗事，王献之却仅仅寒暄几句而已。他们走后，在座的宾客问谢安："刚才那三位贤人，哪一个更好些？"谢安说："小的那个更好。"客人问："是根据什么判断的？"谢安说："吉人之辞寡，躁人之辞多。我就是根据这个来判断的。"

【注释】

①固：本来。

【原文】

　　谢公问王子敬："君书何如君家尊？"答曰："固当不同①。"公曰："外人论殊不尔。"王曰："外人那得知？"

【译文】

　　谢公（谢安）问王子敬："你的书法和你父亲相比怎么样？"王子敬回答说："原本就不一样。"谢公说："外人的议论可完全不是这样。"王献之说："外人哪里能理解？"

【原文】

王孝伯问谢太傅^①："林公何如长史^②？"太傅曰："长史韶兴。"问："何如刘尹？"谢曰："噫！刘尹秀。"王曰："若如公言，并不如此二人邪？"谢云："身意正尔也。"

【注释】

①王孝伯：王恭。

②长史：王濛。

【译文】

王孝伯问谢安："林公与长史相比如何？"谢安说："长史意趣美好。"又问："同刘尹相比如何？"谢安说："刘尹俊秀出众。"王孝伯说："照你这么说，林公比不上这两位吗？"谢安："正是此意。"

【原文】

人有问太傅："子敬可是先辈谁比？"谢曰："阿敬近撮王、刘之标^①。"

【注释】

①撮（cuō）：聚合。

【译文】

有人问谢安："王献之可以与前辈中哪一位相比？"谢安说："阿敬近乎集王濛和刘惔二人的风度于一体。"

【原文】

谢公语孝伯："君祖比刘尹，故为得逮^①。"孝伯云："刘尹非不能逮，直不逮^②。"

【注释】

①为得：能够，会。

②直：通"只"，只是，不过。

【译文】

谢安对王孝伯说："你的祖父同刘惔相比，应当可以与之媲美吧？"王孝伯说："刘惔此人并不是没有人能够比得上，只是不想做那样的人罢了。"

【注释】

①《高士传》：书名，嵇康撰，今已失传。

赞：一种文体，人物传记后面对所记人物进行褒贬的评论性短文。

【原文】

王子猷、子敬兄弟共赏《高士传》人及赞①。子敬赏井丹高洁，子猷云："未若长卿慢世。"

【译文】

王子猷、王子敬兄弟一起欣赏《高士传》中的人物和赞文，子敬欣赏井丹的高洁，子猷说："不如长卿对世俗的轻慢。"

【注释】

①袁侍中：袁恪之，字元祖，曾任黄门侍郎、侍中。

②荆门：用树枝、荆条编成的门。

③晏然：安然、平静的样子。

【原文】

有人问袁侍中曰①："殷仲堪何如韩康伯？"答曰："义理所得优劣，乃复未辨；然门庭萧寂，居然有名士风流，殷不及韩。"故殷作《诔》云："荆门昼掩②，闲庭晏然③。"

【译文】

有人问侍中袁恪之说："殷仲堪和韩康伯相比怎么样？"他回答说："在玄理上的收获心得方面，二人高下还难以分辨；然而韩康伯门庭幽静，显然是具有名士风范的人，这是殷仲堪不如韩康伯的地方。"所以殷仲堪在哀悼韩康伯的《诔》文中说："柴门白天掩着，庭院里闲适悠然。"

【注释】

①临困：到病重的时候。

②王武冈：王谧（mì），王导的孙子，袭爵武冈侯，少有美誉。曾任黄门侍郎、侍中，领扬州刺史，录尚书事。

【原文】

王珣疾，临困①，问王武冈曰②："世论以我家领军比谁？"武冈曰："世以比王北中郎。"东亭转卧向壁，叹曰："人固不可以无年！"

【译文】

王珣生了病，在病情严重时，问他的堂弟王谧道："世人评论时把我的父亲跟谁相比啊？"王谧说："世人把他同王坦之相比。"王珣转身面向墙壁，长叹说："人可真是不能够不长寿啊！"

【原文】

桓玄为太尉，大会，朝臣毕集。坐裁竟，问王桢之曰①："我何如卿第七叔②？"于时宾客为之咽气③。王徐徐答曰："亡叔是一时之标，公是千载之英。"一坐欢然。

【译文】

桓玄担任太尉时，大会宾客，朝中的大臣们全都聚集在一起。刚刚坐定，他就问王桢之说："我和你的七叔（王献之）相比如何？"这时宾客们都为王桢之紧张得屏住了呼吸。王桢之悠悠答道："亡叔是一时楷模，您是千载英豪。"大家听完都欣然地松了一口气。

【原文】

桓玄问刘太常曰①："我何如谢太傅？"刘答曰："公高，太傅深。"又曰："何如贤舅子敬？"答曰："楂、梨、橘、柚，各有其美②。"

【译文】

桓玄问刘瑾："我同谢安相比如何？"刘瑾说："您高明，谢安深远。"又问："我同你的舅父王献之相比如何？"刘瑾说："山楂、梨子、橘子、柚子，各有各的美味。"

【原文】

旧以桓谦比殷仲文。桓玄时，仲文入，桓于庭中望见之，谓同坐曰："我家中军那得及此也①！"

【译文】

以往拿桓谦来比殷仲文。桓玄当权时，有一次殷仲文从外面进来，桓玄在庭院里看到他，跟同座的人说道："我家中军怎么赶得上他啊！"

【注释】

①王桢之：字公干，王徽之的儿子，历任侍中、大司马长史。
②卿第七叔：指王献之，字子敬。
③咽气：《晋书·王桢之传》作"气咽"，指紧张得喘不过气来。*按：桓玄生性暴戾，此时又大权在握，所以大家担心王桢之回答不当会触犯他。

【注释】

①刘太常：刘瑾，东晋南阳（今河南）人。外祖父为王羲之。历任尚书、太常卿，很有才华。
②楂、梨、橘、柚，各有其美：各种水果有其各自的美味。

【注释】

①中军：指桓谦。那得：怎么能。

规箴第十

【原文】

汉武帝乳母尝于外犯事①，帝欲申宪②，乳母求救东方朔③。朔曰："此非唇舌所争，尔必望济者，将去时，但当屡顾帝，慎勿言！此或可万一冀耳。"乳母既至，朔亦侍侧，因谓曰："汝痴耳！帝岂复忆汝乳哺时恩邪？"帝虽才雄心忍，亦深有情恋，乃凄然愍之，即敕免罪。

【译文】

汉武帝的奶妈曾在外面犯了罪，武帝要依法处置她，奶妈向东方朔求救。东方朔说："这不是口舌争辩能办成的事，你想获释的话，就要在离开的时候，频频回头望着皇上，千万不要说话！这样或许会有一线希望。"奶妈来到汉武帝面前，东方朔也陪侍在武帝身旁，乘机对奶妈说："你太傻了！皇上难道还会记得你哺乳时的恩情吗？"武帝虽然雄才大略，性格刚强，但对奶妈也有深深的依恋之情，于是难过地怜悯起她，马上下令赦免。

【原文】

京房与汉元帝共论①，因问帝："幽、厉之君何以亡②？所任何人？"答曰："其任人不忠。"房曰："知不忠而任之，何邪？"曰："亡国之君各贤其臣，岂知不忠而任之？"房稽首曰③："将恐今之视古，亦犹后之视今也。"

【译文】

京房同汉元帝一起论事，便趁机问汉元帝道："周幽王和周厉王为什么会败亡呢？他们都任用些什么人？"元帝答道："他们所任用的人都不忠诚。"京房说："既然都知道那些人不忠诚，却还要用他们，这又是为什么呢？"元帝说："亡国之君都认为他们各自的臣子贤能，哪有明知他们不忠诚却还要用的呢？"京房叩首道："恐怕我们今天看古人，也就像以后的人看我们现在。"

【原文】

陈元方遭父丧①，哭泣哀恸，躯体骨立②。其母愍之，窃以锦被蒙上。郭林宗吊而见之③，谓曰："卿海内之俊才，四方是则④，如何当丧，锦被蒙上？孔子曰：'衣夫锦也，食夫稻也，于汝安乎？'吾不取也。"奋衣而去。自后宾客绝百所日⑤。

【译文】

陈元方父亲去世后，哀痛哭泣，身体瘦得只剩骨架支撑着。他妈妈怜惜儿子，就悄悄地把锦缎被子披在他身上。郭林宗来吊丧时看到了，就对陈元方说："你是天下的俊杰，四面八方的人都以你为楷模，为什么在服丧期间，披着彩被呢？孔子说：'穿着锦衣，吃着白米，你能安心吗？'我认为不可取。"说完挥袖而去。此后一百多天都没有宾客吊唁。

【原文】

孙休好射雉，至其时，则晨去夕反。群臣莫不上谏①，曰："此为小物，何足甚耽？"休曰："虽为小物，耿介过人②，朕所以好之。"

【译文】

孙休喜欢射猎野鸡，到了射猎的季节，就早出晚归。群臣们没有谁不劝阻他，说："雉鸡是小东西，哪值得如此沉溺呢？"孙休说："虽然是小东西，但它比人刚强正直，所以我喜欢它们。"

【原文】

孙皓问丞相陆凯曰①："卿一宗在朝有几人？"陆曰："二

【注释】

①陈元方：陈纪，字元方，东汉人，陈寔的长子。

②骨立：形容消瘦得只剩骨架支撑身体。

③郭林宗：郭泰，字林宗，东汉人，博学有礼，善处世事和品评人物。

④是则：则是，这里指仿效你。

⑤百所日：一百来天。

【注释】

①上谏：宋本作"止谏"，今据唐写本《世说新书》改作"上谏"。

②耿介：正直，有节操。古人认为雉是一种有节操的鸟，孙休以此来拒绝谏劝。

【注释】

①孙皓：三国时吴国的

相、五侯、将军十余人。"皓曰："盛哉！"陆曰："君贤臣忠，国之盛也。父慈子孝，家之盛也。今政荒民弊，覆亡是惧②，臣何敢言盛！"

【译文】

孙皓问丞相陆凯说："你们家族在朝廷里有几个人呢？"陆凯答道："有两个人做过宰相，五个人被封侯爵，十几个人担任过将军。"孙皓说："真是兴盛啊！"陆凯说："君贤臣忠，国家就兴盛；父慈子孝，家庭就兴盛。如今政治荒废，百姓穷困，覆亡之灾令人恐惧，我哪里还敢说兴盛啊！"

【原文】

何晏、邓飏令管辂作卦①，云："不知位至三公不？"卦成，辂称引古义，深以戒之。飏曰："此老生之常谈。"晏曰："知几其神乎②，古人以为难。交疏吐诚，今人以为难。今君一面，尽二难之道，可谓'明德惟馨③'。诗不云乎：'中心藏之，何日忘之！'"

【译文】

何晏、邓飏让管辂给他们算卦，问道："不知官位能不能升至三公？"卦成以后，管辂引经据典，言辞深刻地劝诫他们。邓飏说："这不过是老生常谈而已。"何晏说："见微知著，古人认为很难。交情疏浅，却能坦诚相待，今人认为很难。今天和你初次见面，却完成了这两件困难的事，可以说是'圣明之德，芳香清醇'啊。《诗经》中不是说嘛，'中心藏之，何日忘之'。我会牢记心中，永不忘怀的。"

【原文】

晋武帝既不悟太子之愚，必有传后意，诸名臣亦多献直言。帝尝在陵云台上坐，卫瓘在侧，欲申其怀①，因如醉跪帝前，以手抚床曰："此坐可惜！"帝虽悟，因笑曰："公醉邪？"

【注释】

①管辂(lù)：字公明，精通《周易》，擅长卜筮，官至少府丞。
②几：预兆，事情变化的细微迹象。
③明德惟馨：意思是光明的德行才是真正的芳香。

【注释】

①申其怀：申述自己的心意，在这里指劝说晋武帝废掉太子司马衷。

【注释】

②覆亡是惧：惧覆亡。是，指示代词，复指前置的宾语。
末代君主。

【译文】

晋武帝既然不能看清太子的愚钝，就肯定有传位给太子的意思，朝中元老重臣都在直言劝谏。晋武帝曾坐在陵云台上，卫瓘在一旁侍奉，非常想借此机会来申述自己的想法，就装作好像醉了的样子，跪在晋武帝面前，用手抚摸着御榻说："这个座位可真可惜啊！"晋武帝虽然听出了他的意思，却只是笑着说："你是喝醉了吗？"

【原文】

王夷甫妇，郭泰宁女^①，才拙而性刚，聚敛无厌，干豫人事。夷甫患之而不能禁。时其乡人幽州刺史李阳^②，京都大侠，犹汉之楼护，郭氏惮之。夷甫骤谏之^③，乃曰："非但我言卿不可，李阳亦谓卿不可。"郭氏小为之损。

【译文】

王衍的妻子是郭豫的女儿，才智愚钝却性情倔犟，聚敛财物，贪得无厌，还喜欢干涉别人的事情。王衍对她的行为感到厌恶但又没有办法阻止她。当时他的同乡幽州刺史李阳，因侠义而在京都享有盛名，郭氏对他有些畏惧。王衍多次劝诫郭氏，说："不只是我一个人说你不应该这样，李阳也认为你不应该这样做。"郭氏就稍稍收敛些。

【原文】

王夷甫雅尚玄远^①，常嫉其妇贪浊，口未尝言"钱"字。妇欲试之，令婢以钱绕床，不得行。夷甫晨起，见钱阂行^②，呼婢曰："举却阿堵物^③！"

【译文】

王夷甫崇尚玄远深奥的事物，常常厌恶他妻子的世俗贪婪，他的口中从未说过"钱"字。他妻子想试试他，就让婢女把钱绕着床，在周围排开，让他不能通过。夷甫早晨起来，看到那些钱妨碍了他通行，就呼唤婢女道："把这个东西拿开！"

【注释】

①儋(dān)：通"担"，挑。

②小郎：小叔子。

【原文】

王平子年十四五，见王夷甫妻郭氏贪欲，令婢路上儋粪①。平子谏之，并言诸不可。郭大怒，谓平子曰："昔夫人临终，以小郎嘱新妇，不以新妇嘱小郎②。"急捉衣裾，将与杖。平子饶力，争得脱，逾窗而走。

【译文】

王平子（澄）十四五岁，看到王夷甫（衍）的妻子郭氏贪得无厌，让丫鬟在路上挑粪。王平子跑去劝阻她，并跟她讲不能这样做的各种理由。郭氏听后大发雷霆，对王平子说："当年老夫人临终时，是把你这个小叔子托付给我，而不是把我托付给你这个小叔子的。"说着，一把抓住了王平子的衣襟，准备用棍子揍他。王平子力气很大，挣脱后跳窗跑走了。

【注释】

①王茂弘：王导，字茂弘，司马睿即皇帝位，他因为有功而任丞相。

【原文】

元帝过江犹好酒，王茂弘与帝有旧①，常流涕谏。帝许之，命酌酒，一酣，从是遂断。

【译文】

晋元帝司马睿过江以后仍旧喜好喝酒，王茂弘和元帝是老朋友，经常哭着劝阻。元帝答应了他，下令畅饮一番，从此就戒酒了。

【注释】

①盛德之事：指辅佐君主建功立业的事情。

②日亡日去：指随着时间的流逝而逐渐忘却君臣之间的嫌隙。

③实怀未达：实际用意并不明确。

④万物：万众，众人。

【原文】

谢鲲为豫章太守，从大将军下至石头。敦谓鲲曰："余不得复为盛德之事矣①！"鲲曰："何为其然？但使自今以后，日亡日去耳②。"敦又称疾不朝，鲲谕敦曰："近者，明公之举，虽欲大存社稷，然四海之内，实怀未达③。若能朝天子，使群臣释然，万物之心④，于是乃服。仗民望以从众怀，尽冲退以奉主上⑤，如斯则勋侔一匡⑥，名垂千载。"时人以为名言。

【译文】

谢鲲担任豫章太守，跟随大将军王敦东下到石头城。王敦对谢鲲说："我不能再做辅佐君主以建功立业之事了！"谢鲲说："为什么啊？但愿今后能够随着时光的流逝将君臣之间的嫌隙忘却。"王敦又假称自己生病而无法上朝。谢鲲劝他道："近来您的行为举动虽然是为了保全社稷，但是四海之内，您的真正用意并没有表明。倘若您能够去朝见天子，消除众臣的疑虑，则就会使万民之心归顺。您仰仗民众的心理，顺着民众的想法，以谦逊退让的态度去侍奉君主，倘若能够这样的话，您建功立业、匡正天下就可以实现了，美名也会流传千古。"世人认为名言。

【原文】

王丞相为扬州，遣八部从事之职①。顾和时为下传还，同时俱见。诸从事各奏二千石官长得失②，至和独无言。土问顾曰："卿何所闻？"答曰："明公作辅，宁使网漏吞舟③，何缘采听风闻，以为察察之政④？"丞相咨嗟称佳，诸从事自视缺然也。

【译文】

丞相王导担任扬州刺史时，派遣八个部从事到各郡视察，顾和当时乘车跟随下郡，回来后，同时去谒见王导。各位从事分别报告郡太守的优劣，轮到顾和时他却一言不发。王导问顾和："你听到什么了？"顾和答道："您做宰相，宁可让网漏吞舟，怎么会靠听信传闻作为洞察明辨的德政呢？"王导称赞顾和说得好，各位从事也自觉不如他。

【原文】

苏峻东征沈充，请吏部郎陆迈与俱①。将至吴，密敕左右，令入闾门放火以示威。陆知其意，谓峻曰："吴治平未久，必将有乱。若为乱阶②，可从我家始。"峻遂止。

【注释】

⑤冲退：谦逊退让。

⑥勋侔（móu）：功勋与……等同。

【注释】

①之职：指到职视察。

②二千石：汉代郡太守的俸禄是二千石，后世用来指郡太守。

③网漏吞舟：网眼太疏，能漏掉可以吞舟的大鱼。这里喻指法令宽松。

④察察：清明的样子。

【注释】

①陆迈：东晋吴郡人。才思敏捷，见多识广，为官清正。

②乱阶：祸乱。

【译文】

苏峻向东讨伐沈充，请吏部侍郎陆迈一同前往，将要到达吴郡时，苏峻密令左右士兵在阊门放火以显示军威。陆迈知道他的用意，就对苏峻说："吴郡安定不久，必定会有祸乱。倘若想制造祸端的话，就从我家开始烧吧。"苏峻于是停止了纵火。

【注释】

①陆玩：字士瑶，曾任侍中、尚书左仆射、尚书令，死后追赠太尉。

②祝：祈祷。

③戢（jí）：收藏。箴（zhēn）：规劝，告诫。

【原文】

陆玩拜司空①，有人诣之，索美酒，得，便自起泻著梁柱间地，祝曰②："当今乏才，以尔为柱石之用，莫倾人栋梁。"玩笑曰："戢卿良箴③。"

【译文】

陆玩担任司空后，有人来拜访他，向他要好酒，拿到之后，就站了起来，把酒倒在梁柱边的地上，祈祷说："如今人才缺乏，让你担任柱石之臣，你千万别倾覆了人家的栋梁啊。"陆玩笑着说："我会铭记你的良言劝告。"

【注释】

①小庾：庾翼。这时他担任荆州刺史。

②公朝：僚属参拜长官。

③汉高、魏武：指汉高祖刘邦、魏武帝曹操。庾翼说要做刘邦、曹操，意思是要奠定帝业。

【原文】

小庾在荆州①，公朝大会②，问诸僚佐曰："我欲为汉高、魏武③，何如？"一坐莫答，长史江虨曰："愿明公为桓、文之事，不愿作汉高、魏武也。"

【译文】

庾翼在担任荆州刺史时，在下属参拜长官的聚会上，他问同僚们说："我想学做汉高帝、魏武帝，你们觉得如何？"在座的人没有谁回答。长史江虨说："希望您能建立齐桓公、晋文公那样的事业，但不希望您成为汉高帝、魏武帝。"

【注释】

①罗君章：罗含。桓宣武：桓温。

【原文】

罗君章为桓宣武从事①，谢镇西作江夏②，往检校之。罗既至，初不问郡事，径就谢数日，饮酒而还。桓公问有何事？君章云：“不审公谓谢尚是何似人？”桓公曰：“仁祖是胜我许人。”君章云：“岂有胜公人而行非者，故一无所问。”桓公奇其意而不责也。

②谢镇西：谢尚。

【译文】

罗君章担任桓宣武的从事，谢镇西担任江夏相，罗君章前去检查事务。到江夏后，对郡里的事情一概不予过问，只是直接到谢尚那里，连着喝了几天酒后返回。桓温问他："有什么事情吗？"罗君章答道："不知道您认为谢尚是个什么样的人。"桓温说："仁祖是强于我的那个人。"罗君章说："哪有比你强却还要做坏事的，所以一概不过问。"桓公认为罗君章的见解很奇特，所以就没有责怪他。

【原文】

王右军与王敬仁、许玄度并善①。二人亡后，右军为论议更克②。孔严诫之曰③："明府昔与王④、许周旋有情，及逝没之后，无慎终之好，民所不取。"右军甚愧。

【注释】

①王敬仁：王修，字敬仁。

②克：苛刻，贬损。

③孔严：字彭祖，封西阳侯，官至吴兴太守。

④明府：对郡太守的尊称。

【译文】

右军将军王羲之和王敬仁、许玄度的关系都很好，二人去世后，王羲之对他们的议论却更加苛刻。孔严劝诫他说："您从前和王、许交往，感情很好。他们去世之后，您却不能把这种关系维持到最后，我认为不可取。"王羲之听完后很惭愧。

【原文】

谢中郎在寿春败，临奔走，犹求玉帖镫①。太傅在军，前后初无损益之言。尔日犹云："当今岂须烦此！"

【注释】

①玉帖镫：马鞍两旁的踏脚，有玉饰。

【译文】

谢万（中郎）在寿春战败，即将逃跑时还在寻找玉帖镫。太傅谢安在军中跟随，从来不曾提出意见，这次仍然只是说："眼下还要为此而增添麻烦吗？"

【注释】

①乃：连词，如果。
成：通"诚"。不恶：
不劣，不坏。

【原文】

王大语东亭："卿乃复论成不恶①，那得与僧弥戏？"

【译文】

王大对东亭说："你若还继续辩解你真的不坏，还怎么能同僧弥争高下呢？"

【注释】

①病困：病重，病危。
②政：通"正"，只，仅仅。
③兴晋阳之甲：指为了清君侧而进兵。
④消息：修养。
⑤差：同"瘥(chà)"，病愈的意思。

【原文】

殷觊病困①，看人政见半面②。殷荆州兴晋阳之甲③，往与觊别，涕零，属以消息所患④。觊答曰："我病自当差⑤，正忧汝患耳！"

【译文】

殷觊病情严重，看人的时候只能看半边脸。殷荆州（仲堪）想借清君侧的名义来发兵，前去同殷觊告别时，不禁泪流满面，嘱咐他好好养病。殷觊说："我的病自然会好，我只不过是担心你的祸患罢了。"

【注释】

①惰：懒惰，懈怠。
②苦：指言辞恳切。

【原文】

远公在庐山中，虽老，讲论不辍。弟子中或有惰者①，远公曰："桑榆之光，理无远照；但愿朝阳之晖，与时并明耳。"执经登坐，讽咏朗畅，词色甚苦②，高足之徒，皆肃然增敬。

【译文】

远公（慧远）在庐山中，虽然年老体衰，但是讲论佛法从未停止过。弟子中偶尔有人懈怠的，远公就说："我就好比是桑榆上的落日余晖，光亮无法久远；只是希望你们年轻人像朝阳的光芒，越来越灿烂。"他手拿经书，登上讲坛，诵经流畅洪亮，言辞神态恳切虔诚。高足弟子都肃然起敬。

【原文】

桓南郡好猎，每田狩，车骑甚盛，五六十里中，旌旗蔽隰①。骋良马，驰击若飞，双甄所指②，不避陵壑③。或行陈不整，麇兔腾逸④，参佐无不被系束。桓道恭，玄之族也，时为贼曹参军⑤，颇敢直言。常自带绛绵绳着腰中，玄问："此何为？"答曰："公猎，好缚人士，会当被缚，手不能堪芒也。"玄自此小差⑥。

【译文】

桓玄爱好打猎，每次出猎，随从的车马都非常多，五六十里的范围内，旗帜遍野，骏马奔驰，追逐如飞，左右两翼所向之处，不避高低。偶有队伍行列不整齐，鹿兔逃跑掉，僚属们就都得被捆绑责打。桓道恭是桓玄的族人，当时担任贼曹参军，敢于直言。他常常自己将一条红色丝绳缠在腰间，桓玄问他："你这是做什么？"桓道恭答道："您打猎时总是爱捆绑人。一旦我被捆绑，我的手可是受不了那粗麻绳上的芒刺啊。"此后，桓玄才稍稍有些收敛。

【原文】

王绪、王国宝相为唇齿①，并上下权要②。王大不平其如此，乃谓绪曰："汝为此歘歘③，曾不虑狱吏之为贵乎？"

【译文】

王绪和王国宝相互勾结，一起玩弄权术，王忱不满他们这种做法，就对王绪说："你们这样轻举妄动，难道就不曾顾虑狱吏的尊贵吗？"

【注释】

①隰（xì）：低洼潮湿的地方。

②双甄（zhēn）：作战或打猎时的左右两翼。

③陵壑：山岭和深谷。

④麇：鹿属动物。

⑤贼曹参军：军中掌管盗贼事务的属官。

⑥小差：缓解。

【注释】

①唇齿：比喻关系密切。此处指彼此勾结。

②上下：应该是"弄"，玩弄之意。

③歘（xū）歘（歘歘）：轻举妄动。

捷悟第十一

【注释】

①杨德祖：杨修，字德祖，曾任丞相曹操的主簿，好学能文，才思敏捷，后为曹操所杀。魏武：指曹操，当时任丞相，封魏王。

②相国：官名，职守和丞相同，魏晋以后比丞相更为尊贵。这里是尊称曹操的丞相府。

③椽桷（jué）：屋椽。

【原文】

杨德祖为魏武主簿①，时作相国门②，始构榱桷③，魏武自出看，使人题门作"活"字，便去。杨见，即令坏之。既竟，曰："门中'活'，'阔'字。王正嫌门大也。"

【译文】

杨德祖担任魏武帝曹操的主簿，当时正在修造相国府的大门，刚刚架上椽子，魏武帝就亲自过来察看，他让人在门上题写了一个"活"字就走了。杨修见到后，就下令把门拆了。拆完后，他说："'门'中'活'，是'阔'字，魏王是嫌门修得太大了。"

【注释】

①人啖一口："合"字拆开来是"人一口"，所以说"人啖一口"。

【原文】

人饷魏武一杯酪，魏武啖少许，盖头上题"合"字以示众。众莫能解。次至杨修，修便啖，曰："公教人啖一口也①，复何疑？"

【译文】

有人送了魏武帝曹操一杯奶酪，魏武帝吃了一点儿，就在盖子上写了一个"合"字让大家看，众人都不明白。轮到杨修了，他拿过来就吃，然后说："魏王的意思是一人吃一口，还犹豫什么？"

【注释】

①齑白：捣制细末状腌菜的器具。

②杵（cí）：古代捣制

【原文】

魏武尝过曹娥碑下，杨修从，碑背上见题作"黄绢幼妇，外孙齑臼"八字①。魏武谓修曰："解不？"答曰："解。"魏武曰："卿未可言，待我思之。"行三十里，魏武乃曰："吾已得。"令修别记所知。修曰："黄绢，色丝也，于字为绝；幼妇，少女也，于字为妙；外孙，女子也，于字为好；齑臼，受辛也②，于字为辞。所谓'绝妙好辞'也。"魏武亦记之，与修同，乃叹曰："我才不及卿，乃觉三十里③。"

【译文】

　　魏武帝曹操曾经路过曹娥碑，杨修跟从。看到碑的背面题写着"黄绢幼妇，外孙齑臼"八个字，魏武帝对杨修说："你明白它的意思吗？"杨修回答："我明白。"魏武帝说："你先别说，待我想想。"走了三十多里路，武帝才说："我也知道答案了。"他让杨修另外写下答案，杨修写道："黄绢，是有颜色的丝，合在一起是'绝'字；幼妇，是少女，合在一起是'妙'字；外孙，是女儿的孩子，合在一起是'好'字；齑臼，是承受辛辣的器物，合在一起是'辞'，连在一起就是'绝妙好辞'啊。"魏武帝也写了下来，和杨修的一样，他感叹道："我的才思不如你呀，竟相差了三十里。"

【原文】

　　魏武征袁本初，治装，余有数十斛竹片，咸长数寸，众云并不堪用，正令烧除。太祖思所以用之①，谓可为竹椑楯②，而未显其言。驰使问主簿杨德祖，应声答之，与帝心同。众伏其辩悟③。

【译文】

　　魏武帝曹操讨伐袁本初，准备行装时还剩下几十斛竹片，都有几寸长，大家觉得没什么用处，要下令烧掉。武帝觉得很可惜，考虑怎么能派上用场，认为可以用来做竹盾牌，但他没有把这个想法说出来。他急速派人去问主簿杨德祖，杨德祖应声回答，用法和武帝一样。众人都钦佩杨德祖的聪明。

齑时，常加上大蒜等具有辛辣味道的作料，因此齑臼要承受辛辣。"受"字，是"辞"的异体字。

③觉：通"较"，相差，相距。

【注释】

①太祖：魏朝建立后，给曹操追赠的庙号。

②竹椑楯（pí dùn）：椭圆形的竹制盾牌。

③伏：通"服"。辩悟：言辞流畅而思维敏捷。

【注释】

①大桁(héng)：建康城南秦淮河上的一座桥，因在朱雀门外，又称朱雀桥。

②明帝：晋明帝司马绍。中堂：地名，在建康城南门外。

③徒跣(xiǎn)：赤着脚。

④容：可能，能够。

【原文】

王敦引军垂至大桁①，明帝自出中堂②。温峤为丹阳尹，帝令断大桁，故未断，帝大怒瞋目，左右莫不悚惧。召诸公来。峤至，不谢，但求酒炙。王导须臾至，徒跣下地③，谢曰："天威在颜，遂使温峤不容得谢④。"峤于是下谢，帝乃释然。诸公共叹王机悟名言。

【译文】

王敦带兵快打到朱雀桥了，晋明帝司马绍亲自来到中堂。温峤当时担任丹阳尹，皇上命令他毁掉朱雀桥，可是温峤没有执行，皇上瞪着双眼大发雷霆，左右的人都惶恐不安。明帝召令各位公卿前来，温峤到了以后也不谢罪，还索求酒肉。王导一会儿来了，他光着脚走下来请罪说："皇上圣怒，竟使温峤都不敢谢罪了。"温峤立即跪下请罪，皇上这才息怒。大家都赞叹王导的机警智能。

【注释】

①郗司空：郗愔(yīn)，这时兼任徐、兖二州刺史。北府：刘盼遂《世说新语校笺》说："北府者，北中郎将之府也。北中郎将，常领徐州刺史，因亦称徐州刺史为北府。及徐州刺史移镇京口，又名京口为北府矣。"京口，即今江苏镇江。

②奖：辅助。

【原文】

郗司空在北府①，桓宣武恶其居兵权。郗于事机素暗，遣笺诣桓："方欲共奖王室②，修复园陵。"世子嘉宾出行，于道上闻信至，急取笺，视竟，寸寸毁裂，便回。还更作笺，自陈老病，不堪人间，欲乞闲地自养。宣武得笺大喜，即诏转公督五郡，会稽太守。

【译文】

司空郗愔在北府镇江的时候，宣武侯桓温嫉恨他掌握兵权。郗愔对于世事不是很练达，派人送信给桓温说："正想和您共同辅助王室，修复先帝的陵寝。"郗愔的长子嘉宾在外出行，路上听说信使到了，急忙取过父亲的信来阅读，看完撕得粉碎，回到了驻地。他替父亲重新写了封信，在信中说自己年迈多病，不能承受世事的劳顿，希望找一个闲适的地方安度晚年。桓温看了郗愔的信大喜，随即下令调任郗公为都督五郡军事，并兼任会稽　太守。

【原文】

王东亭作宣武主簿，尝春月与石头兄弟乘马出郊[1]。时彦同游者[2]，连镳俱进[3]。唯东亭一人常在前，觉数十步，诸人莫之解。石头等既疲倦，俄而乘舆向，诸人皆似从官，唯东亭奕奕在前。其悟捷如此。

【译文】

东亭侯王珣担任宣武侯桓温的主簿，曾在春天和石头兄弟骑马到郊外去。同游的人都是当时的名流，大家并驾齐驱，只有东亭一个人跑在前面，和其他人相距几十步，大家都不明白是什么意思。一会儿石头兄弟累了，就坐到车里，这样刚才同行的那些人就像是侍从了，只有东亭神采奕奕地走在前面，他就是这样的聪明机智。

【注释】

①石头：桓熙，字伯道，小字石头，桓温的长子，官至豫州刺史。

②时彦：当时的贤能人士。

③连镳：并辔，坐骑并排。镳，马嚼子的两端露出嘴外的部分。

夙惠第十二

【注释】

①箪（bì）：竹箪，蒸食物时能隔开水的一种炊具。

②馏：把米放在水里煮开，再捞出蒸成饭。

③糜：稠粥。

④易夺：改正补充。

【原文】

宾客诣陈太丘宿，太丘使元方、季方炊。客与太丘论议，二人进火，俱委而窃听。炊忘着箪①，饭落釜中。太丘问："炊何不馏②？"元方、季方长跪曰："大人与客语，乃俱窃听，炊忘着箪，饭今成糜③。"太丘曰："尔颇有所识不？"对曰："仿佛记之。"二子俱说，更相易夺④，言无遗失。太丘曰："如此，但糜自可，何必饭也！"

【译文】

有客人在太丘长陈寔家留宿，太丘就让元方、季方兄弟二人做饭。兄弟二人正在烧火，听见太丘和客人在谈论，都停下来偷听。做饭时忘了放上竹箪，米都落进了锅里。太丘问："为什么没蒸饭呢？"元方、季方跪在地上说："您和客人谈话，我俩都在偷听，结果忘了放箪子，饭都成了粥。"太丘说："你们还记得我们说了什么吗？"兄弟回答道："大概还记得。"于是兄弟二人跪在地上一块儿说，并互相补充，大人说的话一点儿都没有遗漏。太丘说："既然这样，喝粥就行了，何必做饭呢！"

【注释】

①惠：通"慧"，聪明。

②晏在宫内：曹操娶了何晏的寡母，因此何晏也随母在曹府中长大。

【原文】

何晏七岁，明惠若神①，魏武奇爱之。因晏在宫内②，欲以为子。晏乃画地令方，自处其中。人问其故，答曰："何氏之庐也。"魏武知之，即遣还。

【译文】

何晏七岁时，就聪明伶俐，魏武帝曹操非常喜欢他，因为何晏在曹操府第中长大，魏武帝想收他做儿子。何晏就在地上画了个方框，自己站在里面。有人问他怎么回事，何晏答道："这是我们何家的房子。"魏武帝明白了他的意思，就马上让他回去了。

【原文】

晋明帝数岁，坐元帝膝上。有人从长安来，元帝问洛下消息，潸然流涕。明帝问何以致泣，具以东渡意告之①。因问明帝："汝意无长安何如日远？"答曰："日远。不闻人从日边来，居然可知。"元帝异之。明日集群臣宴会，告以此意，更重问之。乃答曰："日近。"元帝失色，曰："尔何故异昨日之言邪？"答曰："举目见日，不见长安。"

【译文】

晋明帝司马绍只有几岁的时候，坐在元帝膝上。有个从长安来的人，元帝就向他询问洛阳的消息，不由得流下了眼泪。明帝问元帝为了什么哭泣，元帝便把东迁的原委详细地告诉了他。于是问明帝说："你认为长安与太阳相比，哪个更远？"明帝回答说："太阳远。没听说有人从太阳那边来，这显然可知了。"元帝感到很诧异。第二天，元帝召集群臣举行宴会时，把明帝的意思告诉大家，重新问明帝。明帝却回答说："太阳近。"元帝惊愕失色，说："你为什么和昨天说的话不同呢？"明帝回答说："抬头就能见到太阳，却见不到长安。"

【原文】

司空顾和与时贤共清言，张玄之、顾敷是中外孙①，年并七岁，在床边戏。于时闻语，神情如不相属②。瞑于灯下，二儿共叙客主之言，都无遗失。顾公越席而提其耳曰："不意衰宗复生此宝③。"

【译文】

司空顾和和当时的名流们一起清谈。张玄之、顾敷是顾和

②属：关联，关涉。
③衰宗：对自己家族的谦称。

的外孙和孙子，年龄都是七岁，在坐榻边嬉戏。当时听大人们谈话，他们的神情好像并不在意。晚上在灯下，两个小孩子一起论述主客双方的对话，竟没有一点遗漏。顾和听见后，离开座位拉拉两个人的耳朵说："没料到我们这个败落的家族又生了你们这两个宝贝！"

【注释】

①襦：短衣，短袄。
②复裈（kūn）：夹裤。

【原文】

韩康伯数岁，家酷贫，至大寒，止得襦①。母殷夫人自成之，令康伯捉熨斗，谓康伯曰："且著襦，寻作复裈②。"儿云："已足，不须复裈也。"母问其故，答曰："火在熨斗中而柄热，今既着襦，下亦当暖，故不须耳。"母甚异之，知为国器。

【译文】

韩康伯很小的时候，家里非常穷，到了最冷的季节，他仍只穿了件短袄。母亲殷夫人给他做衣服，让康伯提着熨斗，她对康伯说："你先穿着短袄，以后再给你做夹裤。"儿子说："这就够了，不要夹裤了。"母亲问他原因，他回答说："火在熨斗里，熨斗柄也会热，我现在穿上短袄，下身也觉得暖和，所以不要夹裤了。"母亲非常诧异康伯的回答，断定他将来一定会成为治国之才。

【注释】

①晋孝武：司马曜，晋简文帝的儿子。
②复衣：夹衣。
③单练衫：单层绢丝做的衣衫。
④茵褥：垫褥。
⑤摄养：调摄保养。
⑥先帝：这里指晋文帝司马昱。

【原文】

晋孝武年十二①，时冬天，昼日不着复衣②，但着单练衫五六重③，夜则累茵褥④。谢公谏曰："圣体宜令有常。陛下昼过冷，夜过热，恐非摄养之术⑤。"帝曰："昼动夜静。"谢公出叹曰："上理不减先帝⑥。"

【译文】

晋孝武帝司马曜十二岁的时候，正值冬天，他白天不穿夹衣，只着五六层的绢衣，晚上却盖着两床被子。谢公（谢安）劝告他说："圣上应该让自己的身体保持规律。陛下白天过冷，晚上过热，恐怕不是养生的办法。"孝武帝说："白天活动着就不觉得冷，夜间不活动就不觉得热。"谢公出来后赞叹道："圣上的义理不比先帝差啊。"

【原文】

桓宣武薨，桓南郡年五岁，服始除，桓车骑与送故文武别①，因指语南郡："此皆汝家故吏佐。"玄应声恸哭，酸感傍人②。车骑每自目己坐曰："灵宝成人③，当以此坐还之。"鞠爱过于所生④。

【译文】

宣武侯桓温去世时，南郡公桓玄才五岁，刚脱了丧服，车骑将军桓冲和桓温属下的文武官员道别，他指着这些人对桓玄说："这些都是你家从前的下属。"桓玄听罢大哭，周围的人都感到悲伤。桓冲常常看着自己的座位说："等灵宝长大成人后，我一定把这个位置还给他。"桓冲养育桓玄，疼爱的程度胜过自己亲生的子女。

【注释】

①送故：把死在任上长官的灵柩护送回故乡。

②酸：悲伤，凄楚。

③灵宝：桓玄的小字。

④鞠：养育，抚养。

豪爽第十三

【原文】

王大将军年少时，旧有田舍名，语音亦楚①。武帝唤时贤共言伎艺事。人皆多有所知，唯王都无所关，意色殊恶，自言知打鼓吹②。帝令取鼓与之，于坐振袖而起，扬槌奋击，音节谐捷，神气豪上，傍若无人。举坐叹其雄爽。

【译文】

大将军王敦年轻时，原本就有乡巴佬的外号，说话的口音也很重。晋武帝招呼名流们一起谈论歌舞方面的事，大家都能说出点体会，只有王敦对这事毫不关注，脸色显得非常难看，说自己只会打鼓，武帝就下令把鼓拿来。王敦从座位上振袖而起，扬起鼓槌，奋力擂击，节奏和谐快捷，神情豪迈奔放，旁若无人，四座无不赞叹他的威武豪爽。

【原文】

王处仲①，世许高尚之目②，尝荒恣于色，体为之弊③。左右谏之，处仲曰："吾乃不觉尔。如此者甚易耳！"乃开后阁④，驱诸婢妾数十人出路，任其所之，时人叹焉。

【译文】

王处仲，世人给予他高尚的评价。他曾经放纵声色，身体也因此衰弱，身边的侍从规劝他，处仲说："我竟没有觉察到，既然这样，也很容易办啊。"就打开后楼内室，把几十名侍妾打发上路，不管去哪里都可以。世人对他的做法大加赞赏。

【原文】

王大将军自目高朗疏率①，学通《左氏》②。

【译文】

大将军认为自己高尚爽朗，放达率真，在学问上通晓《左传》。

②《左氏》：即《春秋左氏传》，简称《左传》。

【原文】

王处仲每酒后，辄咏"老骥伏枥，志在千里；烈士暮年，壮心不已"。以如意打唾壶①，壶口尽缺。

【译文】

王处仲每次酒后，就朗诵"老骥伏枥，志在千里；烈士暮年，壮心不已"。一边诵读一边用如意击打痰盂作为节拍，痰盂口都被他敲缺了。

【注释】

①如意：又称爪杖，一种搔痒的用具，因搔痒时可如人意而得名。魏晋名士清谈时用以指画，以助语势，后来逐渐成为风雅赏玩的器物。唾壶：又称唾盂，供吐痰等用的壶。

【原文】

晋明帝欲起池台，元帝不许。帝时为太子，好养武士。一夕中作池，比晓便成。今太子西池是也①。

【译文】

晋明帝司马绍想开凿池塘，要建山水楼台，元帝司马睿不答应。明帝当时是太子，喜欢蓄养武士，他就让武士们晚上开凿池塘，到了早晨就建好了。就是现在的太子西池。

【注释】

①太子西池：池名，东吴时孙登修建，称为西苑；晋明帝重修，称为太子西池。故址在丹阳（今安徽当涂小丹阳镇）。

【原文】

王大将军始欲下都更分树置①，先遣参军告朝廷，讽旨时贤②。祖车骑尚未镇寿春，瞋目厉声语使人曰："卿语阿黑③：何敢不逊！催摄回去④，须臾不尔，我将三千兵，槊脚令上⑤！"王闻之而止。

【译文】

王大将军刚开始想要起兵下京都，处理朝政，以实现其篡权的野心。他先派参军向朝廷报告，并将自己的意图委婉地告诉给了当时的一些贤士。祖车骑那个时候还没有出都镇守寿春，听

【注释】

①更分：处理朝政。树置：有所建树。

②讽旨：委婉地暗示意图。

③阿黑：王敦的小名。此处含有轻蔑的意思。

④催摄回去：催促他赶紧离开。

⑤槊（shuò）：长矛，

此处为名词动用，用长矛刺。

说此事后便瞪眼呵斥王敦的使者道："你回去转告阿黑，就说：怎敢如此无礼！催他赶快收兵回去吧，倘若有半刻拖延而不照办的话，我就要率领三千士卒去用长矛刺他的脚，迫使他回到上游！"王敦听了这话后就按兵不动了。

【注释】

①三起三叠：三发三中。叠，指小击鼓。

②属目：同"瞩目"，注目。

【原文】

　　庾稚恭既常有中原之志，文康时权重，未在己。及季坚作相，忌兵畏祸，与稚恭历同异者久之，乃果行。倾荆、汉之力，穷舟车之势，师次于襄阳，大会参佐，陈其旄甲，亲援弧矢曰："我之此行，若此射矣！"遂三起三叠①。徒众属目②，其气十倍。

【译文】

　　庾稚恭早就有收复中原的意向，文康（庾亮）掌权时，权力不在自己的手中。季坚（庾冰）担任宰相后，他担心用兵惹祸，同稚恭意见长期不和，后来才终于北伐。庾稚恭发动荆州、汉水一带的全部力量，征调那里全部船只战车，将军队驻扎在襄阳，召集僚属集会，举行阅兵，亲自持箭拉弓，宣誓道："我此次出兵，就好比这射出去的箭！"于是三射三中。官兵们观看后，士气大增。

【注释】

①萃：聚集，聚会。

【原文】

　　桓宣武平蜀，集参僚置酒于李势殿，巴蜀缙绅莫不来萃①。桓既素有雄情爽气，加尔日音调英发，叙古今成败由人，存亡系才，其状磊落，一坐叹赏。既散，诸人追味余言。于时浔阳周馥曰："恨卿辈不见王大将军。"

【译文】

　　桓温把蜀地平定后，召集部下，在李势的宫殿里大摆宴席。巴、蜀二郡的大官都来了。桓温一向具有远大的抱负，且性格豪爽，再加上这一天声音激越洪亮，谈古论今，事业成败在于人，国家存亡在于人，他仪表堂堂，胸襟坦荡，在座者无不赞叹不已。散会后，众人都还在回味他讲的话。这时候，浔阳周馥说："可惜的是你们这些人都没有见到过王大将军（敦）。"

【原文】

桓公读《高士传》①，至于陵仲子，便掷去，曰："谁能作此溪刻自处②！"

【译文】

桓公（桓温）读《高士传》，读到于陵仲子的事迹时，就把书扔了，说道："谁能这样刻薄地对待自己呢！"

【原文】

桓石虔，司空豁之长庶也，小字镇恶，年十七八，未被举，而童隶已呼为镇恶郎。尝住宣武斋头①。从征枋头。车骑冲没陈②，左右莫能先救。宣武谓曰："汝叔落贼，汝知不？"石虔闻之。气甚奋，命朱辟为副，策马于数万众中，莫有抗者，径致冲还，三军叹服。河朔后以其名断疟。

【译文】

桓石虔是司空桓豁的庶出长子，小名叫镇恶，十七八岁的年龄，尚未被正式承认身份地位，可是年幼的仆役已经开始称他为"镇恶郎"了。他住在桓温的书斋中。后来跟随桓温出征到枋头，车骑将军桓冲陷入敌阵，身边无人敢去营救。桓温对石虔说："你的叔叔落入敌人的包围圈了，你知道吗？"石虔听后，勇气奋发，命朱辟做副手，扬鞭策马冲进数万敌军中，无人可以抵挡，直接救出了桓冲。全军上下无不称赞佩服。黄河以北的民众后来就用他的名字来驱赶疟鬼。

【原文】

陈林道在西岸①，都下诸人共要至牛渚会②。陈理既佳，人欲道。西岸：长江北岸。
陈林道担任淮南太守，
驻守历阳（今安徽和
县），历阳在长江北面。

②牛渚：山名，在今安
徽当涂。

③折：折服，挫败。

共言折③。陈以如意拄颊，望鸡笼山叹曰："孙伯符志业不遂！"于是竟坐不得谈。

【译文】

　　陈林道驻守在长江北岸，京城的人一起邀请他到牛渚山聚会。陈林道擅长谈论玄理，大家想在和他辩论时合力挫败他。陈林道却用如意拄着面颊，望着鸡笼山慨叹说："孙伯符的志向和事业都没有实现！"于是所有的人一直到结束也没能再开口谈论。

【注释】

①王司州：王胡之，被召为司州刺史，未赴任即死。

②"觉一"句：意思是精神进入了超然的境界，感觉不到座中有人。

【原文】

　　王司州在谢公坐①**，咏"人不言兮出不辞，乘回风兮载云旗"。语人云："当尔时，觉一坐无人**②**。"**

【译文】

　　司州刺史王胡之曾在谢公（谢安）家做客，朗诵屈原的"入不言兮出不辞，乘回风兮载云旗"的诗句。他后来告诉别人说："在那时，觉得四周都没有人了。"

【注释】

①司马梁王：司马珍之，字景度，袭爵为梁王，桓玄篡位时逃奔到寿阳。

②事形：形势，局势。

③平乘：一种作战用的大船，又叫平乘舫。笳：胡笳，一种类似笛子的管乐器。

【原文】

　　桓玄西下，入石头。外白司马梁王奔叛①**。玄时事形已济**②**，在平乘上笳鼓并作**③**，直高咏云："箫管有遗音，梁王安在哉？"**

【译文】

　　桓玄率兵西下，进入石头城，仆役报告梁王司马珍之逃跑了。此时灭晋的大势已定，桓玄坐在大船上，鼓乐齐奏，听到禀报，他只是高声吟诵阮籍的《咏怀诗》："箫管里还在吹奏着梁（魏）国时的音调，而梁（魏）王如今又在哪里了呢？"

容止第十四

【原文】

魏武将见匈奴使[1]，自以形陋，不足雄远国，使崔季珪代[2]，帝自捉刀立床头。既毕，令间谍问曰[3]："魏王何如？"匈奴使答曰："魏王雅望非常，然床头捉刀人，此乃英雄也。"魏武闻之，追杀此使。

【译文】

魏武帝曹操要见匈奴使者，他觉得自己外貌丑陋，不能威震远道而来的异国人，就让崔季珪代替他，自己则握刀站在坐榻一旁。接见完毕，派密探问使者："魏王这个人怎么样？"匈奴使者说："魏王高雅的风采不同寻常，不过坐榻旁那个握刀的人，才是真正的英雄啊。"魏武帝听说后，就派人追杀了那个使者。

【原文】

何平叔美姿仪[1]，面至白。魏明帝疑其傅粉[2]，正夏月，与热汤饼[3]。既啖，大汗出，以朱衣自拭，色转皎然。

【译文】

何平叔容貌俊美，面色极为白皙。魏明帝曹叡怀疑他搽了粉，当时正是夏季，给他热汤面吃。何平叔吃完后，大汗淋漓，就用自己的红色衣服擦脸，脸色更加光亮。

【原文】

魏明帝使后弟毛曾与夏侯玄共坐，时人谓"蒹葭倚玉树"[1]。

【译文】

魏明帝曹叡让皇后的弟弟毛曾和夏侯玄坐在一块儿，当时人

【注释】

①匈奴：我国古代北方的一个民族。

②崔季珪（guī）：崔琰，字季珪，曹操的属官，入魏后任尚书。

③间谍：秘密侦探敌情的人。

【注释】

①何平叔：何晏，字平叔。

②傅粉：汉魏期间，贵族男子也有搽粉的习俗。

③汤饼：放在水里煮的面食。

【注释】

①蒹葭：未抽穗的芦苇。玉树：传说中的仙树。

们认为"芦苇依靠着玉树"。

【注释】

①李安国：李丰，字安国，官至中书令，后被司马昭杀死。颓唐：委靡不振的样子。玉山：玉石的山，比喻人的仪容俊美。

【原文】

时人目夏侯太初"朗朗如日月之入怀"，李安国"颓唐如玉山之将崩"①。

【译文】

当时人们品评夏侯太初"光明磊落，就像日月投入他的胸怀"；品评李安国"委靡颓丧，就像玉山将要崩塌"。

【注释】

①嵇康：字叔夜。七尺八寸：晋尺短于今尺，晋尺七尺八寸相当于今一点九米左右。
②萧萧：洒脱大方的样子。肃肃：严正整齐的样子。
③清举：清朗挺拔。
④肃肃：状声词，风声。

【原文】

嵇康身长七尺八寸①，风姿特秀。见者叹曰："萧萧肃肃②，爽朗清举③。"或云："肃肃如松下风④，高而徐引。"山公曰："嵇叔夜之为人也，岩岩若孤松之独立；其醉也，傀俄若玉山之将崩。"

【译文】

嵇康身高七尺八寸，风采卓异。看到他的人都赞叹说："潇洒端正，清秀而挺拔。"还有人说："就像松下清风，潇洒清丽，高远绵长。"山公（山涛）说："嵇叔夜的为人，高峻得像山崖上的孤松，傲然独立；他的醉态，又倾侧得像是玉山将要崩塌。"

【注释】

①烂烂：光亮的样子。

【原文】

裴令公目王安丰："眼烂烂如岩下电①。"

【译文】

中书令裴楷品评安丰侯王戎说："双目炯炯有神，就像山崖下的闪电。"

【注释】

①潘岳：字安仁，晋

【原文】

潘岳妙有姿容①，好神情②。少时挟弹出洛阳道，妇人遇者，莫不连手共萦之③。左太冲绝丑，亦复效岳游遨，于是群妪齐共乱唾之，委顿而返。

【译文】

潘岳相貌出众，神采仪态优雅。年轻时拿着弹弓走在洛阳的大街上，女子们遇见他，没有不手拉着手围住他的。左太冲容貌极丑，也要仿效潘岳那样出游，结果女人们一道向他乱吐口水，他只有垂头丧气地回来了。

【原文】

裴令公有俊容姿，一旦有疾，至困，惠帝使王夷甫往看①，裴方向壁卧，闻王使至②，强回视之。王出，语人曰："双眸闪闪，若岩下电，精神挺动③，体中故小恶。"

【译文】

中书令裴楷相貌俊秀，有一天病得很厉害，晋惠帝司马衷派王夷甫去探视。当时裴楷正面向墙壁躺着，听到皇帝使者到了，勉强转身观望。王夷甫出来后，对人说："他的双目闪灼发亮，像是山岩下的闪电，但是精神涣散，身体确实不大舒服。"

【原文】

有人语王戎曰："嵇延祖卓卓如野鹤之在鸡群①。"答曰："君未见其父耳！"

【译文】

有人对王戎说："嵇绍卓然超群，就像仙鹤独立于鸡群一样。"王戎说："遗憾的是你没有见过他的父亲！"

【原文】

裴令公有俊容仪，脱冠冕，粗服乱头皆好①，时人以为"玉人"。见者曰："见裴叔则如玉山上行，光映照人。"

【注释】

人，官至黄门侍郎，后为司马伦及孙秀所杀。

②神情：风度，神采。

③萦：围绕，环绕。

【注释】

①惠帝：晋惠帝司马衷，字正度，晋武帝司马炎的二儿子，憨愚昏庸，在位十七年。

②王使：指王夷甫。

③挺动：晃动，这里指精神无法集中。

【注释】

①卓卓：形容超群出众，气度不凡。

【注释】

①粗服乱头：粗糙的服饰，凌乱的头发。形

容不修边幅。后比喻美好的人或物，毫无雕琢，尽显自然之本色。

【译文】

裴颜仪容俊美，即使脱掉官帽，穿上粗布的衣服，蓬头散发，依然不失俊美之态，当时的人们认为他是"玉人"。见过他的人都说："看到裴颜，就像是行走在玉山上，光彩照人。"

【注释】

①丑悴：相貌丑陋而身材瘦弱。

②悠悠忽忽：超然闲适，恍恍惚惚的样子。

【原文】

刘伶身长六尺，貌甚丑悴①，而悠悠忽忽②，土木形骸。

【译文】

刘伶身高六尺，相貌极其丑陋，身材也非常瘦弱，但是他的神态超然闲适，形体质朴自然如同土木。

【注释】

①俊爽：俊迈豪爽。

②形秽：相貌丑陋。成语"自惭形秽"源于此。

【原文】

骠骑王武子是卫玠之舅，俊爽有风姿①。见玠，辄叹曰："珠玉在侧，觉我形秽②。"

【译文】

骠骑将军王济是卫玠的舅舅，容貌俊美，性格豪爽，风度翩翩。他看到卫玠后感叹道："就像珍珠美玉在我身边，使我觉得自己相貌丑陋。"

【注释】

①王太尉：王衍。

②安丰：王戎。

③行：在此处为量词，"趟"的意思。

【原文】

有人诣王太尉①，遇安丰②、大将军、丞相在坐。往别屋，见季胤、平子。还，语人曰："今日之行③，触目见琳琅珠玉。"

【译文】

有人去拜访王太尉，遇到安丰、大将军王敦和丞相王导都在座。去另一间屋子又看到王诩和王澄。回去后，他对别人说："今天这一趟，眼睛所看到的全是美玉珠宝。"

【原文】

王丞相见卫洗马，曰："居然有羸形①，虽复终日调畅，若不堪罗绮。"

【译文】

丞相王导见到卫玠后说："他显然一副病弱的样子，尽管整日反复调养舒畅身体，但还是好像连罗绮绸缎的衣服都承受不起。"

【原文】

王大将军称太尉①："处众人中，似珠玉在瓦石间。"

【译文】

大将军王敦称赞太尉王衍说："处在众人之间就好像珍珠宝玉处在瓦片石头之间。"

【原文】

卫玠从豫章至下都①，人久闻其名，观者如堵墙。玠先有羸疾，体不堪劳，遂成病而死，时人谓"看杀卫玠"。

【译文】

卫玠从南昌到建康，那里的人早就听说过他的美貌，前去观看的人挤得像一堵墙。卫玠本来就身体羸弱，因不堪劳累而病倒死去。当时的人们说"把卫玠看死了"。

【原文】

祖士少见卫君长云①："此人有旌杖下形②。"

【译文】

祖士少见到卫永后说："这个人有旗帜仪仗下那种大将的风度。"

【注释】

①许：同"所"，概数词，大约，左右。

②尔：代词，那。

【原文】

庾太尉在武昌，秋夜气佳景清，使吏殷浩、王胡之之徒登南楼理咏，音调始道，闻函道中有屐声甚厉，定是庾公。俄而率左右十许人步来①，诸贤欲起避之，公徐云："诸君少住，老子于此处兴复不浅。"因便据胡床，与诸人咏谑，竟坐甚得任乐。后王逸少下，与丞相言及此事，丞相曰："元规尔时风范②，不得不小颓。"右军答曰："唯丘壑独存。"

【译文】

庾亮坐镇武昌时，有一个秋天的夜晚，天气晴朗，景色宜人，其部属殷浩、王胡之等人登上南楼吟咏诗歌。正当他们音调将要高亢时，听到楼上有急促的木屐声，他们知道定是庾亮。没多长时间，庾亮就带着十来个侍从上楼来了，大家正准备起身回避，庾亮却慢慢地说："诸位暂且留步，老夫在这方面也有浓厚的兴趣啊！"于是坐在交椅上同大家一起吟诗谈笑，一整晚，每个人都自由自在地尽情地欢乐。后来王羲之到了建康，跟丞相王导说起这件事，王导说："元规那时候的风度不得不有所减损。"王羲之说："只有超然脱俗的情怀依然存在。"

【注释】

①问讯：问安。

【原文】

王敬豫有美形，问讯王公①。王公抚其肩曰："阿奴，恨才不称！"又云："敬豫事事似王公。"

【译文】

王敬豫容貌俊美，他去给父亲王导请安。王导拍着他的肩膀说道："阿奴啊，可惜你的才华同你的容貌实在是不相称啊！"又有人说："敬豫每个方面都像王公。"

【注释】

①杜弘治：杜乂（yì），字弘治，杜预的孙子，

【原文】

王右军见杜弘治①，叹曰："面如凝脂，眼如点漆，此神仙中人！"时人有称王长史形者，蔡公曰②："恨诸人不见杜弘治耳！"

【译文】

右军将军王羲之见到杜弘治，赞叹道："面容洁白细腻得像是凝冻的油脂，眼睛乌黑明亮如点上了漆，真是神仙中的人啊！"当时有人赞扬左长史王濛的美貌，蔡谟说："遗憾的是这些人没有见过杜弘治啊！"

【原文】

刘尹道桓公："鬓如反猬皮，眉如紫石棱，自是孙仲谋、司马宣王一流人①"。

【译文】

刘尹称赞桓温说："鬓发好比翻过来的刺猬皮，眉毛就像紫色石的棱角，自然是孙权、司马懿一类的英雄豪杰。"

【原文】

林公道王长史："敛衿作一来①，何其轩轩韶举②！"

【译文】

支道林评论左长史王濛："一旦神情严肃专注起来，那气度举止间，是多么的轩昂潇洒啊！"

【原文】

时人目王右军："飘如游云，矫若惊龙①。"

【译文】

当时人们品评右军将军王羲之："飘逸得像是浮云，矫健得像是惊龙。"

【原文】

王长史尝病，亲疏不通。林公来，守门人遽启之曰①："一异人在门，不敢不启。"王笑曰："此必林公。"

袭爵当阳侯，官至丹阳丞。

②蔡公：蔡谟（mò），字道明，为人方正儒雅，历任左光禄、录尚书事、扬州刺史、司徒，死后追赠司空。

【注释】

①司马宣王：司马懿，晋朝初建，追尊为宣王。司马懿为晋朝的建立奠定了基础。

【注释】

①敛衿（jīn）：整理衣襟，表示恭敬。

②轩轩：气宇轩昂的样子。韶举：优美的举止。

【注释】

①"飘如"二句：据《晋书·王羲之传》，这是称赞王羲之书法笔势的话。

【注释】

①遽：匆忙。

【译文】

王长史曾经生病，无论亲疏远近，一律不接待。林公来了，守门人赶忙通报说："有一位非常奇异的人在门外，实在是不敢不禀报。"王于是笑着说："这个人必定是林公。"

【原文】

或以方谢仁祖不乃重者①，桓大司马曰："诸君莫轻道，仁祖企脚北窗下弹琵琶，故自有天际真人想。"

【译文】

有人找了一个平庸之辈来同谢仁祖比较高下，桓大司马说："诸位都不要随便议论仁祖，他在北窗下踮着脚尖弹奏琵琶时，确实就有飘飘欲仙的情怀。"

【原文】

王长史为中书郎，往敬和许。尔时积雪，长史从门外下车，步入尚书①，着公服，敬和遥望，叹曰："此不复似世中人！"

【译文】

王长史担任中书郎时，到敬和的去处。当时积雪遍地，长史从门外下车，步行进入尚书省，敬和从远处望见他，感叹说："这个人实在不像人世间的凡夫俗子啊！"

【原文】

简文作相王时，与谢公共诣桓宣武。王珣先在内，桓语王："卿尝欲见相王，可住帐里。"二客既去。桓谓王曰："定如何？"王曰："相王作辅自然湛若神君①。公亦万夫之望，不然，仆射何得自没②？"

【译文】

简文帝做相王时，同谢安一起去拜访桓温。王珣先在里面，桓温对他说："你要是想看看相王，可以躲在帐幕里。"等两位客人走后，桓温问王珣："到底如何？"王珣说："相王作为辅佐大臣，自然深沉稳重之处赶得上神明。不过您也是众望所归啊，不然，您怎么可能会甘居人后呢？"

【原文】

谢车骑道谢公："游肆复无乃高唱[①]，但恭坐捻鼻顾睐[②]，便自有寝处山泽间仪[③]。"

【译文】

谢玄称赞谢安道："他出去游览集市时不用高声吟唱，只要端坐下来，捏着鼻子到处看看，栖隐山川林下的高逸风采就自然地流露了出来。"

【注释】

①游肆：游观集市。无乃：无须。

②恭坐：端端正正地坐着。

③寝处：坐卧、安处，引申为栖隐。

【原文】

谢公云："见林公双眼[①]，黯黯明黑[②]。"孙兴公见林公："棱棱露其爽[③]。"

【译文】

谢安说："看林公的双眼，黑白分明，炯炯有神，能使暗处变得光明。"孙兴公见到林公也说："严正的眼神中透露着爽朗。"

【注释】

①林公：支道林。

②黯黯：漆黑发亮的样子。

③棱棱：威严正直的样子。

【原文】

有人叹王恭形茂者，云："濯濯如春月柳[①]。"

【译文】

有人赞叹王恭的仪表美好，说："清新明净，就像春天里的柳枝。"

【注释】

①濯（zhuó）濯：清新明净的样子。

自新第十五

【注释】

①周处：字子隐，年轻时曾为害乡里，发愤改过后，仕吴任东观左丞，入晋后曾任新平太守、御史中丞。

②蛟：传说中一种吞噬人的龙或水怪。也有人认为此处指鳄鱼。

③额虎：能追逐人迹而食人的老虎。

④横：指蛮横残暴的人。

⑤蹉跎（cuō tuó）：失去时机，虚度光阴。

【原文】

周处年少时①，凶强侠气，为乡里所患。又义兴水中有蛟②，山中有白额虎③，并皆暴犯百姓，义兴人谓为三横④，而处尤剧。或说处杀虎斩蛟，实冀三横唯余其一。处即刺杀虎，又入水击蛟，蛟或浮或没，行数十里，处与之俱。经三日三夜，乡里皆谓已死，更相庆，竟杀蛟而出。闻里人相庆，始知为人情所患，有自改意。乃自吴寻二陆，平原不在，正见清河，具以情告，并云："欲自修改，而年已蹉跎⑤，终无所成。"清河曰："古人贵朝闻夕死，况君前途尚可。且人患志之不立，亦何忧令名不彰邪？"处遂改励，终为忠臣孝子。

【译文】

周处年轻的时候，凶狠逞强好斗，被乡邻认为祸害。另外，义兴河中有条蛟龙，山中有只大老虎，也都一起危害百姓，义兴人将他们并称为"三害"，而周处的危害尤其大。有人劝说周处去杀虎斩蛟，实际上是希望三害中只剩下一害。周处立即去杀死了那只老虎，又跳进河里去斩蛟。那条蛟一会儿浮上来，一会儿沉下去，游了几十里，周处始终和它一起搏斗，过了三天三夜，乡邻都以为周处已经死了，互相庆贺。结果周处杀蛟出来，听到乡里人互相庆贺，才知道自己也被人们认为祸害，因此决定改过自新。于是到吴郡去寻访陆机和陆云，陆机不在，只见到陆云，就把乡里人憎恨自己的情况完全告诉了陆云，并且说自己想要改正过错，但年纪已经大了，担心最终不会有什么成就。陆云说："古人看重'早上明白了真理，晚上死去也值得'的道理，何况你的前途还很有希望。再说人只怕没有志向，又何必忧虑美好的名声不能显扬呢？"周处于是改过自勉，最终成为忠臣孝子。

【原文】

戴渊少时，游侠不治行检①，尝在江、淮间攻掠商旅。陆机赴假还洛，辎重甚盛，渊使少年掠劫。渊在岸上，据胡床指麾左右②，皆得其宜。渊既神姿峰颖③，虽处鄙事，神气犹异。机于船屋上遥谓之曰："卿才如此，亦复作劫邪④？"渊便泣涕，投剑归机，辞厉非常⑤。机弥重之，定交，作笔荐焉。过江，仕至征西将军。

【译文】

戴渊年轻时，注重侠义，却不能加强品德修养，曾在长江、淮河一带劫掠商贾游客。陆机休假后返回洛阳，携带的行李物品很多，戴渊指使一些少年抢劫。戴渊当时在岸上，坐在胡床上指挥手下行动，布置得恰到好处。戴渊原本就神采焕发，即使行这种不义之事，也显得洒脱异常。陆机在船舱里远远地对他说："你这样才华出众的人，为什么还要当强盗呢？"戴渊听完哭了，扔下佩剑归附了陆机。戴渊谈吐非常，陆机更加器重他，两人结为好友，还给他写了推荐信。渡江以后，戴渊官至征西将军。

【注释】

①游侠：指爱好交游，重义轻生，又常常招惹是非的行为。行检：品行操守。

②胡床：一种从胡地传入，可以折叠的轻便坐具。

③峰颖：形容神采挺拔焕发。

④劫：强盗。

⑤辞厉：指谈吐。

企羡第十六

【注释】

①阿龙：王导的小字。

②台：中央机构的官府。

【原文】

王丞相拜司空，桓廷尉作两髻，葛裙策杖，路边窥之，叹曰："人言阿龙超①，阿龙故自超！"不觉至台门②。

【译文】

丞相王导官拜司空时，廷尉桓彝扎着两个发髻，穿着葛布衣裙，拄着拐杖，在路边观望，他赞叹道："人们说阿龙洒脱，阿龙确实洒脱啊！"不知不觉就跟着来到司空府门前。

【注释】

①裴成公：裴頠(wěi)，谥号成。阮千里：阮瞻，字千里，官至太子舍人。

②羊曼：字祖延，历任黄门侍郎、晋陵太守、丹阳尹。

【原文】

王丞相过江，自说昔在洛水边，数与裴成公、阮千里诸贤共谈道①。羊曼曰②："人久以此许卿，何须复尔？"王曰："亦不言我须此，但欲尔时不可得耳！"

【译文】

丞相王导渡江南下以后，自己说起从前在洛水边，经常和裴頠、阮千里各位名流一起谈玄论道的事。羊曼说："人们早就用这件事来称赞你了，哪里还需要再这样说呢？"王丞相说："并不是我故意要说这件事，只是感叹从前的往事不能重现罢了！"

【注释】

①石崇：字季伦，曾任散骑常侍、侍中、荆州刺史，在荆州劫掠客商而成为巨富，生活奢靡。

【原文】

王右军得人以《兰亭集序》方《金谷诗序》，又以己敌石崇①，甚有欣色。

【译文】

王右军得知有人把他的《兰亭集序》和石崇的《金谷诗序》相比，还拿自己和石崇相提并论，心里很高兴。

【原文】

王司州先为庾公记室参军，后取殷浩为长史。始到，庾公欲遣王使下都。王自启求住，曰："下官希见盛德，渊源始至，犹贪与少日周旋^①。"

【注释】

①少日：几日，几天。

【译文】

司州刺史王胡之早就担任庾公（庾亮）的记室参军，后来庾公招募殷浩作长史，殷浩刚到，庾公就派遣王胡之去京都，王胡之自己请求留下来，他说："我很少见过大德之人，渊源刚到，我还希望和他亲近几天呢。"

【原文】

郗嘉宾得人以己比苻坚^①，大喜。

【注释】

①苻（fú）坚：东晋时人，夺取前秦政权，自称大秦天王，屡建战功，是个博学多才的人。

【译文】

郗嘉宾听到有人把他和苻坚相比，十分欣喜。

【原文】

孟昶未达时，家在京口。尝见王恭乘高舆^①，被鹤氅裘^②。于时微雪，昶于篱间窥之，叹曰："此真神仙中人！"

【注释】

①高舆：高车。

②被：通"披"。鹤氅（chǎng）裘：用鸟羽制成的毛皮外套。

【译文】

孟昶尚未显贵时，家住在京口。有一次看到王恭乘着高大的车子，身披鹤毛大衣。当时正下着小雪，孟昶透过篱笆看到王恭，赞叹道："这真像个神仙中人啊！"

伤逝第十七

【注释】

①王仲宣：王粲，字仲宣，"建安七子"之一，先依刘表，未受重用，后为曹操幕僚，仕魏官至侍中。

②文帝：指魏文帝曹丕。临（lìn）：哭吊死者。

【原文】

王仲宣好驴鸣①。既葬，文帝临其丧②，顾语同游曰："王好驴鸣，可各作一声以送之。"赴客皆一作驴鸣。

【译文】

王仲宣喜欢听驴叫。死后下葬时，魏文帝曹丕来送葬，他回头对同行的人说："王仲宣喜欢听驴叫，我们每个人学一声驴叫来为他送行吧。"于是送葬的客人都学了一声驴叫。

【注释】

①王浚冲：王戎。

②轺车：轻便的小马车。

③预其末：参与在他们之后。王戎在竹林七贤中的年龄最小。

④羁绁：牵绊，束缚。

【原文】

王浚冲为尚书令①，着公服，乘轺车②，经黄公酒垆下过。顾谓后车客："吾昔与嵇叔夜、阮嗣宗共酣饮于此垆。竹林之游，亦预其末③。自嵇生夭、阮公亡以来，便为时所羁绁④。今日视此虽近，邈若山河。"

【译文】

王戎担任尚书令，一天他身穿官服，乘坐轻便的马车，从黄公酒垆旁经过。他回头对后面坐着的人说："我以前曾同嵇康、阮籍一起在这家酒店畅饮。竹林之下的游乐，我也参与在他们之后。但是自从嵇康被杀、阮籍去世至今，我便为世事所束缚。今日看到这家酒店虽然非常近，但往日的情景像隔着遥远的山河一样可望而不可即了。"

【注释】

①孙子荆（jīng）：孙楚，字子荆。

【原文】

孙子荆以有才①，少所推服，唯雅敬王武子。武子丧时，名士无不至者。子荆后来，临尸恸哭，宾客莫不垂涕。哭毕，向灵床曰②："卿常好我作驴鸣，今我为卿作。"体似真声③，宾客皆笑。孙举头曰："使君辈存，令此人死！"

②灵床：为死者神灵虚设的座位。

③体：模仿，仿效。

【译文】

孙子荆恃才傲物，很少有他看得起的人，唯独敬重王武子。王武子去世后，名士们都来吊唁。孙子荆后到，走近遗体痛哭，宾客们也受感染跟着流泪。孙子荆哭完后，对着灵床说："你一直喜欢我学驴叫，今天我学给你听。"他叫的声音和真的一样，客人们都笑了。孙子荆抬起头来说："让你们这些人活着，却让这样的人死了！"

【原文】

王戎丧儿万子①，山简往省之②，王悲不自胜。简曰："孩抱中物，何至于此？"王曰："圣人忘情，最下不及情；情之所钟，正在我辈。"简服其言，更为之恸。

【注释】

①万子：王绥，字万子，年十九而死。

②简：字季伦，山涛的儿子。

【译文】

王戎的儿子万子死了，山简去探望他，王戎悲痛得不能自己。山简对他说："不过是个幼儿罢了，你何必这么悲伤？"王戎说："圣人忘掉了情爱，最下等的人谈不上有情爱。能够钟情的人，正是我们这一类人啊！"山简被他的话打动，也跟着悲伤起来。

【原文】

顾彦先平生好琴，及丧，家人常以琴置灵床上。张季鹰往哭之，不胜其恸，遂径上床鼓琴①，作数曲，竟，抚琴曰："顾彦先颇复赏此不？"因又大恸，遂不执孝子手而出②。

【注释】

①遂径上床鼓琴：径直上到灵床上弹琴。

②不执孝子手：不握孝子的手。意思是对死者哀恸达到了极点而无法顾及礼节。

【译文】

顾彦先平生喜好弹琴，直到去世后，家人还是常常把琴放在他的灵床上。张季鹰前去吊唁，极其悲痛而难以自持，于是直接登上了灵床去弹琴。弹完几曲后，张季鹰抚着琴说："顾荣（顾彦先）还能欣赏这琴吗？"于是又放声痛哭，以致无心顾及常礼，没有握孝子的手就出去了。

【注释】

①庾亮儿：庾亮的儿子庾会。

②诸葛道明女：诸葛恢的女儿，名文彪，是庾会的妻子。

③改适：改嫁。

④初没：刚去世。

【原文】

　　庾亮儿遭苏峻难遇害①。诸葛道明女为庾儿妇②，既寡，将改适③，与亮书及之。亮答曰："贤女尚少，故其宜也。感念亡儿，若在初没④。"

【译文】

　　庾亮的儿子庾会在苏峻的叛乱中遇害，诸葛恢的女儿是庾亮的儿媳，成了寡妇后准备改嫁，诸葛恢在给庾亮的信中提到了这个事情。庾亮答道："您的女儿还很年轻，本该如此。只是我感念死去的儿子，就像他刚死去一样痛心。"

【注释】

①庾文康：庾亮，去世后谥号为文康。

②何扬州：何充。

③已已：停止，在此引申为承受。

【原文】

　　庾文康亡①，何扬州临葬②，云："埋玉树著土中，使人情何能已已③！"

【译文】

　　庾亮去世了，何充前来参加葬礼，他说："把这样容貌俊美、才华超群的玉树一般的人埋入土中，让人们的情感如何承受得住呢？"

【注释】

①"如此"二句：王濛仪容美丽，善于清谈，三十九岁即早死。

②殡（bìn）：本指停柩待葬，这里指入殓，即把尸体装入棺材。

【原文】

　　王长史病笃，寝卧灯下，转麈尾视之，叹曰："如此人，曾不得四十①！"及亡，刘尹临殡②，以犀柄麈尾着柩中③，因恸绝。

【译文】

　　左长史王濛病重时，在灯下躺着，手中转动着麈尾，注视着它，感叹道："像我这样的人，竟然活不到四十岁！"死后，丹阳尹刘恢来出席葬礼，他把犀牛角柄的拂尘放在灵枢里，随即悲恸欲绝。

【原文】

支道林丧法虔之后，精神霣丧，风味转坠①。常谓人曰："昔匠石废斤于郢人，牙生辍弦于钟子，推己外求，良不虚也。冥契既逝，发言莫赏，中心蕴结，余其亡矣！"却后一年②，支遂殒。

【译文】

支道林自从法虔去世后便神志消沉，风度日益丧失。他常常对人说："古代的石匠在郢人去世后便不再动斧头，伯牙在钟子期去世后便不再弹琴，推己及人，的确不假。知心的朋友已经不在了，说出来的话也不再有人欣赏，内心的郁闷实在无法派遣，看来我离死也不远了。"一年以后，支道林就去世了。

【原文】

郗嘉宾丧①，左右白郗公②："郎丧③。"既闻不悲，因语左右："殡时可道。"公往临殡，一恸几绝。

【译文】

郗超去世了，左右的人对其父说："少爷去世了。"郗公听后也不悲痛，然后对左右人说："出殡的时候可以告诉我。"郗公亲临出殡，放声大哭，几将昏死。

【原文】

戴公见林法师墓①，曰："德音未远，而拱木已积②。冀神理绵绵，不与气运俱尽耳！"

【译文】

戴逵看到支道林法师的墓地说："你美好的言论尚未远去，

你墓旁的树木却已经成林了。但愿你的精神义理长存，不要同生命一起逝去。"

【注释】

①督帅：帐下领兵的官，相当于后代的卫队长。

②官：下属对长官的敬称。

③末婢：谢琰，字瑗度，小字末婢，谢安的小儿子，曾任徐州刺史、会稽内史，封望蔡公。

【原文】

王东亭与谢公交恶。王在东闻谢丧，便出都诣子敬，道欲哭谢公。子敬始卧，闻其言，便惊起曰："所望于法护。"王于是往哭。督帅刁约不听前①，曰："官平生在时②，不见此客。"王亦不与语，直前哭，甚恸，不执末婢手而退③。

【译文】

东亭侯王珣和谢公（谢安）结仇。他在会稽听说谢公死了，就来到京都去拜访王子敬，表示要去凭吊谢公。子敬先前还躺着，听了他的话后吃惊地坐了起来，说道："这正是我希望你做的。"王珣于是前往谢公家吊唁。谢公帐下的督帅刁约不让他进去，说："大人在世时，就没见过这个客人。"王珣也不理他，径直上前哭吊，非常悲痛，哭完后没和末婢（谢琰）握手就走了。

【注释】

①王子猷、子敬：王徽之，字子猷；王献之，字子敬。二人分别是王羲之的第五子和第七子。

【原文】

王子猷、子敬俱病笃①，而子敬先亡。子猷问左右："何以都不闻消息？此已丧矣！"语时了不悲。便索舆来奔丧，都不哭。子敬素好琴，便径入坐灵床上，取子敬琴弹，弦既不调，掷地云："子敬！子敬！人琴俱亡。"因恸绝良久。月余亦卒。

【译文】

王子猷、王子敬都病得很厉害，而子敬先去世了。子猷问身边的人："为什么完全没有子敬的消息，可见他一定是去世了。"说话时没有任何伤感。于是叫了车子赶去奔丧，一声也没哭。子敬平素喜欢弹琴，子猷径直坐到灵床上，取来子敬的琴弹奏，琴弦已经不和谐了，子猷就把琴摔到地上说："子敬啊！子敬！人和琴全都不在了呀！"随即悲痛得晕了过去，昏迷了很长一段的时间。一个月以后，子猷也死了。

栖逸第十八

【原文】

阮步兵啸①，闻数百步。苏门山中，忽有真人②，樵伐者咸共传说。阮籍往观，见其人拥膝岩侧。籍登岭就之，箕踞相对③。籍商略终古，上陈黄、农玄寂之道④，下考三代盛德之美，以问之，仡然不应⑤。复叙有为之教、栖神导气之术以观之，彼犹如前，凝瞩不转。籍因对之长啸。良久，乃笑曰："可更作。"籍复啸。意尽，退，还半岭许，闻上嗷然有声，如数部鼓吹，林谷传响。顾看，乃向人啸也。

【注释】

①阮步兵：阮籍，曾任步兵校尉。

②真人：道教称修行得道的人。

③箕踞：臀部着地两脚前伸而坐，形状如箕。这是一种放达不拘的坐姿。

④玄寂之道：指道家玄远幽寂的道理。

⑤仡（yì）然：抬头的样子。

【译文】

步兵校尉阮籍吹口哨的声音，数百步之外都能听到。苏门山里，忽然来了一位真人，樵夫们都在议论这件事。阮籍也去观看，见这个人盘腿坐在岩石旁边，阮籍就爬上山凑过去，双腿伸直坐在他对面。阮籍说起古代的事情，上至黄帝、神农的清静无为之道，下到夏、商、周三代圣君的仁政，并拿这些事情向他请教，这个人只是昂着头不予理睬。阮籍又谈起儒家的入世学说以及道家栖神导气的方法，以此来观察他，这个人还是和刚才一样，凝神不动。阮籍于是对着他长长地吹了一声口哨。过了很长时间，这个人才说："可以再吹一声。"阮籍又吹了一声。后来阮籍没了兴致就下山了，走到半山腰，听到上面传来悠长的声音，像是有几个乐队在演奏，山谷中都发出回音，回头一看，正是刚才那个人在吹口哨。

【原文】

嵇康游于汲郡山中①，遇道士孙登②，遂与之游。康临去，登曰："君才则高矣，保身之道不足。"

【注释】

①汲（jí）郡：西晋郡名，治所在今河南卫辉

县西南。

②道士：修道的道教徒。

【注释】

①山公：山涛。选曹：指选曹郎，即吏部郎，主管官吏选举及朝廷祭祀等。

【注释】

①王丞相：王导，字茂弘。

②乃复：竟然。复，做词缀，无实义。

【注释】

①惊：害怕。

②沈冥：即隐士。

【译文】

嵇康在汲郡山中游历，遇见了道教徒孙登，就和他结伴游历。嵇康临走时，孙登对他说："你的才华确实很高，但保全自身的本领不够。"

【原文】

山公将去选曹①，欲举嵇康，康与书告绝。

【译文】

山公（山涛）要从吏部郎的职位上离任，准备推荐嵇康担任这个职务，嵇康就写了一篇《与山巨源绝交书》，断绝了和山涛的往来。

【原文】

李廞是茂曾第五子，清贞有远操，而少羸病，不肯婚宦。居在临海，住兄侍中墓下。既有高名，王丞相欲招礼之①，故辟为府掾。廞得笺命，笑曰："茂弘乃复以一爵假人②。"

【译文】

李廞是李茂曾的第五个儿子，他廉洁清正，节操高尚，但是因自幼体弱多病而不肯结婚做官。他家在临海郡，住在哥哥李侍中的墓旁。名声越来越大后，丞相王导想招聘他，给予礼遇，招为府掾。李廞收到任命书后，笑着说："茂弘居然拿官爵来送人。"

【原文】

阮光禄在东山，萧然无事，常内足于怀。有人以问王右军，右军曰："此君近不惊宠辱①，虽古之沈冥②，何以过此？"

【译文】

　　阮光禄在东山隐居，清静悠闲，心里很满足。有人就此事问王羲之，王羲之说："这位先生近来宠辱不惊。就算是古代的隐士也不过如此而已。"

【原文】

　　孔车骑少有嘉遁意，年四十余，始应安东命。未仕宦时，常独寝，歌吹自箴诲。自称孔郎，游散名山①。百姓谓有道术，为生立庙，今犹有孔郎庙。

【注释】

①游散：游览，漫游。

【译文】

　　孔车骑（愉）年轻的时候有隐居的意向，因此直到四十多岁的时候才接受了安东将军司马睿的任命。在做官之前，他经常独居，歌咏诗文，自我告诫。自称孔郎，遍游名山胜水。人们纷纷传说他有道术，为他建了一座生庙，直到现在孔郎庙还存在。

【原文】

　　南阳刘驎之，高率善史传，隐于阳岐。于时苻坚临江，荆州刺史桓冲将尽讦谟之益，征为长史，遣人船往迎，赠贶甚厚。驎之闻命，便升舟，悉不受所饷①，缘道以乞穷乏②，比至上明亦尽。一见冲，因陈无用，翛然而退③。居阳岐积年，衣食有无常与村人共，值己匮乏，村人亦如之。甚厚为乡闾所安。

【注释】

①饷：馈赠。

②乞：本义为"讨要"，在这里是"赠送"的意思。

③翛（xiāo）然：洒脱、自由自在的样子。

【译文】

　　南阳的刘驎之高尚率直，对历史典籍颇为精通，在阳岐村隐居。这个时候苻坚的军队已经攻打到长江流域，荆州刺史桓冲想要实现自己的宏图大业，就招刘驎之为长史，派人驾船去迎接，并馈赠了十分丰厚的礼物。刘驎之听完召命后立即上了船，并接受了所有的礼物，一路上把它们送给了贫苦的百姓，到了上明时，就已经转送完了。一见到桓冲，就向他陈述说自己没有什么本事，然后就潇洒地引退。刘驎之住在阳岐村很多年，衣食常常拿出来同村里的人们共同分享，有时候自己缺衣少食时，也会得到村里人照顾。他为人宽厚朴实，乡邻对此非常满意。

【注释】

①翟道渊：翟汤，字道渊，曾多次被征召任官，均未就职。周子南：周邵，字子南，初隐居，后听从庾亮劝说任镇蛮护军、西阳太守。

【原文】

　　南阳翟道渊与汝南周子南少相友①，共隐于浔阳。庾太尉说周以当世之务，周遂仕，翟秉志弥固。其后周诣翟，翟不与语。

【译文】

　　南阳翟道渊和汝南周子南年轻时就是好友，两人都在南阳隐居。太尉庾亮以国家大事激励周子南，周子南就出来做官了，翟道渊依旧坚持自己的志向。后来周子南去见翟道渊，翟道渊一句话也不和他说。

【注释】

①少孤：孟陋。
②嗟(jiē)重：赞叹，推崇。

【原文】

　　孟万年及弟少孤①，居武昌阳新县。万年游宦，有盛名当世。少孤未尝出，京邑人士思欲见之，乃遣信报少孤，云："兄病笃。"狼狈至都，时贤见之者，莫不嗟重②。因相谓曰："少孤如此，万年可死。"

【译文】

　　孟万年（嘉）和弟弟孟陋，在武昌郡阳新县居住。孟万年在外边做官，当时负有盛名。孟陋从未曾离开家里。京城的一些有名望的人想见见他，于是派人去对孟陋说："你的哥哥病重了。"于是孟陋急忙赶往京城。当时的名流见到他后，无不赞叹推崇，他们相互说："孟陋如此卓然超群，孟嘉可以死而无憾了。"

【注释】

①精舍：佛教徒静修的处所。

【原文】

　　康僧渊在豫章，去郭数十里立精舍①，旁连岭，带长川，芳林列于轩庭，清流激于堂宇。乃闲居研讲，希心理味。庾公诸人多往看之。观其运用吐纳②，风流转佳③，加已处之怡然，亦有以自得，声名乃兴。后不堪，遂出。

② 吐纳：就是吐故纳新，即吐出浊气，吸入清气，这是道家的养生之术。

③ 转：愈，更加。

【译文】

康僧渊在豫章的时候，在离城郭数十里的地方建造了一座静修的房屋，那里山岭毗连，河流环抱，庭院里还排列着芬芳的花木，堂前流淌着清澈的泉水。于是他独自居住，潜心研究佛法、玩味义理。庾亮等人经常去探望他，见他运用吐故纳新的导引之术，使整个人的风度仪态更加俊美。加上他安居愉悦，自得其乐，于是声名远扬。后来由于不堪世俗之人的不断来访，最终离开了这个地方。

【原文】

戴安道既厉操东山①，而其兄欲建式遏之功②。谢太傅曰："卿兄弟志业，何其太殊？"戴曰："下官'不堪其忧'，家弟'不改其乐'。"

【注释】

① 厉操东山：指隐居不仕。厉操，磨砺情操。

② 式遏：这里泛指抵御侵略，保国卫民。

【译文】

戴安道在东山隐居，他的哥哥戴逯却要建功立业。太傅谢安说："你们兄弟二人的志向，为什么那么悬殊呢？"戴逯说："我是忍受不了那种忧愁，我弟弟是改变不了那种乐趣。"

【原文】

许玄度隐在永兴南幽穴中，每致四方诸侯之遗。或谓许曰："尝闻箕山人似不尔耳①。"许曰："筲篚苞苴②，故当轻于天下之宝耳！"

【注释】

① 箕山人：指许由。相传尧要将天下让给许由，许由不接受，就逃到了箕山隐居。

② 筲篚（jěi）苞苴（jū）：送饭食所用的竹筐、包裹等。在这里

【译文】

许玄度在永兴县南偏僻的山洞中隐居，常常招致并接受附近高官的馈赠。有人对他说："曾经听说隐居在箕山的许由似乎不

借代饭食鱼肉等礼物。

是如此吧。"许玄度说:"这些包裹小礼物,自然要比天下的宝座轻微很多吧。"

【注释】

①范宣:字宣子,晋人,精通儒籍,被召为太学博士、散骑郎,推辞不就。居家贫俭,以讲诵为业。公门:官署。

【原文】

范宣未尝入公门①。韩康伯与同载,遂诱俱入郡。范便于车后趋下。

【译文】

范宣从没进过官署的门。有一回韩康伯和他同乘一辆车,想骗他一块儿进入郡府,结果范宣从后面跳下车跑了。

【注释】

①戴公:戴逵。

②傅约:傅瑗,小字约,生平未详。

③差互:屡失时机而未能成功。

【原文】

郗超每闻欲高尚隐退者,辄为办百万资,并为造立居宇。在剡为戴公起宅①,甚精整。戴始往旧居,与所亲书曰:"近至剡,如官舍。"郗为傅约亦办百万资②,傅隐事差互③,故不果遗。

【译文】

郗超每当听说有人要避世隐居时,就为他准备百万资财,还替他建造房舍。在剡县时,给戴公(戴逵)建的屋舍非常精致。戴公住进去以后,给亲友写信说:"最近到了剡县,住的房子就像是官署。"郗超也为傅约准备了百万资财,后来傅约隐居的事没成,所以才没有给他。

贤媛第十九

【原文】

　　汉元帝宫人既多①，乃令画工图之，欲有呼者，辄披图召之。其中常者，皆行货赂②。王明君姿容甚丽，志不苟求，工遂毁为其状。后匈奴来和，求美女于汉帝，帝以明君充行。既召，见而惜之，但名字已去，不欲中改，于是遂行。

【注释】
①汉元帝：刘奭。
②货赂：贿赂。

【译文】

　　汉元帝后宫里的宫女太多了，就让画师给她们画像，想要召谁时，就打开画像挑选。其中相貌平平的人，都向画师行贿，以便把自己画得美一些。王昭君姿容美丽，但她从不随便求助于画师，所以画师就丑化她的相貌。后来匈奴来求和，向汉元帝求美女通婚，元帝决定让昭君去。召来之后，元帝就舍不得她，可是名单已经确定，不能中途变卦，于是只能让她去了。

【原文】

　　汉成帝幸赵飞燕①，飞燕谗班婕妤祝诅②，于是考问。辞曰："妾闻死生有命，富贵在天。修善尚不蒙福，为邪欲以何望？若鬼神有知，不受邪佞之诉；若其无知，诉之何益？故不为也。"

【译文】

　　汉成帝宠幸赵飞燕，赵飞燕诬陷班婕妤祈告鬼神诅咒成帝，于是班婕妤被审问。班婕妤辩解说："我听说生死是命中注定的，富贵是上天已经安排好了的。修德行善还得不到赐福呢，做坏事又有什么指望啊！如果鬼神真的有知觉的话，就不会接受奸邪之人的祷告；而如果没有知觉的话，祷告又会有什么作用呢？因此我没有做过这样的事情。"

【注释】
①赵飞燕：最初为阳阿公主家的歌伎，因体轻善舞而号"飞燕"。后来同妹妹一起入宫，成为汉成帝专宠。成帝死后，又被哀帝尊为皇太后。平帝即位后将其废为庶人，自杀而亡。
②祝诅：祈告鬼神降祸于所恨之人。

【注释】

①卞后：曹操的妻子，曹丕和曹植的生母。本是倡家女，曹操在谯时将其纳为妾，到建安初将其扶为正室。

②伏魄时：招魂的时候，这里是指曹操弥留之际。

③山陵：陵寝。此处指下葬的时候。

【原文】

魏武帝崩，文帝悉取武帝宫人自侍。及帝病困，卞后出看疾①。太后入户，见直侍并是昔日所爱幸者。太后问："何时来邪？"云："正伏魄时过②。"因不复前而叹曰："狗鼠不食汝余，死故应尔！"至山陵③，亦竟不临。

【译文】

曹操去世后，曹丕将曹操宫中的人要过来侍奉自己。曹丕病危的时候，卞太后出宫来看望。太后一进门，发现那些侍奉曹丕的人都是过去被曹操宠幸的宫女。太后问道："她们是何时来的？"答："正当先帝弥留之际过来的。"太后便不再前去，叹道："真是连狗鼠都不会捡你剩下的东西吃，实在是该死！"甚至到文帝下葬时，太后都没有到场哭吊。

【注释】

①敕：告诫。

【原文】

赵母嫁女，女临去，敕之曰①："慎勿为好！"女曰："不为好，可为恶邪？"母曰："好尚不可为，其况恶乎！"

【译文】

赵母嫁女儿，女儿临走时，赵母告诫道："千万不要过分地做好事。"女儿说："不可以做好事，那是否可以做坏事呢？"赵母说："好事都不可以做，又怎么可以做坏事呢？"

【注释】

①卫尉：即卫尉卿，掌管宫门警卫的官。

②裾：大襟，衣服的前襟。

③四德：指妇德、妇言、妇容、妇功（善于

【原文】

许允妇是阮卫尉女①，德如妹，奇丑。交礼竟，允无复入理，家人深以为忧。会允有客至，妇令婢视之，还答曰："是桓郎。"桓郎者，桓范也。妇云："无忧，桓必劝入。"桓果语许云："阮家既嫁丑女与卿，故当有意，卿宜察之。"许便回入内。既见妇，即欲出。妇料其此出，无复入理，便捉裾停之②。许因谓曰："妇有四德③，卿有其几？"妇曰："新妇所乏唯容尔。

然士有百行④，君有几？"许云："皆备。"妇曰："夫百行以德
为首，君好色不好德，何谓皆备？"允有惭色，遂相敬重。

【译文】

　　许允的妻子是卫尉卿阮共的女儿，阮德如的妹妹，相貌奇
丑。结婚行过交拜礼后，许允没有进洞房的意思，家里人非常担
心。恰好这时有客人来找许允，妻子让婢女去看看是谁，婢女回
来禀告说："是桓郎。"桓郎就是桓范。妻子说："不用担心了，
桓公子一定会劝他进来。"桓范果然对许允说："阮家既然把一
个丑闺女嫁给你，一定有他的意图，你应该好好观察。"许允便
回到屋内，见了妻子后，马上又想出去。妻子断定他此次出去就
不会再进来了，就抓住他的衣襟阻拦他。许允于是说道："妇人
有四德，你有其中的几德？"妻子说："我缺乏的只是容貌而已。
不过士人应有的各种好品行中，你有哪些呢？"许允说："我都具
备。"妻子说："各种品行里以德为首。你好色不好德，怎么能说
都具备呢？"许允顿时面带愧色，从此就敬重她了。

【原文】

　　许允为吏部郎，多用其乡里，魏明帝遣虎贲收之①。其妇出戒
允曰："明主可以理夺，难以情求。"既至，帝核问之，允对曰：
"'举尔所知②'，臣之乡人，臣所知也。陛下检校，为称职与
不？如不称职，臣受其罪。"既检校③，皆官得其人，于是乃释。
允衣服败坏，诏赐新衣。初允被收，举家号哭。阮新妇自若，
云："勿忧，寻还。"作粟粥待。顷之，允至。

【译文】

　　许允担任吏部侍郎的时候，任用的多为同乡人。魏明帝命宫
中侍卫将其逮捕。许允的妻子跟出来告诫他道："明主可以用道
理去争取，而很难用情感去打动。"到了朝廷后，明帝审问此事，
许允就说："孔子说：'举尔所知。'我任用的那些同乡人都是

纺织）。

④百行：指各种好的品
行。

【注释】

①虎贲（pēn）：官名，
负责皇帝侍卫。

②举尔所知：推举你
所了解的人。

③检校：考察。

我所熟知的。陛下您可以考察一下他们是否称职。倘若他们不称职，我情愿接受处罚。"经过一番考察，那些人果真都很称职，于是把许允释放了。许允的衣服弄破了，明帝下诏赐给他新衣服。当初许允被逮捕时，全家上下号啕大哭，阮氏夫人却非常镇定，说："不用担心，他过不了多久就会回来的。"并把小米粥煮好了等着许允。不久，许允果真回来了。

【注释】

①才流：才能品级。流，流品。

②才具：才能，才干。

【原文】

　　许允为晋景王所诛，门生走入告其妇。妇正在机中，神色不变，曰："早知尔耳！"门人欲藏其儿，妇曰："无豫诸儿事。"后徙居墓所，景王遣钟会看之，若才流及父①，当收。儿以咨母，母曰："汝等虽佳，才具不多②，率胸怀与语，便无所忧；不须极哀，会止便止；又可少问朝事。"儿从之。会反，以状对，卒免。

【译文】

　　许允被晋景王杀害了，门生急忙跑来向许允的妻子报告。许允的妻子正在织布，神情一点都没有变，说："早就料到会这样了！"门生想把许允的儿子藏起来，许允的妻子说："这不关孩子的事情。"后来，举家迁往许允的墓地，晋景王派钟会前去查看，并指示："若才华风韵赶得上他们的父亲，就应该抓起来。"许允的儿子向母亲请教，母亲说："你们兄弟虽然都很好，但是都没有突出的才能。只需坦率地同他们讲话，不用担心。不要过于悲伤，钟会不哭了，你们也就赶紧停止哭泣。还可以略微问一下朝中的事情。"儿子按照母亲的教导一一去做了。钟会回去后，把自己的所见所闻一一汇报，许允的儿子们终于幸免于难。

【注释】

①仿佛：相像。

②比踪：齐步，并驾。

【原文】

　　王公渊娶诸葛诞女。入室，言语始交，王谓妇曰："新妇神色卑下，殊不似公休！"妇曰："大丈夫不能仿佛彦云①，而令妇人比踪英杰②！"

【译文】

王公渊娶了诸葛诞的女儿，进了内室，刚开始交谈，王公渊对妻子说："看你的神态卑下，一点都不像你的父亲公休。"妻子应道："作为男子汉大丈夫，你不能像你的父亲彦云一样（王广的父亲王凌字），却拿一个女人和英杰相比！"

【原文】

王经少贫苦，仕至二千石，母语之曰："汝本寒家子，仕至二千石，此可以止乎！"经不能用。为尚书，助魏，不忠于晋①，被收，涕泣辞母曰："不从母敕，以至今日。"母都无戚容，语之曰："为子则孝，为臣则忠，有孝有忠，何负吾邪？"

【注释】

①晋：此为晋司马氏。王经是魏朝人，当时还没有建立晋朝。

【译文】

王经年轻的时候，家境贫寒，后来做了官，俸禄达到两千石，母亲对他说道："你本是穷人家的孩子，做到俸禄两千石的官，就到此为止吧。"王经不听母亲的劝导。他又做了尚书，帮助魏朝而不效忠于晋司马氏，因此遭到逮捕。在跟母亲辞别时，他泪流满面，说道："只因当初没有听母亲的教诲，才导致今天的下场。"母亲的脸上无丝毫的愁容，她对儿子说："做儿子就应当尽孝道，做臣子就应当尽忠心，忠孝两全，怎么会对不起我呢？"

【原文】

山公与嵇、阮一面，契若金兰①。山妻韩氏，觉公与二人异于常交，问公，公曰："我当年可以为友者②，唯此二生耳！"妻曰："负羁之妻亦亲观狐、赵，意欲窥之，可乎？"他日，二人来，妻劝公止之宿，具酒肉。夜穿墉以视之③，达旦忘反。公入曰："二人何如？"妻曰："君才致殊不如，正当以识度相友耳。"公曰："伊辈亦常以我度为胜。"

【注释】

①金兰：指朋友同心同德、志同道合。
②当年：此生，一生。
③墉（yōng）：墙，墙壁。

【译文】

　　山公（山涛）和嵇康、阮籍一见面，就觉得志趣投合。山公的妻子觉得丈夫和这两个人的交情非比寻常，就问他怎么回事，山公说："我一生可以当做朋友的，只有这两个读书人了。"妻子说："从前僖负羁的妻子也曾亲自观察过狐偃、赵衰，我也想看看他们，可以吗？"有一天，二人来了，妻子劝山公留他们过夜，给他们准备了酒肉。晚上，她越过墙去观察这两个人，直到天亮都忘了要回去。山公过来问道："你觉得这二人怎么样？"妻子说："你的才智情趣远远比不上他们，只能以你的见识气度和他们交朋友。"山公说："他们也总认为我的气度胜过他们。"

【原文】

　　王浑妻钟氏生女令淑，武子为妹求简美对而未得，有兵家子，有俊才，欲以妹妻之，乃白母①，曰："诚是才者②，其地可遗，然要令我见。"武子乃令兵儿与群小杂处，使母帷中察之。既而母谓武子曰："如此衣形者，是汝所拟者非邪？"武子曰："是也。"母曰："此才足以拔萃；然地寒，不有长年，不得申其才用。观其形骨，必不寿，不可与婚。"武子从之。兵儿数年果亡。

【译文】

　　王浑的妻子钟氏生了一个女儿，女儿漂亮贤惠。武子（王济）想给自己的妹妹找一个好丈夫，却没有找到。有个兵家子弟，才能卓越，武子就打算把妹妹许配给他，于是禀告母亲，母亲说："倘若有才能，可以不论门第，但是必须得先让我看看。"于是武子就让这位少爷混在一群平民百姓中间，请母亲在帷帐里面观察。过后，母亲对武子说："穿着这种衣服，长得这种样子，就是你选中的，是吗？"武子说："是的。"母亲说："这人的才气确实出类拔萃，但是由于门第卑微，所以没有很长的时间是无法发挥其才能的。我看他的体形、骨骼，必然不长寿，不能许配给他。"武子听从了母亲的意见。几年以后，这个兵家子弟果真去世了。

【原文】

贾充前妇，是李丰女。丰被诛，离婚徙边①。后遇赦得还，充先已取郭配女，武帝特听置左右夫人。李氏别住外，不肯还充舍。郭氏语充，欲就省李，充曰："彼刚介有才气，卿往不如不去。"郭氏于是盛威仪，多将侍婢。既至，入户，李氏起迎，郭不觉脚自屈，因跪再拜。既反，语充。充曰："语卿道何物②？"

【注释】

①徙边：流放到边远
山区。

②何物：什么。

【译文】

贾充的前妻是李丰的女儿。李丰被杀害后，贾充同妻子解除婚约，妻子还被流放到了边远地区。后来赶上大赦回来，可是这时候的贾充早已娶了郭配的女儿。晋武帝特地允许他设左、右两位夫人。李氏住在外边，不肯回贾家。郭氏就对贾充说想去探望李氏。贾充说："她性格倔犟，又有才气，你去还不如不去呢。"郭氏拉起了一个威严宏大的仪仗队伍，还带上了一大帮丫鬟。到了以后，一进门，李氏便起身相迎，郭氏却不觉中两膝发软，跪下一拜再拜。回到贾府后对贾充述说，贾充说："之前我对你说什么来着？"

【原文】

王司徒妇，钟氏女，太傅曾孙，亦有俊才女德①。钟、郝为娣姒，雅相亲重②。钟不以贵陵郝，郝亦不以贱下钟③。东海家内，则郝夫人之法，京陵家内，范钟夫人之礼。

【注释】

①女德：即女子的美
德。

②雅：此处为副词，甚、
很。

③下：低。这里为动
词，为"使自己低下"、
"低三下四"的意思。

【译文】

王司徒（浑）的妻子是钟家的女儿，太傅钟繇的曾孙女，又有非凡的才华和女子的美德。钟氏同王湛的妻子郝氏是妯娌，两人关系亲密，相互敬重。钟氏不凭借自己高贵的出身而对郝氏盛气凌人；郝氏也不会因自己门第的卑微而对钟氏低声下气。东海（王承）家里都以郝夫人的规矩为行为准则；而京陵（王浑）家里也以钟夫人的礼节作为行为规范。

【注释】

①觇（chān）：偷看。

②殄瘁（tiǎncuì）：衰微。

③方幅：正规，公正。

【原文】

　　周浚作安东时，行猎，值暴雨，过汝南李氏。李氏富足，而男子不在。有女名络秀，闻外有贵人，与一婢于内宰猪羊，作数十人饮食，事事精办，不闻有人声。密觇之①，独见一女子，状貌非常，浚因求为妾。父兄不许。络秀曰："门户殄瘁②，何惜一女？若连姻贵族，将来或大益。"父兄从之。遂生伯仁兄弟。络秀语伯仁等："我所以屈节为汝家作妾，门户计耳！汝若不与吾家作亲亲者，吾亦不惜余年！"伯仁等悉从命。由此李氏在世，得方幅齿遇③。

【译文】

　　周浚担任安东将军时，一次外出打猎，赶上暴雨，于是去探望李氏家。李家很富有，可是男子都没有在家里。有个女儿名字叫做络秀，听到外边来了客人，就同丫鬟一起在里边杀猪宰羊，操办了几十人的酒宴。饭食样样精美，但是没有听到有人说话的声音。暗中窥视，只看见一个相貌非凡的女子。周浚因此请求娶她为妾。络秀的父亲和哥哥都不肯答应。络秀却说："咱们家门第衰落，怎么还舍不得一个女儿呢？倘若能与贵族联姻，或许将来还会有好处呢。"于是父兄顺从了她。后来络秀生下了周伯仁三兄弟。络秀对伯仁兄弟说道："我之所以委屈自己嫁到你们周家做妾，是出于对李家门户着想罢了。倘若你们不与我李家作亲戚，我也不会吝惜我的晚年！"周伯仁兄弟一切都听从母亲。从此，李家在社会上开始受到公正的待遇。

【注释】

①孝廉：选举官吏的科

【原文】

　　陶公少有大志，家酷贫，与母湛氏同居。同郡范逵素知名，举孝廉①，投侃宿。于时冰雪积日，侃室如悬磬②，而逵马仆甚多。侃母湛氏语侃曰："汝但出外留客，吾自为计。"湛头发委地，下为二髲③，卖得数斛米，斫诸屋柱，悉割半为薪，锉诸荐以为马草。日夕，遂设精食，从者皆无所乏。逵既叹其才辩，又深愧其厚意。明旦去，侃追送不已，且百里许。逵曰："路已远，君宜还。"侃犹不返，逵曰："卿可去矣！至洛阳，当相为美谈。"侃乃返。逵及洛，遂称之于羊晫、顾荣诸人，大获美誉。

目，要求是孝顺清廉，被选中的人也称为孝廉。

②室如悬磬(qìng)：比喻室无所有，极为贫乏。磬，一种石制的敲击乐器，悬挂在架子上演奏。

③髲(bì)：假发。

【译文】

陶公（陶侃）少年时胸怀大志，家中十分贫穷，他和母亲湛氏住在一起。同郡的范逵一向很有名气，被举为孝廉，上任途中到陶侃家投宿。当时连日冰雪，陶侃家徒四壁，范逵带的随从马匹很多。陶侃的母亲湛氏对陶侃说："你只管出去留住客人，我自己想办法招待。"湛氏的头发长及地面，她剪下作成两段假发，卖掉后换了几斛米。又把屋内的几根柱子，劈下一半作柴禾，把草席铡碎作为马料。傍晚，摆下了精致的饭食招待客人，随从的人也不缺吃喝。范逵既赞叹陶侃的才华和言谈，又对他深厚的情意感到愧疚不安。第二天早晨范逵离去，陶侃又追着为他们送别，依依难舍，一起走了一百多里。范逵说："已经送得很远，你该回去了。"陶侃还是不回去。范逵说："你回去吧。这次到了洛阳，我一定替你美言。"陶侃这才回去。范逵到了洛阳，就在羊晫、顾荣等人面前赞扬陶侃，陶侃于是名声大噪。

【原文】

陶公少时，作鱼梁吏①，尝以坩鲊饷母②。母封鲊付使，反书责侃曰："汝为吏，以官物见饷，非唯不益，乃增吾忧也。"

【译文】

陶公（陶侃）年轻时作鱼梁吏，曾经派人把腌鱼用罐子装着送给他母亲。母亲把腌鱼封好后又退给了使者，写了封信指责陶

【注释】

①鱼梁：一种捕鱼的设施，横截水流，留一缺口，让鱼随水流入竹篓。

②坩(gān)：一种陶制器皿。

侃说："你做官，把公家的东西送给我，这样不但对我不好，反而会增加我的忧虑。"

【注释】

①主：公主，指桓温的妻子、晋明帝的女儿南康长公主。

②曜（yào）：发出光辉。

【原文】

桓宣武平蜀，以李势妹为妾，甚有宠，常著斋后。主始不知①，既闻，与数十婢拔白刃袭之。正值李梳头，发委藉地，肤色玉曜②，不为动容。徐曰："国破家亡，无心至此。今日若能见杀，乃是本怀。"主惭而退。

【译文】

宣武侯桓温平蜀后，把李势的妹妹纳为妾，非常宠爱她，总是让她住在书房后面。桓温的妻子南康长公主开始不知道此事，后来听说后，带着几十个婢女持刀去刺杀她。当时李氏正在梳头，长长的头发垂落到地上，肤色如白玉一般光洁。看到公主后，她毫不动容，徐徐说道："国破家亡，我也并不想这样。今天如果你能杀了我，正合了我的心愿。"公主很惭愧，便退了下去。

【注释】

①阍（hùn）：守门人。内：同"纳"，意思是进入。

②因人：依靠别人。

③原：宽恕，赦免。

【原文】

庾玉台，希之弟也。希诛，将戮玉台。玉台子妇，宣武弟桓豁女也，徒跣求进。阍禁不内①。女厉声曰："是何小人！我伯父门，不听我前！"因突入，号泣请曰："庾玉台常因人脚短三寸②，当复能作贼不？"宣武笑曰："婿故自急。"遂原玉台一门③。

【译文】

庾友是庾希的弟弟，庾希被杀后，桓温将要诛杀庾友。庾友的儿媳是桓温的弟弟桓豁的女儿，她光着脚前来求见。守门人将其拦住不让进，她大声呵斥道："你是什么人，我伯父家的大门居然不让我进去！"于是冲了进去，号啕大哭请求桓温说："庾友经常靠人搀扶，脚也比常人短三寸，他会是叛贼吗？"桓温笑着说："侄女婿本是自己着急！"于是赦免了庾友一家。

【原文】

谢公夫人帏诸婢[1]，使在前作伎[2]，使太傅暂见，便下帏。太傅索更开，夫人云："恐伤盛德。"

【译文】

谢安的夫人用帏帐隔开那些婢女，让她们在里面表演歌舞，让谢安看一会儿就把帏帐放下了。当谢安要求再次打开看的时候，谢夫人说："恐怕伤害了你美好的德行啊。"

【原文】

王右军郗夫人谓二弟司空、中郎曰："王家见二谢，倾筐倒庋[1]；见汝辈来，平平尔。汝可无烦复往。"

【译文】

王羲之的妻子郗夫人，对她的两个弟弟司空和中郎说："王家见谢安和谢万兄弟到来，翻箱倒柜，倾其所有热情款待；见到你们来了却反应平常。你们可以不必再去了。"

【原文】

王凝之谢夫人既往王氏[1]，大薄凝之。既还谢家，意大不说[2]。太傅慰释之曰："王郎，逸少之子，人才亦不恶[3]，汝何以恨乃尔？"答曰："一门叔父，则有阿大、中郎[4]；群从兄弟，则有封、胡、遏、末。不意天壤之中，乃有王郎！"

【译文】

王凝之的夫人谢氏嫁到王家后非常看不起王凝之。回到谢家后非常不愉快，叔父谢安安慰她说："王凝之是王羲之的儿子，人品才学都很好，你怎么居然恨到如此地步呢？"谢道韫说："谢家一族中，叔父辈有谢安、谢据；同族兄弟中有谢韶、谢朗、谢玄、谢渊。可是没有想到天地间还有王郎这样的人。"

【注释】

①王江州夫人：即王凝之的夫人谢道韫。

②为是：难道是。

【原文】

王江州夫人语谢遏曰①："汝何以都不复进？为是尘务经心②，天分有限？"

【译文】

王凝之的夫人谢道韫对谢玄说："你怎么一点长进都没有呢？莫非是世俗事务烦扰了你的心，还是你的天赋有限呢？"

【注释】

①其姊：指谢道韫，下文"王夫人"也是指她。

②张玄：又作"张玄之"。

③济尼：晋时的一个尼姑。

④顾家妇：张玄的妹妹嫁给顾氏，又称为顾家妇。

【原文】

谢遏绝重其姊①，张玄常称其妹②，欲以敌之。有济尼者③，并游张、谢二家。人问其优劣，答曰："王夫人神情散朗，故有林下风气；顾家妇清心玉映④，自是闺房之秀。"

【译文】

谢遏十分推崇他姐姐谢道韫，张玄常常赞扬他妹妹，想把妹妹和谢遏的姐姐媲美。有一个法号济的尼姑，张、谢两家都去过，有人问她二人的优劣，尼姑答道："王夫人（谢道韫）神情洒脱，确实有竹林名士的风度；顾家媳妇（张玄妹）心灵纯洁明净，有如美玉辉映，自然是一位大家闺秀。"

术解第二十

【原文】

荀勖善解音声①，时论谓之暗解②。遂调律吕，正雅乐③。每至正会，殿庭作乐，自调宫商，无不谐韵。阮咸妙赏，时谓神解④。每公会作乐，而心谓之不调。既无一言直勖⑤，意忌之，遂出阮为始平太守。后有一田父耕于野，得周时玉尺，便是天下正尺。荀试以校己所治钟鼓、金石、丝竹⑥，皆觉短一黍⑦，于是伏阮神识。

【译文】

荀勖精通音律，当时的舆论认为他能自然领悟，因此由他调正乐律，校定祭祀朝会时的音乐。每当元旦朝会，宫廷奏乐时，荀勖亲自调节五音，韵律无不和谐。阮咸精于音乐鉴赏，当时人们都认为他对音乐有神妙的理解。每当集会演奏音乐时，阮咸总觉得音律不够正确，因此从不讲一句肯定荀勖的话。荀勖心里非常记恨他，就把他外放到始平做太守。后来一个农夫在田野里耕种，捡到一个周朝时的玉尺，这是天下校定音准的标准尺，荀勖就用它来校验自己所造的钟鼓、金石、丝竹乐器的音律，结果都短了一粒米的长度，自此荀勖才佩服阮咸对音乐神妙的见识。

【原文】

人有相羊祜父墓①，后应出受命君②。祜恶其言，遂掘断墓后，以坏其势。相者立视之曰："犹应出折臂三公③。"俄而祜坠马折臂，位果至公。

【译文】

有个看相的人看了羊祜父亲的墓地，说羊家以后会出皇帝。

【注释】

① 荀勖（xù）：魏晋时人，善解乐律，曾掌管乐事。

② 暗解：默识，心中自然领悟。

③ 雅乐：用于郊庙朝会等隆重场合的正乐。

④ 神解：神妙的理解。

⑤ 直：这里表示"认为……正确"。

⑥ 钟鼓、金石、丝竹：泛指各类乐器。

⑦ 觉：通"较"，相差。

【注释】

① 羊祜（hù）：字叔子，晋泰山平阳（今山东新泰）人，立身清廉，德才并高，深得时人敬重。

② 受命君：接受天命统治天下的君主。

③三公：魏晋以太尉、司徒、司空为三公。

羊祜对他的话反感，就把墓后挖断，想以此破坏它的风水。算命的站在那儿看了后，说："还会出一位断臂的三公。"不久羊祜就从马上摔了下来，胳膊断了，官职果然升到了三公。

【注释】

①连钱：本来指马毛斑驳像钱纹，这里指一种花饰。

②终日：良久。

【原文】

王武子善解马性。尝乘一马，着连钱障泥①。前有水，终日不肯渡②。王云："此必是惜障泥。"使人解去，便径渡。

【译文】

王武子精通马性。曾经骑着一匹马，马背上铺着连钱纹饰的垫子，前面遇到了河，马就死也不肯渡水。王武子说："这一定是因为马爱惜垫子。"让人解下垫子后，马果然就直接过河了。

【注释】

①陈述：字嗣祖，曾担任王敦的属官，很受王敦赏识。

【原文】

陈述为大将军掾①，甚见爱重。及亡，郭璞往哭之，甚哀，乃呼曰："嗣祖，焉知非福！"俄而大将军作乱，如其所言。

【译文】

陈述担任大将军王敦手下的属官，很受器重。陈述死后，郭璞来哭吊，非常悲伤，他喊道："嗣祖，怎么知道这就不是福气呢！"不久大将军王敦叛乱，应验了郭璞的话。

【注释】

①解：能愿动词，能，会。

②为：通"解"，能，会。

【原文】

晋明帝解占冢宅①，闻郭璞为人葬，帝微服往看，因问主人："何以葬龙角？此法当灭族！"主人曰："郭云：'此葬龙耳，不出三年，当致天子。'"帝问："为是出天子邪②？"答曰："非出天子，能致天子问耳。"

【译文】

晋明帝会看墓地住宅的风水，他听说郭璞要为人选择墓地，就化装前去观看。他问主人："为什么要葬在龙角上？这种葬法是会被灭族的。"主人说："郭璞先生说：'这是葬在了龙耳上，不出三年，将会引来天子。'"明帝说："会是出天子吗？"主人答道："不是出天子，只是能够招来天子的询问而已。"

【原文】

王丞相令郭璞试作一卦，卦成，郭意色甚恶，云："公有震厄①！"王问："有可消伏理不②？"郭曰："命驾西出数里，得一柏树，截断如公长，置床上常寝处，灾可消矣。"王从其语。数日中，果震柏粉碎，子弟皆称庆。大将军云："君乃复委罪于树木。"

【译文】

丞相王导让郭璞给他算一卦。卦算好了，郭璞的神情很不好，说道："您有雷震之灾！"王导问："有没有消除的办法呢？"郭璞说："坐上车向西走几里路，能见到一棵柏树，把这棵柏树截成和您一样的高度，放在床上经常睡觉的地方，就可以消灾了。"王导听了他的话，几天后，柏树果然被震得粉碎，家里的人都向他祝贺。大将军王敦对郭璞说："你竟把罪过转嫁到树身上。"

【原文】

郗愔信道甚精勤①，常患腹内恶，诸医不可疗。闻于法开有名②，往迎之。既来便脉，云："君侯所患③，正是精进太过所致耳④。"合一剂汤与之⑤，一服即大下，去数段许纸如拳大；剖看，乃先所服符也。

【译文】

郗愔信奉道教非常虔诚勤勉，常常感到肚子不舒服，许多医生都无法治好。他听说于法开有名气，便去把他接来。于法开来

④精进：这里指专心致
志。

⑤汤：指中药汤剂。

【注释】

①妙解：神解，即先天
的高妙领悟。

后就诊脉，说道："您所患的病，正是过分虔诚所造成的。"配了
一剂汤药给他。一服药马上大泻，泻出好几段拳头大小的纸团，
剖开一看，竟是先前吞下去的符箓。

【原文】

　　殷中军妙解经脉①，中年都废。有常所给使，忽叩头流血。
浩问其故，云："有死事，终不可说。"诘问良久，乃云："小
人母年垂百岁，抱疾来久，若蒙官一脉，便有活理。讫就屠戮
无恨。"浩感其至性，遂令舁来，为诊脉处方。始服一剂汤，便
愈。于是悉焚经方。

【译文】

　　殷中军（浩）精通经络脉象，到中年的时候却全荒废了。有
个经常使唤的仆人，一天突然向他磕头直至头上出血。殷中军
问缘故，那个仆人说："有一件人命关天的事情始终不敢说出
口。"问了很久才说道："小人的母亲年近百岁，生病很长时间
了，倘若能够承蒙您去为她号号脉，便可以继续活下去。事成之
后，就是让我去死，也丝毫不会有怨言。"殷浩被他仆人真诚的
孝心感动了，于是让他把母亲抬来，为她号脉并开了处方。刚刚
煎了一剂药，病就好了。从此以后，殷浩烧光了所有的医书。

巧艺第二十一

【原文】

弹棋始自魏宫内，用妆奁戏。文帝于此戏特妙①，用手巾角拂之，无不中。有客自云能，帝使为之。客着葛巾角②，低头拂棋，妙逾于帝。

【译文】

弹棋源自魏时宫内的梳妆匣游戏。文帝曹丕玩得非常好，用手巾角一扫，没有击不中的。有个客人自称他也会玩，文帝就让他玩。客人戴着葛布头巾，他低下头来，用头巾拨击棋子，巧妙胜过文帝。

【注释】

①文帝：指魏文帝曹丕。

②葛巾：葛布头巾。

【原文】

陵云台楼观精巧，先称平众木轻重，然后造构，乃无锱铢相负揭①。台虽高峻，常随风摇动，而终无倾倒之理。魏明帝登台，惧其势危，别以大材扶持之，楼即颓坏。论者谓轻重力偏故也。

【译文】

陵云台楼阁的结构精巧，建造的时候，先称了每根木头的轻重，然后才开始建造。这样一来，木头的轻重几乎没有什么差别。台虽然高峻，且常常随风飘摇，却始终都没有倒塌的可能。魏明帝登上陵云台，担心楼台危险，于是命人用大木材将其支撑住，结果楼台瞬间倒塌了。当时的人们纷纷议论，都说这是轻重失去平衡的缘故。

【注释】

①锱铢（zī zhū）：古时候比两小的重量单位。比喻非常轻。负揭：欠负，高举，差别的意思。

【原文】

韦仲将能书。魏明帝起殿，欲安榜①，使仲将登梯题之。既下，头鬓皓然②，因敕儿孙勿复学书。

【注释】

①榜：匾额。

②皓然：雪白的样子。

【译文】

韦仲将擅长书法。魏明帝曹叡建造宫殿，想挂上一块匾额，就让仲将登上梯子上去题匾。下来以后，他的鬓发都白了，于是告诫儿孙不要再学习书法。

【注释】

①钟会：钟繇的儿子。荀济北：荀勖。从舅：指母亲的叔伯兄弟。

②仍：于是。

③太傅：钟繇。这个时候钟繇已经去世了。

【原文】

钟会是荀济北从舅①，二人情好不协。荀有宝剑，可直百万，常在母钟夫人许。会善书，学荀手迹，作书与母取剑，仍窃去不还②。荀勖知是钟而无由得也，思所以报之。后钟兄弟以千万起一宅，始成，甚精丽，未得移住。荀极善画，乃潜往画钟门堂，作太傅形象③，衣冠状貌如平生。二钟入门，便大感恸，宅遂空废。

【译文】

钟会是荀济北的堂舅，两个人感情不是很好。荀济北有一把价值百万的宝剑，常常放在母亲钟夫人那里。钟会擅长书法，于是模仿荀济北的字体给荀济北的母亲写信，将宝剑骗走了，然后再也不还。荀济北知道是钟会干的，但是没有办法索要回来，就想办法报复钟会。后来钟氏兄弟花费千万巨资建造了一所豪宅，刚刚建好，非常精美华丽，还没有入住。荀济北很擅长画画，于是他潜入钟会的豪宅，在门堂上画了一幅太傅钟繇的画像，衣冠容貌都跟其生前一样。钟氏兄弟一进门，看到了父亲的画像，就非常感伤悲痛，于是这所住宅从此空废了。

【注释】

①戴安道：戴逵，字安道。范宣：字宣子，晋人，精通儒籍，被召为太学博士、散骑郎，推辞不就。居家贫俭，以讲诵为业。

【原文】

戴安道就范宣学①，视范所为，范读书亦读书，范抄书亦抄书。唯独好画，范以为无用，不宜劳思于此。戴乃画《南都赋图》，范看毕咨嗟，甚以为有益，始重画。

【译文】

戴安道到范宣那里求学，事事都看范宣的做法，范宣读书他也读书，范宣抄书他也抄书。唯独戴逵喜欢的绘画，范宣认为没用，觉得不该在这方面劳费心思。戴安道于是画了一幅《南都赋图》，范宣看罢赞赏不已，认为绘画大有益处，自此开始重视绘画了。

【原文】

谢太傅云："顾长康画，有苍生来所无①。"

【注释】

①苍生：人类。

【译文】

太傅谢安说："顾长康的画，是自有人类以来所没有过的。"

【原文】

顾长康画裴叔则，颊上益三毛。人问其故，顾曰："裴楷俊朗有识具①，正此是其识具。"看画者寻之，定觉益三毛如有神明②，殊胜未安时。

【注释】

①识具：才识。
②定：的确。

【译文】

顾长康画的裴叔则，面颊上添了三根胡须。有人问他为何这样，顾长康说："裴楷英俊爽朗，又有才识，这三根胡须正是他的见识才具。"看画的人寻味这幅画像，也觉得增加这三根胡须似乎更有神韵，胜过没有添上的时候。

【原文】

王中郎以围棋是坐隐，支公以围棋为手谈①。

【注释】

①手谈：用手交谈，也是指围棋。

【译文】

北中郎将王坦之把下围棋当成在座上隐居，支道林把下围棋看成用手交谈。

【原文】

顾长康好写起人形。欲图殷荆州，殷曰："我形恶，不烦

【注释】

①"明府"句：殷仲堪

瞎了一只眼，因此不愿意画像。

②童子：同"瞳子"，瞳仁。

③飞白：中国书画的一种笔法，枯笔中露出丝丝白地。

耳。"顾曰："明府正为眼尔①。但明点童子②，飞白拂其上③，使如轻云之蔽日。"

【译文】

顾长康喜爱人物写生，要给荆州刺史殷仲堪画像时，殷仲堪说："我长得不好，不麻烦您了。"顾长康说："您只是因为眼睛吧！只要把瞳子画得明亮一点，然后用飞白掠过，这样看起来就像轻云蔽日一样了。"

【注释】

①"一丘"二句：这是谢幼舆回答晋明帝问话时说的话，意思是在山水之间陶冶性情要超过庾亮。

【原文】

顾长康画谢幼舆在岩石里。人问其所以，顾曰："谢云：'一丘一壑，自谓过之①。'此子宜置丘壑中。"

【译文】

顾长康画谢幼舆时，将他画在岩石间。有人问他原因，顾长康说："谢幼舆曾说过：'寄情山水，我认为自己超过庾亮。'所以此人应该放在高山幽谷之中。"

【注释】

①妍蚩（yán chī）：同"妍媸"，美丑。

②写照：画人物肖像。

③阿堵：这，这个。这里指眼睛。

【原文】

顾长康画人，或数年不点目精。人问其故，顾曰："四体妍蚩①，本无关于妙处；传神写照②，正在阿堵中③。"

【译文】

顾长康画人物肖像，有的好几年都不点上瞳仁。有人问他原因，顾长康说："形体的美丑，本来就不牵扯到神妙之处；然而最能够传神的，就在这眼睛当中。"

崇礼第二十二

【原文】

元帝正会，引王丞相登御床，王公固辞，中宗引之弥苦①。王公曰："使太阳与万物同辉，臣下何以瞻仰！"

【译文】

晋元帝司马睿在正月初一朝会时，拉着丞相王导登上御座，王导执意推辞，晋元帝仍是苦苦地拉他。王导说："如果太阳和万物一起散发出光辉，那臣子们瞻仰什么呢？"

【原文】

桓宣武尝请参佐入宿，袁宏、伏滔相次而至，莅名①，府中复有袁参军，彦伯疑焉，令传教更质②。传教曰："参军是袁、伏之袁，复何所疑？"

【译文】

宣武侯桓温曾经让属官入府住宿，袁宏、伏滔先后来到。点名时，府里还有一位袁参军，袁彦伯怀疑点名的袁参军不是自己，就让负责传达的小吏再问问。小吏说："参军就是袁、伏中的袁参军，又有什么疑惑的？"

【原文】

王珣、郗超并有奇才，为大司马所眷拔①。珣为主簿，超为记室参军。超为人多须，珣状短小。于时荆州为之语曰："髯参军，短主簿。能令公喜，能令公怒②。"

【译文】

　　王珣、郗超二人都是奇才，受到大司马桓温的器重提拔。王珣担任主簿，郗超担任记室参军。郗超胡子浓密，王珣身材矮小，当时荆州人给他们编了歌谣说："大胡子参军，矮个子主簿，能让桓公欢喜，也能让桓公发怒。"

【注释】

①京尹：即京兆尹，京都地区的行政长官。刘当时担任丹阳尹。

【原文】

　　许玄度停都一月，刘尹无日不往，乃叹曰："卿复少时不去，我成轻薄京尹①！"

【译文】

　　许玄度在京都待了一个月，丹阳尹刘惔没有一天不去看他，刘尹感叹道："你再有几天不走，我就成了不务正业的京兆尹了。"

【注释】

①西堂：东晋皇宫的厅堂名，即太极殿的西厅。

【原文】

　　孝武在西堂会①，伏滔预坐。还，下车呼其儿，语之曰："百人高会，临坐未得他语，先问'伏滔何在？在此不？'此故未易得。为人作父如此，何如？"

【译文】

　　晋孝武帝司马曜在西堂集会，伏滔也在座。回家后，一下车就招呼他儿子，对他说："上百人的聚会，皇上就座后没说别的，先问：'伏滔在哪？在这里吗？'这确实难得，为人在世，做父亲的能够这样，如何？"

【注释】

①倾睐：斜着眼睛看，这里指注目看着。
②莫：同"暮"。
③第一理：这里指最

【原文】

　　卞范之为丹阳尹，羊孚南州暂还，往卞许，云："下官疾动，不堪坐。"卞便开帐拂褥，羊径上大床，入被须枕。卞回坐倾睐①，移晨达莫②。羊去，卞语曰："我以第一理期卿③，卿莫负我。"

善于谈论义理的人。

【译文】

　　卞范之任丹阳尹时，羊孚从南州临时回京，前往卞范之家里，对他说："我的药性发作了，无法坐得住。"卞范之就撩开帐子，铺好被褥，羊孚径直上了床，钻进被子后又要枕头。卞范之侧身坐着望着他，从早晨直到晚上。羊孚离开时，卞范之对他说："我期望你成为最善于谈论义理的人，你千万不要辜负我呀。"

任诞第二十三

【注释】

①比：接近。

②契：聚会。

【原文】

　　陈留阮籍、谯国嵇康、河内山涛三人年皆相比①，康年少亚之。预此契者②，沛国刘伶、陈留阮咸、河内向秀，琅琊王戎。七人常集于竹林之下，肆意酣畅，故世谓"竹林七贤"。

【译文】

　　陈留的阮籍、谯国的嵇康、河内的山涛三个人年岁相仿，嵇康最小。参加他们聚会的还有沛国的刘伶，陈留的阮咸、河内的向秀、琅琊的王戎。七人常在竹林下聚会，纵情饮酒，所以世人称他们为"竹林七贤"。

【注释】

①重丧：重大的丧事，指父亲或母亲去世。

②海外：这里泛指边远地区。

③毁顿：指居丧过哀而导致损害身体、神情疲惫。

【原文】

　　阮籍遭母丧，在晋文王坐进酒肉。司隶何曾亦在坐，曰："明公方以孝治天下，而阮籍以重丧显于公坐饮酒食肉①，宜流之海外②，以正风教。"文王曰："嗣宗毁顿如此③，君不能共忧之，何谓？且有疾而饮酒食肉，固丧礼也！"籍饮啖不辍，神色自若。

【译文】

　　阮籍为母亲服丧期间，在晋文王司马昭的宴席上喝酒吃肉。司隶校尉何曾也在座，他对文王说："您正在以孝治国，阮籍却在母丧期间出席您的宴会，喝酒吃肉，应该把他流放到偏远的地方，以正风俗教化。"文王说："嗣宗如此悲伤消沉，您不能分担他的忧愁，为什么还这样说呢？况且身体不适而饮酒吃肉，这也是符合丧礼的呀！"阮籍依旧在喝酒吃肉，神色自若。

【原文】

刘伶病酒①，渴甚，从妇求酒。妇捐酒毁器，涕泣谏曰："君饮太过，非摄生之道，必宜断之！"伶曰："甚善。我不能自禁，唯当祝鬼神自誓断之耳！便可具酒肉。"妇曰："敬闻命。"供酒肉于神前，请伶祝誓。伶跪而祝曰："天生刘伶，以酒为名，一饮一斛，五斗解酲②。妇人之言，慎不可听。"便引酒进肉，隗然已醉矣③。

【注释】

①病酒：醉酒后引起较长时间的身体不适。

②酲（chéng）：醉酒后神志模糊的状态。

③隗（wěi）然：醉倒的样子。

【译文】

刘伶喝醉了，口渴得厉害，就向妻子要酒喝。妻子把酒都倒了，把喝酒的用具也全砸了，哭着劝阻刘伶说："你喝酒喝得太过分了，这不是养生的办法，应该戒掉！"刘伶说："说得很对。不过我自己不能控制酒瘾，只有在鬼神面前祈祷发誓才能断绝啊。你去准备祈祷用的酒肉吧。"妻子说："就照你的话办。"于是把酒肉供奉在神像前，让刘伶祷告发誓。刘伶跪下祷告道："天生刘伶，靠喝酒而出名，一喝就是一斛，五斗解除酒病。妇道人家的话，务必不要去听！"说完就拿起酒肉吃喝起来，晃晃悠悠又醉了。

【原文】

步兵校尉缺，厨中有贮酒数百斛①，阮籍乃求为步兵校尉。

【注释】

①厨：指步兵营厨房。

【译文】

步兵校尉的职位空缺了，听说步兵营的厨房里还有几百斛酒，阮籍就请求要担任步兵校尉。

【原文】

刘伶恒纵酒放达，或脱衣裸形在屋中，人见讥之。伶曰："我以天地为栋宇，屋室为裈衣①，诸君何为入我裈中！"

【注释】

①裈（kūn）：裤子。

【译文】

刘伶常常纵酒放任，有时脱去衣服，赤身裸体地待在屋子里，有人看到后就讥笑他。刘伶说："我把天地当做房子，把屋子当做衣裤，你们怎么钻进我的裤子里来了！"

【注释】

①礼：礼法。

【原文】

　　阮籍嫂尝还家，籍见与别。或讥之，籍曰："礼岂为我辈设也①？"

【译文】

　　阮籍的嫂嫂曾经回娘家，阮籍去看她并和她告别。有人以此嘲笑阮籍，阮籍说："礼法难道是为我们这些人设立的吗？"

【注释】

①垆（lú）：酒家安置酒坛的土台。酤（gū）酒：卖酒。

【原文】

　　阮公邻家妇，有美色，当垆酤酒①。阮与王安丰常从妇饮酒，阮醉，便眠其妇侧。夫始殊疑之，伺察，终无他意。

【译文】

　　阮公（阮籍）邻居家的妻子长得很美，在酒垆边卖酒。阮籍和安丰侯王戎经常到这家妇人那里喝酒，阮籍喝醉后，就在妇人的身边睡着了。妇人的丈夫起先还怀疑阮籍有不轨举动，就伺机观察，结果发现他并没有什么企图。

【注释】

①穷：穷尽，完了。晋时洛下习俗，孝子遭父母丧，按照惯例要哭喊"奈何"、"穷"。

【原文】

　　阮籍当葬母，蒸一肥豚，饮酒二斗，然后临诀，直言："穷矣①！"都得一号，因吐血，废顿良久。

【译文】

　　阮籍在埋葬母亲时，蒸了一头小猪，喝了两斗酒后就向母亲诀别，只喊了一声"完了"，一共就这么一声叫唤，紧接着就口吐鲜血，身体受损，神情恍惚，从此很长时间无法恢复。

【原文】

阮仲容、步兵居道南，诸阮居道北。北阮皆富，南阮贫。七月七日，北阮盛晒衣，皆纱罗锦绮。仲容以竿挂大布犊鼻裈于中庭^①。人或怪之，答曰："未能免俗，聊复尔耳^②。"

【注释】

①犊鼻裈：形状像牛鼻子的围裙。

②尔：这样。耳：语气词，表示限止，相当于"罢了"、"而已"。

【译文】

阮咸和他的叔父阮籍住在道南，其他阮姓人家住在道北。道北的阮姓人家都很富裕，道南的阮姓人家都很困窘。七月七日，道北的阮家大晒衣服，全是绫罗绸缎，光彩耀眼夺目。仲容（阮咸）却用竹竿挂起粗布围裙晾在庭院里。有人对此感到很奇怪，阮咸就答道："无法免除习俗，就姑且这样应景了。"

【原文】

阮步兵丧母，裴令公往吊之。阮方醉，散发坐床，箕踞不哭。裴至，下席于地^①，哭，吊唁毕便去。或问裴："凡吊，主人哭，客乃为礼^②。阮既不哭，君何为哭？"裴曰："阮方外之人，故不崇礼制。我辈俗中人，故以仪轨自居。"时人叹为两得其中^③。

【注释】

①下：放下，放置。即将席放在地上。

②乃：副词，仅仅，才。

③中：同"当"，适当，得当的意思。

【译文】

阮籍的母亲去世了，裴令公前去吊唁。阮正喝醉了酒，披头散发，伸着腿坐在床上，哭都不哭。裴令公进来后，把垫席放在地上哭泣哀悼，吊唁完后就离开了。有人问裴令公："但凡吊唁的时候，主人哭，客人才还礼。阮籍都没有哭，你为什么还要哭呢？"裴令公说："阮籍不是世俗中人，因此不遵从礼制。而我们是世俗中人，因此要按照礼节行事。"当时的人们都赞叹他们各得其所。

【原文】

诸阮皆能饮酒，仲容至宗人间共集^①，不复用常杯斟酌^②，以大瓮盛酒，围坐，相向大酌。时有群猪来饮，直接去上，便共饮之。

【注释】

①宗人：同一家族的人。

②斟酌：斟酒。

【译文】

阮家的人都很能喝酒，阮咸到宗族亲友集会的时候，便不再用普通的杯子斟酒，而是用大瓮装酒，大家围坐在一起，共同畅饮，这时候有一群猪也来饮酒，阮咸于是直接爬上大瓮，同猪一起饮酒。

【注释】

①作达：做放任不羁的事情。

【原文】

阮浑长成，风气韵度似父，亦欲作达①。步兵曰："仲容已预之，卿不得复尔。"

【译文】

阮浑长大成人后，气度酷似他的父亲。于是也想效法他的父亲。阮籍对他说："阮咸已经参与进去了，你就不能再这样了。"

【注释】

①裴成公：裴頠，谥号为成。

【原文】

裴成公妇①，王戎女。王戎晨往裴许，不通径前。裴从床南下，女从北下，相对作宾主，了无异色。

【译文】

裴成公的妻子是王戎的女儿。王戎早晨到裴家去，也不打声招呼就直接进来了。裴成公从床的南边下来，他妻子从床北面下来，他们和王戎相对而坐，丝毫没有尴尬的神色。

【注释】

①幸：宠爱。
②重服：重孝服。

【原文】

阮仲容先幸姑家鲜卑婢①。及居母丧，姑当远移，初云当留婢，既发，定将去。仲容借客驴，着重服自追之②，累骑而返，曰："人种不可失！"即遥集之母也。

【译文】

阮咸原本已经爱上了姑母家的一个鲜卑族的婢女，等到他为母亲守孝的时候，姑母将要搬到远方去住，刚开始说要把这个婢女留下，但是到了出发的时候，又坚决要将其带走。于是阮咸借了一个客人的驴子，穿着重孝亲自去追赶她，然后同这个婢女共骑一头驴回来了，并且说道："后代的种子是不能丢失的。"此女便是阮孚的母亲。

【原文】

任恺既失权势，不复自检括①。或谓和峤曰："卿何以坐视元裒败而不救？"和曰："元裒如北夏门，拉攞自欲坏②，非一木所能支。"

【译文】

任恺失去权势后便不再检点约束自己。有人对和峤说："你怎么看着任恺失势而不去帮助他呢？"和峤说："任恺就好比北夏门，一旦倾斜断裂就自然要倒塌，这不是一根木头所能支撑得住的。"

【原文】

刘道真少时①，常鱼草泽，善歌啸，闻者莫不留连。有一老妪，识其非常人，甚乐其歌啸，乃杀豚进之。道真食豚尽，了不谢。妪见不饱又进一豚。食半余半，乃还之。后为吏部郎，妪儿为小令史，道真超用之，不知所由，问母，母告之，于是赍牛酒诣道真②。道真曰："去，去！无可复用相报。"

【译文】

刘道真年轻的时候，常常在湖沼中捕鱼。他善于歌吟长啸，但凡听到的人无不流连忘返。有一个老妇人，看出了他的与众不同，非常喜欢他高声吟唱，于是就杀了一只小猪给他吃。刘道真吃完后，连谢意都没有。老妇人看他没有吃饱的样子，于是又杀了一只小猪给他吃。刘道真这次吃了一半，剩了一半，就把剩下的还给了老妇人。后来，刘道真做了吏部郎，老妇人的儿子做了小令史，刘道真就破格任用他。他不知道是什么原因，因此就回家问母亲，母亲告诉他原因，于是他带着牛肉和酒去拜访刘道真。刘道真却说道："走开，走开！我再也没有什么可报答你的了。"

【原文】

　　张季鹰纵任不拘，时人号为"江东步兵"。或谓之曰："卿乃可纵适一时①，独不为身后名邪？"答曰："使我有身后名，不如即时一杯酒！"

【译文】

　　张季鹰生性放纵，不拘礼法，当时的人们称他"江东步兵"。有人对他说："你怎么可以总是纵情快意于一时，难道你就不为自己身后的名声想一想吗？"张说："与其让我身后有好名声，还不如现在有一杯酒。"

【原文】

　　贺司空入洛赴命，为太孙舍人，经吴阊门，在船中弹琴。张季鹰本不相识，先在金阊亭，闻弦甚清，下船就贺，因共语，便大相知说。问贺："卿欲何之？"贺曰："入洛赴命，正尔进路。"张曰："吾亦有事北京，因路寄载。"便与贺同发。初不告家，家追问，乃知①。

【译文】

　　贺司空奔赴洛阳，接受任命，做太孙舍人。路过吴地的阊门时，他在船上弹琴。张季鹰本来不认识他，在金阊亭听到琴声非常清纯悦耳，于是下船同贺司空相见。因此在一起交谈，彼此赏识爱悦。张问贺："您要到哪里去呢？"贺说："到洛阳任职，这不正赶路呢嘛。"张说："我也有事要去京城，就顺路搭您的船吧。"于是与贺一同起程，压根就没有同家里人说，直到家里追寻才知道。

【原文】

祖车骑过江时，公私俭薄，无好服玩。王、庾诸公共就祖，忽见裘袍重叠，珍饰盈列。诸公怪问之，祖曰："昨夜复南塘一出。"祖于时恒自使健儿鼓行劫钞①，在事之人，亦容而不问。

【译文】

祖车骑刚过江时，公家和个人都很节俭，自供菲薄，没有什么高级昂贵的玩物。王导、庾亮这些名流一起去看望祖车骑，忽然发现他的皮衣一件又一件，珍贵的东西到处都是。大家都感到非常惊讶，就问他，祖说："昨天夜里又到淮河南岸去了一趟。"祖车骑当时总是派一些武士去公开进行抢劫，当权者也容忍他，从不追究这些事情。

【原文】

鸿胪卿孔群好饮酒，王丞相语云："卿何为恒饮酒？不见酒家覆瓿布①，日月糜烂？"群曰："不尔，不见糟肉，乃更堪久？"群尝书与亲旧："今年田得七百斛秫米，不了麹糵事②。"

【注释】

①瓿（bù）：小瓮。
②麹糵（qū niè）：酒麹，这里指用酒麹酿酒。

【译文】

鸿胪卿孔群酷爱饮酒，王丞相对他说道："你怎么总是喝酒呢？难道没有见过酒店里用来盖酒坛子的布，时间久了就腐烂了吗？"孔群却说："并非如此。难道您没有见过糟肉反而更长久吗？"孔群曾写信给亲戚故友说："今年田里收成有七百斛糯米，但酿酒还不够用。"

【原文】

有人讥周仆射："与亲友言戏秽杂无检节。"周曰："吾若万里长江，何能不千里一曲①！"

【注释】

①"吾若"二句：这里以长江的弯曲比喻自己行为的偏差。

【译文】

有人嘲笑周仆射在同亲友谈笑时言语粗野且不知自我约束。

周说："我就好比是万里长江，怎么可能在千里之间不拐一点弯呢？"

【原文】

温太真位未高时，屡与扬州、淮中估客樗蒲①，与辄不竞。尝一过，大输物，戏屈，无因得反。与庾亮善，于舫中大唤亮曰："卿可赎我！"庾即送值②，然后得还。经此数四。

【译文】

温太真（温峤）在其地位尚未显著时，常同扬州和淮中的客商赌博，但逢赌必输。曾经有一次，他下了很大的赌注，结果赌输了，因此无法脱身。他和庾亮交情很好，于是在船中大叫庾亮，说道："你应该来赎我啊！"庾亮于是立即把钱送了去，然后温峤方得以返回。这样的事情竟然有好几次。

【原文】

苏峻乱，诸庾逃散。庾冰时为吴郡，单身奔亡。民吏皆去，唯郡卒独以小船载冰出钱塘口，蘧篨覆之①。时峻赏募觅冰，属所在搜检甚急②。卒舍船市渚，因饮酒醉还，舞棹向船曰："何处觅庾吴郡，此中便是！"冰大惶怖，然不敢动。监司见船小装狭，谓卒狂醉，都不复疑。自送过浙江，寄山阴魏家，得免。后事平，冰欲报卒，适其所愿。卒曰："出自厮下，不愿名器。少苦执鞭，恒患不得快饮酒；使其酒足余年毕矣。无所复须。"冰为起大舍，市奴婢，使门内有百斛酒，终其身。时谓此卒非唯有智，且亦达生③。

【译文】

苏峻起兵发动叛乱，庾家的兄弟纷纷逃散。庾冰当时担任吴郡内史，孤身逃亡。当官的和老百姓都跑完了，只有一个衙门的差役独自用小船载着庾冰逃到钱塘江口，然后用粗制的苇席把庾冰盖住。当时苏峻悬赏捉拿庾冰，命令兵士四处搜索，急迫异常。差役离开小船，到沙洲上去买东西，并顺便喝得大醉才回到船上，他挥舞着船桨，并指着船说："去哪里找庾内史啊，这里面就是。"庾冰害怕极了，但是也不敢动。搜捕的人见船舱窄小，以为是差役在耍酒疯，因此一点都不怀疑。庾冰被差役送过浙江后，寄居在会稽山阴的魏家，这时才得以脱险。后来叛乱被平定，庾冰想报答差役，实现他的愿望。差役说："我出身卑贱，不想做官。不过从小因苦于被人差遣，从来都没有痛痛快快地喝过酒，倘若能允许我后半辈子总是有酒喝，就足够了。其他再也不需要什么。"于是庾冰就为他盖了一所大宅院，还买了几个奴婢，并让他的屋子里经常有上百斛的酒，一直到老。当时的人们认为这个差役不但智谋超群，而且为人豁达。

【原文】

　　殷洪乔作豫章郡，临去，都下人因附百许函书。既至石头，悉掷水中，因祝曰："沉者自沉，浮者自浮，殷洪乔不能作致书邮①。"

【译文】

　　殷洪乔担任豫章郡的太守，即将赴任时，京都的人托他带了上百封信件。到达石头渚后，他把那些信全都扔到了水里。并祝祷道："该沉的就自己沉下去吧，该浮的就自己浮上来。我殷羡可不能做那种送信的邮差。"

【原文】

　　桓宣武少家贫，戏大输，债主敦求甚切①，思自振之方，莫知所出。陈郡袁耽俊迈多能。宣武欲求救于耽。耽时居艰②，恐致疑，试以告焉，应声便许，略无嫌吝。遂变服怀布帽随温去，与债主戏。耽素有艺名，债主就局，曰："汝故当不办作袁彦道邪？"遂共戏。十万一掷，直上百万数，投马绝叫，傍若无人，探布帽掷对人曰："汝竟识袁彦道不？"

【译文】

　　桓温年轻的时候，家境困窘，他因赌博输了很大一笔钱，被债主催得很紧，他绞尽脑汁都没能想出自救的办法。陈郡的袁耽豪爽出众，多才多艺。桓温想求助于他。袁耽当时正居丧，桓温担心他会犹豫，因此就试探性地告诉了袁耽，想不到袁耽满口应下，一点儿都没有感到为难。于是他脱去孝服，把布帽子揣在怀里，同桓温一起去与债主博戏。袁耽的赌技向来享有盛名，债主走近赌局，说道："你应该成不了袁耽吧。"于是两人开赌，一次下赌注就达十万元，然后一直上升到百万元。袁耽每次投掷色子都要大声地呼叫，旁若无人，他还从怀里把布帽子取出来，扔给对手，并说道："你到底认不认识袁彦道（耽）啊？"

【注释】

①将：应该，恐怕。

【原文】

　　谢安始出西戏，失车牛，便杖策步归。道逢刘尹，语曰："安石将无伤①？"谢乃同载而归。

【译文】

　　谢安第一次去城西赌博，把车以及驾车的牛都输掉了，就拄着手杖徒步往家赶。路上遇到刘尹，刘尹对他说道："安石应该没有受伤吧？"谢安就搭刘尹的车一起回来了。

【注释】

①乞食：乞讨食物。

②迎神：迎接神灵。

③漂（piāo）洲：应为"溧（lì）洲"。

【原文】

　　襄阳罗友有大韵，少时多谓之痴。尝伺人祠，欲乞食①，往太早，门未开。主人迎神出见②，问以非时，何得在此？答曰："闻卿祠，欲乞一顿食耳。"遂隐门侧，至晓，得食便退，了无作容。为人有记功，从桓宣武平蜀，按行蜀城阙观宇，内外道陌广狭，植种果竹多少，皆默记之。后宣武漂洲与简文集③，友亦预焉。共道蜀中事，亦有所遗忘，友皆名列，曾无错漏。宣武验以蜀城阙簿，皆如其言。坐者叹服。谢公云："罗友讵减魏阳元。"后为广州刺史，当之镇，刺史桓豁语令莫来宿，答曰："民已有前期，主人贫，或有酒馔之费，见与甚有旧。请别日奉命。"征西密遣人察之，至夕，乃往荆州门下书佐家，处之怡然，不异胜达。在益州语儿云："我有五百人食器。"家中大惊，其由来清，而忽有此物，定是二百五十沓乌樏。

【译文】

襄阳的罗友非常有风度，但是年轻的时候总是被别人说傻。他曾探听到有户人家要祭祀神灵，就想去要顿饭吃，可是去得太早了，人家的门都还没有开。等主人出来迎接神灵时见到他，就问："时候还不到呢，你怎么就待在这儿了？"他说："我是听说你们家里祭神，我只是想讨一顿饭而已。"说完就躲在门边，直到天色大亮，吃完就走了，脸上毫无羞愧之色。罗友的记忆力非常好，他跟随桓温将蜀地平定后，又巡视了城墙、宫殿、楼观、庙宇，以及城内外的道路宽窄，栽种果树、竹林的多少，全都默默地记在心中。后来，桓温在溧洲同简文帝会面，罗友也参加了。在一起谈论蜀地的事情时往往会有遗忘，罗友却能够将它们的名目一一说出，丝毫没有错漏。桓温拿出蜀地城阙簿册来检验，同罗友说的一样。在座的人没有不赞叹佩服的。谢安说："罗友难道会不如魏阳元吗？"后来，罗友被任命为广州刺史，即将前往就职的时候，荆州刺史桓豁嘱咐他夜间来住宿，他说："我已经有约会在先了，主人贫穷，也许已经破费备办了酒宴，他与我有着很深的交情。请允许我改日再遵从您的命令吧。"桓豁暗中使人察看，到了晚上，他居然是去荆州刺史的属官、掌管文书的书佐家，两个人相处得非常愉快，与名流贤士相处也不过如此。担任益州刺史的时候，对他的儿子说："我有五百人的餐具。"家里的人都非常惊讶，他向来清廉，却突然说有这么多餐具，必定是二百五十套黑色的食盒了。

【原文】

罗友作荆州从事，桓宣武为王车骑集别①，友进，坐良久，辞出，宣武曰："卿向欲咨事，何以便去。"答曰："友闻白羊肉美，一生未曾得吃，故冒求前耳，无事可咨。今已饱，不复须驻。"了无惭色。

【译文】

　　罗友担任荆州从事的时候，桓温为王洽举行送别宴会。罗友进来坐了很久，告辞出去。桓温说："你刚才想汇报公事，为什么就走呢？"罗友说："我听说白羊肉的味道十分鲜美，就是一直都没有吃过，所以冒昧地请求进来，其实并没有什么公事要汇报。现在我吃饱了，就不必再待在这里了。"说这些话的时候，他脸上丝毫没有羞愧之意。

【注释】

①尝：曾经。

【原文】

　　王子猷尝暂寄人空宅住①，便令种竹。或问："暂住何烦尔？"王啸咏良久，直指竹曰："何可一日无此君？"

【译文】

　　王徽之曾经暂时在别人的空房子里借住，他让人种上竹子。有人问他说："只是临时借住，何必如此麻烦呢？"王徽之大声咏诵了很长时间，才指着竹子说："怎么可以一天没有它呢！"

【注释】

①彷徨：徘徊，走来走去。

②剡（shàn）：县名，治所在今浙江嵊（shèng）县，有水路可通山阴。

【原文】

　　王子猷居山阴，夜大雪，眠觉，开室，命酌酒。四望皎然，因起彷徨①，咏左思《招隐诗》。忽忆戴安道，时戴在剡②，即便夜乘小船就之。经宿方至，造门不前而返。人问其故，王曰："吾本乘兴而行，兴尽而返，何必见戴？"

【译文】

　　王子猷住在山阴时，有天晚上下起大雪，他一觉醒来，打开房门，叫人斟酒。往四处眺望，天地一片洁白，于是起身徘徊，吟咏起左思的《招隐诗》。忽然想起了戴安道，当时戴安道在剡县，王子猷立即乘上小船连夜去找他。船行了一夜才到，王子猷来到戴安道家门口却不进去而返回山阴。有人问他缘由，王子猷说："我本是因为兴致来而去的，现在兴尽后回来，为何一定要见到戴安道呢？"

【原文】

王卫军云①："酒正引人著胜地②。"

【译文】

王卫军说："酒的确可以将人带到美好的境界。"

【原文】

王子猷出都，尚在渚下。旧闻桓子野善吹笛，而不相识。遇桓于岸上过，王在船中，客有识之者，云是桓子野。王便令人与相闻云①："闻君善吹笛，试为我一奏。"桓时已贵显，素闻王名，即便回下车，踞胡床②，为作三调③。弄毕④，便上车去。客主不交一言。

【译文】

王子猷到京都去，船还停泊在小洲边。以前他就听说桓子野擅长吹笛子，但没有见过面。恰好这时桓子野从岸上经过，王子猷在船上，有个认识桓子野的客人说，那就是桓子野。子猷就让人传话给桓子野说："听说你笛子吹得很好，可否为我演奏一曲呢？"桓子野当时已经是地位显贵了，也久闻王子猷的大名，就回身下车，坐在胡床上，为王子猷吹了三支曲子。演奏完毕，就上车走了，主客双方一句话也没有说。

【原文】

桓南郡被召作太子洗马，船泊荻渚，王大服散后已小醉，往看桓。桓为设酒，不能冷饮，频语左右："令温酒来！"桓乃流涕呜咽①，王便欲去。桓以手巾掩泪，因谓王曰："犯我家讳，何预卿事！"王叹曰："灵宝故自达。"

名讳，所以桓南郡（桓玄，小名灵宝，是桓温的儿子）要哭。

【译文】

桓南郡被朝廷任命为太子洗马，前去赴任的途中，把船停泊在荻渚。王忱服食了五石散后已经有了几分醉意，前去探望桓南郡。桓南郡为他摆酒。但是王忱服完药后无法喝冷酒，多次吩咐随从道："让他们温酒来。"桓南郡于是低声哭了起来，王忱就想走，桓南郡用手帕擦了擦眼泪，然后对王忱说道："犯的是我的家讳，跟你有什么关系呢？"王忱赞叹道："灵宝实在是旷达啊！"

【注释】

①司马相如：字长卿，汉代著名辞赋家。

【原文】

王孝伯问王大："阮籍何如司马相如①？"王大曰："阮籍胸中垒块，故须酒浇之。"

【译文】

王孝伯问王大："阮籍和司马相如相比怎么样？"王大说："阮籍胸中郁结着不平之气，所以需要酒来浇灌。"

【注释】

①"觉形"句：比喻不喝酒精神无所寄托。

【原文】

王佛大叹言："三日不饮酒，觉形神不复相亲①。"

【译文】

王佛大叹息说："三天不喝酒，就觉得身体和精神不再互相亲近了。"

【注释】

①王孝伯：王恭，字孝伯，曾任、兖青二州刺史，不熟悉用兵。笃信佛教，在东晋末年的战乱中被杀。

【原文】

王孝伯言①："名士不必须奇才，但使常得无事，痛饮酒，熟读《离骚》，便可称名士。"

【译文】

王孝伯说："名士并不是一定有什么特殊的才能，只要他经常闲着无事，尽情畅饮，熟读《离骚》，就可以称得上名士了。"

简傲第二十四

【原文】

晋文王功德盛大①，坐席严敬，拟于王者。唯阮籍在坐，箕踞啸歌，酣放自若。

【译文】

晋文王司马昭德高望重，他出席宴会时，席座之间严肃恭敬，可以和君王相比拟。只有阮籍箕踞而坐，纵酒放歌，泰然自若。

【原文】

钟士季精有才理①，先不识嵇康。钟要于时贤俊之士，俱往寻康。康方大树下锻，向子期为佐鼓排②。康扬槌不辍，傍若无人，移时不交一言。钟起去，康曰："何所闻而来？何所见而去？"钟曰："闻所闻而来，见所见而去。"

【译文】

钟士季非常聪明，擅长玄理，早先他并不认识嵇康，后来钟会邀请当时的名流，一起去拜访嵇康。嵇康正在大树下打铁，向子期帮他拉风箱。见钟会来了，嵇康依旧挥槌打铁，旁若无人，很长时间也不和钟会说话。钟士季起身离去时，嵇康说："你听到了什么才来的？见到了什么才走的呢？"钟士季说："听到所听到的才来，见到所见到的才走。"

【原文】

嵇康与吕安善，每一相思，千里命驾。安后来，值康不在，字由"凡"、"鸟"二字组成。鸟，比喻凡俗的人，吕安意在表达对嵇喜的轻蔑。

喜出户延之，不入，题门上作"凤"字而去。喜不觉，犹以为欣，故作。"凤"字，凡鸟也①。

【译文】

嵇康和吕安很友好，吕安每当想念嵇康时，就不顾路途的遥远，驾车前往相会。吕安有一次到嵇康家，正好嵇康不在，嵇喜出门来接待他，吕安没有进去，只是在门上写个"凤"字就走了。嵇喜不明白什么意思，还以为吕安高兴写上去的。"凤"这个字，指的是平凡的鸟。

【注释】

①丞相：指王导。
②偃卧：仰卧。

【原文】

高坐道人于丞相坐①，恒偃卧其侧②。见卞令，肃然改容，云："彼是礼法人。"

【译文】

高坐道人到丞相王导家做客，常常是仰卧在丞相身旁。见了尚书令卞壶，神态就变得严肃起来，说："他是讲究礼法的人。"

【注释】

①肩舆：轿子。由于是人用肩抬而行的，所以称为肩舆。
②令：美好。

【原文】

谢中郎是王蓝田女婿。尝着白纶巾，肩舆径至扬州听事见王①，直言曰："人言君侯痴，君侯信自痴。"蓝田曰："非无此论，但晚令耳②。"

【译文】

谢万是王述的女婿。他曾经戴着用丝带做的白色头巾，坐着轿子直接来到扬州刺史的衙署，见了王述后，便直言不讳道："别人说你痴傻，你确实是痴傻。"王述说道："并非没有这种说法，不过后来我就显得聪明了。"

【原文】

王子猷作桓车骑骑兵参军。桓问曰："卿何署？"答曰："不知何署，时见牵马来，似是马曹①。"桓又问："官有几马②？"答曰："'不问马'，何由知其数？"又问："马比死多少③？"答曰："'未知生，焉知死。'"

【注释】

①马曹：掌管马匹的官属，本来该叫骑曹，在这里称马曹，有戏谑之意。

②官：官署。

③比：最近，近来。

【译文】

王徽之担任桓车骑的骑兵参军。桓车骑问他："你是哪个部门的？"王徽之答说："不知道是哪个部门的，不过时常看见牵着马过来，好像是马曹吧。"桓车骑又问："官署中有多少马？"王徽之说："'不问马'，我怎么能知道马的数量呢？"桓车骑又问道："近来马死了多少？"王徽之说："'未知生，焉知死。'"

【原文】

谢公尝与谢万共出西①，过吴郡。阿万欲相与共萃王恬许②，太傅云："恐伊不必酬汝③，意不足尔！"万犹苦要，太傅坚不回④，万乃独往。坐少时，王便入门内，谢殊有欣色，以为厚待己。良久，乃沐头散发而出，亦不坐，仍据胡床，在中庭晒头，神气傲迈，了无相酬对意。谢于是乃还，未至船，逆呼太傅⑤。安曰："阿螭不作尔！"

【注释】

①出西：谢安、谢万住在建康东面的会稽，因此到建康去叫做出西。

②萃：聚，聚集。

③酬：答理，应对。

④回：改变。

⑤逆：预先。

【译文】

谢公（谢安）和谢万一起去建康，经过吴郡时，谢万想和谢公一块儿去王恬那里，谢公说："恐怕他不会招待你，我认为不值得这样做。"谢万还是极力邀谢公同去，谢公坚决不肯答应，谢万就自己去了。谢万在王恬那里坐了一会儿，王恬就进屋了，谢万非常高兴，认为王恬会好好招待自己。过了很久，王恬洗了头，竟披散着头发就出来了，也不就座，只是靠在胡床上，在院子里晒头发，神情高傲而放纵，丝毫没有招待谢万的意思。于是谢万回来了，还没上船，就迎面叫谢公，谢公说："阿螭（王恬小名）是不会假装热情接待你的。"

【注释】

①比：近来，最近。

相：表示动作偏向一方。

②直：通"只"，只是，不过。

③朝来：早晨。来，名词词缀，同"夜来"的"来"。

【原文】

王子猷作桓车骑参军。桓谓王曰："卿在府久，比当相料理①。"初不答，直高视②，以手版拄颊云："西山朝来③，致有爽气。"

【译文】

王徽之担任桓车骑的参军时，桓车骑对王徽之说："你进府里已经很长时间了，最近应该提拔你了。"王徽之不作答，只是抬头仰望，用手板撑着脸说："西山露出晨曦，引来凉爽空气。"

【注释】

①谢万：字万石，谢安的弟弟。

②元帅：这里指全军的主帅。

③队主：一队之主，即"队长"。古代军队中以一百人为一队。

④隐士：这里指谢安。当时谢安还隐居东山，尚未出仕。

【原文】

谢万北征①，常以啸咏自高，未尝抚慰众士。谢公甚器爱万，而审其必败，乃俱行。从容谓万曰："汝为元帅②，宜数唤诸将宴会，以说众心。"万从之。因召集诸将，都无所说，直以如意指四座云："诸君皆是劲卒。"诸将甚忿恨之。谢公欲深着恩信，自队主将帅以下③，无不身造，厚相逊谢。及万事败，军中因欲除之。复云："当为隐士④。"故幸而得免。

【译文】

谢万北征前燕时，常常长啸歌咏显示自己的高贵，从不体恤全体将士。谢安器重爱护谢万，但也明白他必定会失败，于是和他一起随军出征，他找机会对谢万说："你作为元帅，应该经常召集将领们聚会，以便让大家能心情愉快。"谢万听从他的建议。就召集将领们聚会，他什么也不说，只是用如意指着大家说："你们都是勇猛的士兵。"众将听了非常气愤。谢安想笼络人心，自主帅以下的大小将领，他都亲自去拜访，诚恳地表示道歉。等到谢万兵败，军中的人想乘机除掉谢万。谢安又说："看看隐士（指谢安）的面子吧！"谢万这才得以幸免。

【原文】

王子敬兄弟见郗公，蹑履问讯①，甚修外生礼②。及嘉宾死，皆着高屐③，仪容轻慢。命坐，皆云"有事，不暇坐"。既去，郗公慨然曰："使嘉宾不死，鼠辈敢尔④！"

【译文】

王子敬兄弟去见舅舅郗公（郗愔）时，恭恭敬敬，非常注意做外甥的礼节。等郗嘉宾死后，去见郗公却都穿着高跟木屐，神色傲慢。郗公叫他们坐，都说："还有事情，没时间坐。"他们走后，郗公感叹道："如果嘉宾不死，你们这些鼠辈胆敢这样！"

【注释】

①履：一种单底鞋子，可供正式场合穿着。
②外生：外甥。
③屐：当时的屐主要用来登山，或在家中不见宾客时穿着，由于不是正服，外出或见长辈时穿着木屐是不礼貌的。
④鼠辈：骂人的话，等于说老鼠一类的东西。

【原文】

王子猷尝行过吴中，见一士大夫家极有好竹，主已知子猷当往，乃洒扫施设①，在听事坐相待。王肩舆径造竹下，讽啸良久，主已失望，犹冀还当通。遂直欲出门。主人大不堪，便令左右闭门，不听出②。王更以此赏主人，乃留坐，尽欢而去。

【译文】

王徽之有一次路过吴地，他看到有一位士大夫家里有片好竹林。竹林的主人已经知道了王徽之会去，于是吩咐家人打扫门庭，准备好酒食，坐在大厅等候。王徽之坐着轿子直接到了竹林，在那里吟诗吹口哨，待了很长一段时间。主人已经感到失望了，可是依然希望客人会转来通报。谁知道王徽之看完竹林后就想直接出门走了。这时候主人实在是无法忍受了，就命家人把门关上，不让王徽之出去。王徽之因此更加赏识这家主人，于是留坐，同主人尽欢而别。

【注释】

①施设：准备饮食。
②听：听任。

【注释】

①顾辟疆：吴郡人，曾任郡功曹、平北参军。

②燕：通"宴"。

③指麾（huī）：指点，评论。麾，通"挥"。

④伧：六朝时南方人对北方人的蔑称。

【原文】

王子敬自会稽经吴，闻顾辟疆有名园①。先不识主人，径往其家，值顾方集宾友酣燕②。而王游历既毕，指麾好恶③，傍若无人。顾勃然不堪曰："傲主人，非礼也；以贵骄人，非道也。失此二者，不足齿之伧耳④！"便驱其左右出门。王独在舆上，回转顾望，左右移时不至，然后令送著门外，怡然不屑。

【译文】

王子敬从会稽出来，经过吴郡，听说顾辟疆家有很好的园林。王子敬先前并不认识主人，也没打声招呼，就直接来到他家。此时正赶上顾家在宴请宾客，王子敬游览完毕，对园林指指点点地加以评价，旁若无人。顾辟疆受不了他的行为，勃然大怒说："对主人傲慢，是无礼的行为；因为地位高贵而盛气凌人，是不道义的。失去这两点，只是一个不足挂齿的北方佬罢了！"于是把他的随从赶出大门。王子敬独自坐在轿上，左顾右盼，顾辟疆见他的随从很久也不来，就让人把他送到门外，王子敬依旧悠然自得，毫不在乎。

排调第二十五

【原文】

诸葛瑾为豫州①，遣别驾到台②，语云："小儿知谈，卿可与语。"连往诣恪，恪不与相见。后于张辅吴坐中相遇，别驾唤恪："咄咄郎君③！"恪因嘲之曰："豫州乱矣，何咄咄之有？"答曰："君明臣贤，未闻其乱。"恪曰："昔唐尧在上④，四凶在下。"答曰："非唯四凶，亦有丹朱。"于是一坐大笑。

①诸葛瑾：字子瑜，仕吴官至豫州牧。
②别驾：官名，州刺史的属官。
③咄咄：吆喝声，相当于"哎呀"。
④唐尧：尧，封于唐，称唐尧，是传说中远古时的贤君。

【译文】

诸葛瑾担任豫州牧时，派遣一名别驾到朝廷去，他对别驾说："我儿子擅长言谈，你见了他可以和他聊聊。"到京都后，别驾几次去拜访诸葛恪，诸葛恪都不见他。后来他们在辅吴将军张昭座间相遇了，别驾对诸葛恪喊道："哎呀，公子！"诸葛恪趁机嘲笑他说："豫州都乱了，有什么好哎呀的？"别驾答道："君明臣贤，我没听说豫州乱了。"诸葛恪说："从前贤明的唐尧在位时，他下面不是也有四个凶人吗？"别驾说道："不只有四个凶人，他还有一个不肖的儿子丹朱呢。"于是在座的人都大笑起来。

【原文】

嵇、阮、山、刘在竹林酣饮，王戎后往。步兵曰①："俗物已复来败人意②！"王笑曰："卿辈意，亦复可败邪？"

①步兵：阮籍。
②俗物：俗人。

【译文】

嵇康、阮籍、山涛和刘伶在竹林开怀畅饮，王戎后到。阮籍说："俗人竟然来败坏人的兴致。"王戎笑着说："你们这类人的兴致也值得败坏吗？"

【注释】

①尔汝歌：魏晋时盛行于南方的民歌。歌中经常以"尔"、"汝"等称谓来表示亲昵。

②颇：疑问副词，可。

【原文】

晋武帝问孙皓："闻南人好作尔汝歌①，颇能为不②？"皓正饮酒，因举觞劝帝而言曰："昔与汝为邻，今与汝为臣。上汝一杯酒，令汝寿万春！"帝悔之。

【译文】

晋武帝问孙皓："听说南方人喜欢写《尔汝歌》，你会做吗？"孙皓正在喝酒，于是举起酒杯向晋武帝敬酒，并说道："昔与汝为邻，今与汝为臣。上汝一杯酒，令汝寿万春！"晋武为自己的调笑追悔莫及。

【注释】

①枕石漱流：用石块作枕头，用流水漱口。指隐居山林的生活。

②洗其耳：这里暗用传说中许由洗耳的故事，来表示不愿意了解、参与世俗之事。

【原文】

孙子荆年少时欲隐，语王武子"当枕石漱流①"，误曰"漱石枕流"。王曰："流可枕，石可漱乎？"孙曰："所以枕流，欲洗其耳②；所以漱石，欲砺其齿。"

【译文】

孙子荆年轻时想隐居，他本来要对王武子说"要枕石漱流"，却误说成"漱石枕流"。王武子说："流水可以枕，石头能漱口吗？"孙子荆说："枕流，是为了洗净耳朵；漱石，是为了磨砺牙齿。"

【注释】

①武子：王济。

②参军：王沦，王浑的弟弟。尚老庄。

③不啻：不止。

【原文】

王浑与妇钟氏共坐，见武子从庭过①，浑欣然谓妇曰："生儿如此，足慰人意。"妇笑曰："若使新妇得配参军②，生儿故可不啻如此③！"

【译文】

王浑同妻子钟氏坐在一起，看见王济从庭院中走过，王浑就很高兴地对妻子说："生他那样的儿子，我心满意足了。"妻子笑着说："倘若让我和王沦匹配，那么生出的儿子就一定还不止这样。"

【原文】

荀鸣鹤、陆士龙二人未相识，俱会张茂先坐。张令共语，以其并有大才，可勿作常语。陆举手曰：“云间陆士龙。”荀答曰：“日下荀鸣鹤[1]。”陆曰：“既开青云睹白雉[2]，何不张尔弓，布尔矢？”荀答曰：“本谓云龙骙骙[3]，定是山鹿野麋[4]。兽弱弩强，是以发迟。”张乃抚掌大笑。

【译文】

荀鸣鹤和陆士龙两人原先并不认识，后来在张茂先席间相遇。张茂先让他俩一块儿交谈，因为二人都有杰出的才学，所以不必像常人那样说些平常的话。陆士龙举手道：“我是云间陆士龙。”荀鸣鹤答道：“我是日下荀鸣鹤。”陆士龙说：“既然乌云已经散开，见到了白雉，为什么不拉开弓，搭上箭？”荀鸣鹤答道：“本以为是矫捷的云龙，没想到是山间的麋鹿，兽弱弓强，所以箭就发得迟缓。”张茂先于是拍手大笑。

【原文】

陆太尉诣王丞相。王公食以酪[1]。陆还，遂病。明日[2]，与王笺云：“昨食酪小过，通夜委顿。民虽吴人，几为伧鬼[3]。”

【译文】

陆太尉去拜访王导丞相。王导请他吃奶酪。陆太尉回家后就病了。第二天，他就写信给王导说：“昨天多吃了些奶酪，通宵难受。我虽然是个吴人，但是差一点儿成为北方的死鬼。”

【原文】

元帝皇子生[1]，普赐群臣。殷洪乔谢曰：“皇子诞育，普天同庆。臣无勋焉，而猥颁厚赉[2]。”中宗笑曰：“此事岂可使卿有勋邪？”

【译文】

元帝司马睿的儿子诞生后，遍赏群臣。殷洪乔谢恩道："皇子诞生，普天同庆。我对此没有什么功劳，却蒙受厚赏。"元帝笑着说："这样的事怎么能让你有功劳呢？"

【注释】

①乃：代词，这样，如此。淘：意思为凉。为当时的吴人语。

②云何：怎么样。

【原文】

刘真长始见王丞相，时盛暑之月，丞相以腹熨弹棋局，曰："何乃淘①？"刘既出，人问见王公云何②，刘曰："未见他异，唯闻作吴语耳。"

【译文】

刘真长初次去见王丞相，当时正是炎热的夏天，王丞相将腹部贴在弹棋的棋盘上，说："怎么如此凉啊！"刘真长出来后，有人问他见到王公怎么样，答说："没有看到他有什么特殊的地方，只是听到他说吴语而已。"

【注释】

①腹：器物中空的部分。

②诚：确实，实在。

③耳：语气词，表示肯定。

【原文】

王公与朝士共饮酒，举琉璃碗谓伯仁曰："此碗腹殊空①，谓之宝器，何邪？"答曰："此碗英英，诚为清澈②，所以为宝耳③。"

【译文】

王导同朝中的名士一起喝酒，他举起琉璃碗对周伯仁说："这碗腹中空空，反而说它是宝贝，你说这是什么原因呢？"周答道："这碗异常精美清亮，因此说是宝贝。"

【注释】

①王长豫：王悦，王导的长子。

②行：下（棋）。

③得：能。尔：如此，

【原文】

王长豫幼便和令①，丞相爱恋甚笃。每共围棋，丞相欲举行②，长豫按指不听。丞相曰："讵得尔③？相与似有瓜葛④。"

这样。

④相与：相互，彼此。

【译文】

王长豫从小就温顺伶俐，王丞相对他非常疼爱娇惯。常常一起下围棋，丞相拈起棋子要下的时候，王长豫（一旦发现自己下错了棋或者棋势不利于自己）就按住父亲的手指不让动。王丞相笑着说："怎么可以这样呢？我和你好像有些关系呢！"

【原文】

王丞相枕周伯仁膝①，指其腹曰："卿此中何所有？"答曰："此中空洞无物，然容卿辈数百人。"

①膝：这里指腿。

【译文】

丞相王导枕在周伯仁的腿上，指着他的肚子说："你这里有什么东西呢？"周伯仁答道："这里空洞无物，不过可以容下几百个像你这样的人。"

【原文】

许思文往顾和许①，顾先在帐中眠，许至，便径就床角枕共语。既而唤顾共行，顾乃命左右取枕上新衣②，易己体上所着。许笑曰："卿乃复有行来衣乎③？"

【注释】

①许：同"所"，表示处所。

②枕：此处应为"桄"，同"桁"，指衣架。

③行来：外出，出行。乎：表疑问语气。

【译文】

许文思到顾和的处所，顾原先正在帐中睡觉，许文思来了以后就径直走进，然后到床上枕着角枕一起聊天。过了一会儿，许文思又请顾和一起去散步，顾和就命人取下衣架上的新衣服来替换自己身上所穿的衣服。许文思就笑着说："你怎么还有出门专用的衣服啊？"

【原文】

康僧渊目深而鼻高①，王丞相每调之②。僧渊曰："鼻者面之山，目者面之渊。山不高则不灵，渊不深则不清。"

【注释】

①康僧渊：晋代高僧，西域人，生在长安。

②调：调笑，戏弄。

【译文】

　　康僧渊眼睛深凹，鼻子高挺，丞相王导常常因此笑话他。康僧渊说："鼻子，是脸上的山；眼睛，是脸上的潭。山不高就没有灵气，潭不深就不会清亮。"

【注释】

①大：在这里为动词，比……大。

②乃：竟，竟然。

【原文】

　　何次道往瓦官寺礼拜甚勤，阮思旷语之曰："卿志大宇宙①，勇迈终古。"何曰："卿今日何故忽见推？"阮曰："我图数千户郡，尚不能得；卿乃图作佛②，不亦大乎？"

【译文】

　　何次道经常去瓦官寺拜佛，很虔诚。阮思旷对他说："你的志向比宇宙大，你的勇气超越往古。"何次道说："你今天怎么突然推崇起我来了？"阮思旷答："我想当个几千户的小郡守都还未能实现；你居然想成佛，难道志向还不够大吗？"

【注释】

①单急：单薄，紧窄。

②老贼：朋友间的戏称。

【原文】

　　桓大司马乘雪欲猎，先过王、刘诸人许。真长见其装束单急①，问："老贼欲持此何作②？"桓曰："我若不为此，卿辈亦那得坐谈？"

【译文】

　　桓温想趁着下雪去打猎，先到王濛、刘惔等人的处所。刘惔见桓温装束单薄紧扎，就问道："你这个老东西，这样装扮想去做什么？"桓温说："倘若我不穿成这样，你们这帮人有谁还能坐下来清谈呢？"

【注释】

①瞻送：送行，多指送人远行时看着他离去。

②祖：原意为古时候人

【原文】

　　谢公在东山，朝命屡降而不动。后出为桓宣武司马，将发新亭，朝士咸出瞻送①。高灵时为中丞，亦往相祖②。先时，多少饮酒，因倚如醉③，戏曰："卿屡违朝旨，高卧东山，诸人每相与言：'安石不肯出，将如苍生何！'今亦苍生将如卿何？"谢笑而不答。

们出行时祭祀路神，在这里引申为饯行。

③倚：立，站立。

【译文】

谢安在东山隐居，朝廷一再下令征召他入朝做官，都不从命。后来，他担任桓温的司马，即将从新亭出发的时候，满朝文武官员都来为他送行。高灵当时担任御史中丞，也来为他饯行。来之前，他已经喝了些酒，于是站立出一副醉态，并开玩笑地说道："你一再违背朝廷的命令，隐居在东山，众人总是相互议论说：'安石不肯出山，对于百姓怎么办呢？'如今百姓对你将该怎么办呢？"谢安听后笑了笑，没有回答。

【原文】

初，谢安在东山居，布衣，时兄弟已有富贵者，翕集家门①，倾动人物。刘夫人戏谓安曰："大丈夫不当如此乎？"谢乃捉鼻曰②："但恐不免耳③！"

【注释】

①翕（xī）集：聚集。

②捉鼻：捏着鼻子。

③耳：语气词，表示感叹。

【译文】

当初，谢安在东山隐居，他还是个平头百姓，那时候他的兄弟中就已经有做官富贵的了。一旦聚集在家门，都会引起当时当地的轰动。谢安的妻子刘夫人同谢安开玩笑说："大丈夫难道不应当像这样吗？"谢安就捏着鼻子说："只怕我想免都无法免呢！"

【原文】

王、刘每不重蔡公。二人尝诣蔡，语良久，乃问蔡曰："公自言何如夷甫？"答曰："身不如夷甫。"王、刘相目而笑曰①："公何处不如？"答曰："夷甫无君辈客。"

【注释】

①相目：相看，互相使眼色。

【译文】

王濛和刘惔二人总是看不起蔡谟。有一次，他俩去拜访蔡谟，一起讨论了很久后，就问蔡谟："你自己觉得同王衍相比如何？"蔡谟答道："我比不上王衍。"王濛和刘惔听后相视一笑，然后接着问："你认为自己什么地方不如王衍？"蔡谟说："王衍没有像你们这样的客人。"

【注释】

①张吴兴：张玄之，曾经担任吴兴太守。

②先达：前辈贤达。

【原文】

张吴兴年八岁①，亏齿，先达知其不常②，故戏之曰："君口中何为开狗窦？"张应声答曰："正使君辈从此中出入！"

【译文】

张玄之八岁的时候掉了门牙，当时那些前辈贤达知道这孩子不平常，因而戏谑他道："你的嘴里怎么开了个狗洞呢？"张玄之立即回答道："正是为了让你们从这里进出啊！"

【注释】

①晒书：当时的民间风俗，七月七日要晒经书和衣裳。郝隆戏称也要晒晒腹中的经书。

【原文】

郝隆七月七日出日中仰卧。人问其故，答曰："我晒书①。"

【译文】

郝隆七月七日这天到太阳底下仰卧着。有人问他为什么要这样，他答道："我在晒书呢。"

【注释】

①饷：馈赠。

②远志：中药名。根名为远志，叶名为小草。

③过：量词，次，回。

乃：甚，很，非常。不恶：不错，不坏。

【原文】

谢公始有东山之志，后严命屡臻，势不获已，始就桓公司马。于时人有饷桓公药草①，中有"远志②"。公取以问谢："此药又名'小草'，何一物而有二称？"谢未即答。时郝隆在坐，应声答曰："此甚易解：处则为远志，出则为小草。"谢甚有愧色。桓公目谢而笑曰："郝参军此过乃不恶③，亦极有会。"

【译文】

　　谢安在最初的时候有隐居东山的意向，后来皇帝的诏令不断地下达，无奈就担任桓温的司马一职。这时候，有人送给桓温一些草药，其中有一味是远志。桓温拿过这种草药问谢安："这药又名小草，为什么一种东西却有两个名称呢？"谢安没有立即回答。当时郝隆也在座，他随声说道："这非常好解释：隐藏就叫远志，露出就叫小草。"谢安听后一脸羞愧。桓温看着谢安笑了笑说："郝参军这次表现相当不错，话也说得很有意趣。"

【原文】

　　郝隆为桓公南蛮参军。三月三日会，作诗。不能者，罚酒三升。隆初以不能受罚，既饮，揽笔便作一句云："娵隅跃清池①。"桓问："娵隅是何物？"答曰："蛮名鱼为娵隅。"桓公曰："作诗何以作蛮语？"隆曰："千里投公，始得蛮府参军，那得不作蛮语也？"

【注释】

①娵隅：古代西南的少数民族把鱼称为"娵隅"。

【译文】

　　郝隆担任桓温的南蛮校尉参军。三月三日那天举行聚会，每个人都要作诗，作不出诗的就得被罚喝三升酒。郝隆刚开始因为作不出诗而被罚，喝完酒后，他就提笔写了一句："娵隅跃清池。"桓温问道："娵隅是什么啊？"答说："蛮人把鱼称作娵隅。"桓温说："作诗为什么还要用蛮语呢？"郝隆说："我不远千里前来投奔您，才得到了个蛮府参军的职位，怎么能不用蛮语呢？"

【原文】

　　袁羊尝诣刘恢，恢在内眠未起。袁因作诗调之曰："角枕粲文茵，锦衾烂长筵。"刘尚晋明帝女①，主见诗不平，曰："袁羊，古之遗狂！"

【注释】

①尚：娶公主为妻称为尚。

【译文】

　　袁羊有一次去拜访刘惔。刘惔正在帐内睡觉，还没有起来。袁羊便作诗嘲笑刘惔道："角枕粲文茵，锦衾烂长筵。"刘惔娶的是晋明帝司马绍的女儿庐陵公主，公主看了这诗后很不高兴地说道："袁羊是古代狂人的子孙。"

【注释】

①榻腊：叠韵联绵词，状鼓声。

②铪铃：钟声和铃声。

【原文】

　　殷洪远答孙兴公诗云："聊复放一曲。"刘真长笑其语拙，问曰："君欲云那放？"殷曰："榻腊亦放①，何必其铪铃邪②？"

【译文】

　　殷洪远答孙兴公的诗说："聊复放一曲。"刘惔就嘲笑他的语句拙劣，问道："你想要怎么放？"殷说："达拉达拉的鼓声也是放，何必一定要是钟声和铃声才叫做放呢？"

【注释】

①惊：惊讶。

【原文】

　　桓公既废海西，立简文。侍中谢公见桓公，拜，桓惊笑曰①："安石，卿何事至尔？"谢曰："未有君拜于前，臣立于后！"

【译文】

　　桓温将海西公罢黜后，立简文做皇帝。这时候担任侍中的谢安一见到桓温就跪拜，桓温惊讶地笑着问道："安石，是什么原因让你这么做啊？"谢安说："那是因为没有君在前面跪拜，臣却站在后边的道理。"

【注释】

①讵：难道，岂。

【原文】

　　张苍梧是张凭之祖，尝语凭父曰："我不如汝。"凭父未解所以，苍梧曰："汝有佳儿。"凭时年数岁，敛手曰："阿翁，讵宜以子戏父①？"

【译文】

张镇是张凭的祖父，他曾对张凭的父亲说："我比不上你啊！"张凭的父亲不明白他说的是什么意思，张镇就说："因为你有一个好儿子啊！"张凭当时才几岁，就拱着手对张镇说道："爷爷，难道可以用儿子来戏弄他的父亲吗？"

【原文】

桓豹奴是王丹阳外甥，形似其舅，桓甚讳之。宣武云："不恒相似，时似耳。恒似是形，时似是神。"桓逾不说①。

【注释】

①不说：同"不悦"，不高兴。

【译文】

桓豹奴是王丹阳的外甥，长得很像他的舅舅。桓豹奴非常忌讳这一点。桓温说："你也不是总是像你的舅舅，只是偶尔像而已。经常像的是相貌，偶尔像的是神情。"于是桓豹奴更加不高兴了。

【原文】

王子猷诣谢万，林公先在坐，瞻瞩甚高。王曰："若林公须发并全，神情当复胜此不？"谢曰："唇齿相须①，不可以偏亡。须发何关于神明！"林公意甚恶，曰："七尺之躯，今日委君二贤。"

【注释】

①须：依赖，凭借。

【译文】

王徽之去拜访谢万，林公早就已经在座了，他神情傲慢，眼光也很高。王徽之说："倘若林公的头发和胡须都齐全的话，神态应当会比现在好吗？"谢万说："唇齿相依，缺一不可。胡须和头发同精神又有什么关系呢？"林公心里很不受用，他说："我这七尺之躯，今天完全交给你们这两位贤达了。"

【注释】

①应变将略，非其所长：随机应变的用兵谋略，并非此人所擅长。

②汝家：你的父亲。

【原文】

郗司空拜北府，王黄门诣郗门拜，云："应变将略，非其所长①。"骤咏之不已。郗仓谓嘉宾曰："公今日拜，子猷言语殊不逊，深不可容！"嘉宾曰："此是陈寿作诸葛评，人以汝家比武侯②，复何所言？"

【译文】

郗司空被任命为北府长官，他的外甥王徽之来登门祝贺，说："应变将略，非其所长。"他反复地、不停地吟诵着这句话。郗司空的二儿子郗仓对他的哥哥嘉宾（郗超）说："父亲今天上任，子猷不太恭顺，实在无法容忍。"嘉宾说："这是陈寿对诸葛亮的评价，人家把你父亲比作诸葛武侯，你还有什么可说的呢？"

【注释】

①将前：将要前行时。

②移久：过了很久。

③簸（bǒ）之扬之，糠秕（bǐ）在前：簸扬轻浮之物。这是王坦之在以糠秕嘲弄范启。

④洮（táo）之汰之，砂砾在后：淘洗杂质。这是范启在以砂砾来嘲笑王坦之。

【原文】

王文度、范荣期俱为简文所要。范年大而位小，王年小而位大。将前①，更相推在前，既移久②，王遂在范后。王因谓曰："簸之扬之，糠秕在前③。"范曰："洮之汰之，砂砾在后④。"

【译文】

王坦之和范启共同被简文帝邀请。范启年长却官位低，王坦之年龄小却官位高。即将向前走时，两人相互推让，都请对方走在前。推让了好一会儿，王坦之就走在了范启的后边。王坦之于是对范启说道："簸扬谷子，糠秕都浮在前面。"而范启说："淘洗米粒，砂砾都沉在后面。"

【注释】

①佐：指佐官，下属。

②羊公鹤：不舞之鹤，

【原文】

刘遵祖少为殷中军所知，称之于庾公。庾公甚忻然，便取为佐①。既见，坐之独榻上与语。刘尔日殊不称，庾小失望，遂名之为"羊公鹤②"。昔羊叔子有鹤善舞，尝向客称之，客试使趋来，翅翅而不肯舞③，故称比之。

③翅翅：羽毛松散的样子。

【译文】

刘遵祖年轻的时候很受殷中军的器重，因此被推荐给庾亮，庾亮非常高兴，就任命他为属吏。接见的时候，让他坐在独榻上同他谈话。可是刘遵祖当天的表现同殷中军对他的称赞不相称。这使得庾亮感到很失望，于是称刘遵祖为"羊公鹤"。从前，羊叔子养了一只鹤，这只鹤会舞蹈，羊叔子曾经向人夸奖它，于是客人试着让他把鹤赶来时，鹤身上的羽毛蓬松凌乱，怎么都不肯起舞，所以人们称他为"羊公鹤"来相比拟。

【原文】

魏长齐雅有体量①，而才学非所经。初宦当出，虞存嘲之曰②："与卿约法三章：谈者死，文笔者刑③，商略抵罪④。"魏怡然而笑，无忤于色。

【注释】

①魏长齐：魏颛，字长齐，官至山阴令。体量：度量。

②虞存：字道长，官至尚书吏部郎。

③文笔：这里指写文章。

④商略：品评，评论。

【译文】

魏长齐很有度量，但是才学不是他的长处。初次做官将要外出时，虞存嘲笑他说："和你约法三章，谈论的人处死，写诗文的人判刑，品评人物就要治罪。"魏长齐高兴地笑着，没有一点抵触的神色。

【原文】

范启与郗嘉宾书曰："子敬举体无饶纵，掇皮无余润①。"郗答曰："举体无余润，何如举体非真者？"范性矜假多烦②，故嘲之。

【注释】

①"子敬"二句：意思是王献之性情率真，无所掩饰。无饶纵：没有丰满的肌肉，这里指没有掩饰率真本性的东西。掇皮：剥去皮。无余润：没有丰润的肌

【译文】

范启在给郗嘉宾的信中说："王子敬全身一点也不丰满，即

肉，这里也是指没掩饰率真的本性。

②矜假：矜持做作。

使去了皮也没有多余的肌肉。"郗嘉宾回答说："浑身没有多余的肌肉，和全身都是假的相比，哪一样更好呢？"范启生性虚假做作，所以郗嘉宾如此嘲笑他。

【注释】

①二郗：郗愔和郗昙。

②财贿：财物。贿，财。

【原文】

二郗奉道①，二何奉佛，皆以财贿②。谢中郎云："二郗谄于道，二何佞于佛。"

【译文】

郗愔和郗昙兄弟两人都信奉道教，何充和何准兄弟两人都信奉佛教。他们为此都用了很多财物。谢中郎说："二郗谄媚道教，二何巴结佛教。"

【注释】

①啖名客：好名的人。

②利齿儿：能说会道的人。

③齿：牙齿。

【原文】

简文在殿上行，右军与孙兴公在后。右军指简文语孙曰："此啖名客①！"简文顾曰："天下自有利齿儿②。"后王光禄作会稽，谢车骑出曲阿祖之，王孝伯罢秘书丞，在坐，谢言及此事，因视孝伯曰："王丞齿似不钝③。"王曰："不钝，颇亦验。"

【译文】

简文帝在大殿上行走，王羲之和孙绰二人跟在后面。王羲之指着简文帝对孙绰说："这一位是啖名客。"简文帝回过头说道："世上本来就有牙齿锋利的人。"后来王光禄出任会稽内史，谢玄到曲阿为他送行，王光禄的儿子王孝伯被免除了秘书丞一职，他当时也在座，谢玄说到这件事情，于是看着王孝伯说："王丞相的牙齿好像并不钝啊！"王孝伯说："的确不钝，这些已经多次被证明了。"

【原文】

谢遏夏月尝仰卧①，谢公清晨卒来②，不暇着衣，跣出屋外，方蹑履问讯③。公曰："汝可谓前倨而后恭④。"

【译文】

夏天的时候，谢遏正仰面大睡，谢公（谢安）于早晨时突然来到，谢遏来不及穿衣服，光着脚跑到外屋，正要穿上鞋子问候。谢公说："你可以说是前倨而后恭啊。"

【注释】

①谢遏：谢玄，字幼度，小字遏。

②卒：通"猝"，突然。

③履：一种单底鞋子，可供正式场合穿着。

④倨：慢，怠慢。

【原文】

苻朗初过江，王咨议大好事，问中国人物及风土所生，终无极已。朗大患之。次复问奴婢贵贱，朗曰："谨厚有识，中者①，乃至十万；无意为奴婢，问者，止数千耳。"

【译文】

苻朗刚刚过江时，王肃之非常爱管闲事，问起中原地区的著名人物、风土人情来没完没了。苻朗很讨厌他。后来他又问起奴婢价格的高低，苻朗回答道："忠厚老实、见多识广的，论这一种，就得十万钱；没有主见，只是提起奴婢问问，则只需数千钱而已。"

【注释】

①中：说，讲。

【原文】

东府客馆是版屋。谢景重诣太傅，时宾客满中，初不交言，直仰视云①："王乃复西戎其屋②。"

【译文】

东府的客馆全都是木板房。谢景重去那里拜会太傅司马道子，当时客馆里坐满了客人，他不和别人交谈，只是仰视说道："会稽王居然让客馆成了西戎人的房舍。"

【注释】

①直：通"只"，只是，不过。

②王：会稽王，指司马道子。乃复：竟然。复为词缀，没有实义。

【注释】

①佳境：美好的境界，指甘蔗的根部。

【原文】

顾长康啖甘蔗，先食尾。人问所以，云："渐至佳境①。"

【译文】

顾长康吃甘蔗，先吃甘蔗尾。有人问他什么缘故，他说："渐渐地进入美好的境界。"

【注释】

①了语：了，指完了，终结。以完了、终结之意为题所作的诗句隐语为了语。

②遗燎：余火，剩下的火种。文中意思是野火烧了平原，没有留下任何东西。

③旒旐：是招魂幡，出殡的时候在棺材前面引路的旗子。

④炊：做饭的意思。

【原文】

桓南郡与殷荆州语次，因共作了语①。顾恺之曰："火烧平原无遗燎②。"桓曰："白布缠棺竖旒旐③。"殷曰："投鱼深渊放飞鸟。"次复作危语。桓曰："矛头淅米剑头炊④。"殷曰："百岁老翁攀枯枝。"顾曰："井上辘轳卧婴儿。"殷有一参军在坐，云："盲人骑瞎马，夜半临深池。"殷曰："咄咄逼人！"仲堪眇目故也。

【译文】

桓南郡和殷荆州在清谈的时候，顺着话题一起试作了"了语"。顾恺之说："火烧平原无遗燎。"桓南郡说："白布缠棺竖旒旐。"殷荆州说："投鱼深渊放飞鸟。"紧接着，他们又一起作"危语"。桓南郡说："矛头淅米剑头炊。"殷荆州说："百岁老翁攀枯枝。"顾恺之说："井上辘轳卧婴儿。"殷荆州的一个参军也在座，说道："盲人骑瞎马，夜半临深池。"殷荆州说："实在是咄咄逼人啊！"因为殷荆州有一只眼睛是瞎的。

【注释】

①大家儿：名门大族的子弟。

【原文】

桓南郡与道曜讲《老子》，王侍中为主簿，在坐。桓曰："王主簿可顾名思义。"王未答，且大笑。桓曰："王思道能作大家儿笑①。"

【译文】

　　南郡公桓玄和道曜讨论《老子》，侍中王桢之当时担任桓玄手下的主簿，也在座。桓玄说："王主簿可以见到自己的名字就想到道的含义。"王桢之没有回答，只是大笑。桓玄说："王思道能发出名门子弟的笑声。"

【原文】

　　祖广行恒缩头。诣桓南郡，始下车，桓曰："天甚晴朗，祖参军如从屋漏中来①。"

【译文】

　　祖广在走路的时候总是缩头缩脑的，他前去拜会桓南郡的时候，刚一下车，桓南郡就说："天空多么晴朗啊，祖参军却好像刚从漏雨的屋子里走出来一样。"

【原文】

　　桓玄素轻桓崖，崖在京下有好桃，玄连就求之，遂不得佳者。玄与殷仲文书，以为嗤笑曰："德之休明①，肃慎贡其楛矢②；如其不尔，篱壁间物③，亦不可得也。"

【译文】

　　桓玄一向瞧不起桓崖，桓崖在京城有良种桃树，桓玄屡次向他索取树种，始终没有要到好的品种。桓玄在给殷仲文的信中，拿这件事自嘲道："如果德行美好，连远方的肃慎族也会进贡楛矢；如果不是这样，就连庭院里的一般物品也得不到哇。"

【注释】

①屋漏：此一语双关。本来是指屋子的西北角，因为西北角上开有天窗，日光由此照射到屋里。这里是指漏水的房屋，调侃祖广走路时缩头缩脑的滑稽模样。

【注释】

①休明：美好清明。
②楛（hù）矢：用楛木作箭杆的箭。
③篱壁间物：家园中生产的东西，这里泛指平常的物品。

轻诋第二十六

【注释】

①眉子：王玄，字眉子，王衍的儿子。他的叔叔王澄，字平子。

【原文】

王太尉问眉子①："汝叔名士，何以不相推重？"眉子曰："何有名士终日妄语！"

【译文】

太尉王衍问他的儿子眉子："你的叔叔是名士，为什么你不推崇他呢？"眉子回答："哪有名士一天到晚胡说八道的？"

【注释】

①深公：竺道潜，字法深。

②许：同"所"，概数词，大约，左右。

【原文】

深公云①："人谓庾元规名士，胸中柴棘三斗许②。"

【译文】

深公说："世人都认为庾元规是名士，可是他胸中所藏的荆棘就有两三斗。"

【注释】

①"庾公"句：庾亮当时以镇西将军镇守武昌，掌握重兵。

【原文】

庾公权重①，足倾王公。庾在石头，王在冶城坐。大风扬尘，王以扇拂尘曰："元规尘污人！"

【译文】

庾公（庾亮）权力很大，足以压倒王公（王导）。庾公在石头城，王公在冶城闲坐，大风刮起尘土，王公用扇子拂去尘土说："元规刮来的尘土把我都弄脏了。"

【原文】

王丞相轻蔡公①，曰："我与安期、千里共游洛水边，何处闻有蔡充儿？"

【译文】

丞相王导瞧不起蔡公（蔡谟），他说："我和王安期、阮千里在洛水边游玩时，哪里听说过蔡充的儿子呢？"

【原文】

谢镇西书与殷扬州，为真长求会稽，殷答曰："真长标同伐异，侠之大者①。常谓使君降阶为甚，乃复为之驱驰邪②？"

【译文】

谢镇西给殷扬州写信，信中推荐刘真长担任会稽内史。殷扬州给他回信道："刘真长党同伐异，实在是个心胸狭窄的人。我常常认为你降低身份来同他交往就已经很过分了，怎么还要为他奔走效劳呢？"

【原文】

桓公入洛，过淮、泗，践北境，与诸僚属登平乘楼①，眺瞩中原，慨然曰："遂使神州陆沉②，百年丘墟，王夷甫诸人不得不任其责！"袁虎率尔对曰："运自有废兴，岂必诸人之过？"桓公憪然作色，顾谓四坐曰："诸君颇闻刘景升不？有大牛重千斤，噉刍豆十倍于常牛③，负重致远，曾不若一羸牸。魏武入荆州，烹以飨士卒，于时莫不称快。"意以况袁。四坐既骇，袁亦失色。

【译文】

桓公（桓温）进军洛阳，经过淮河、泗水，来到北方地区，他和僚属登上大船船楼，眺望中原，感慨道："国土沦丧，成了百年废墟，王夷甫等人不能不承担责任！"袁虎冒失地答道："国运自有衰败兴盛的规律，哪里就是这些人的过错呢？"桓公顿时神情变得严厉起来，他环顾四座的人说："大家都听说过刘景升吧？他有一头一千斤重的大牛，吃的草料是普通牛的十倍，负重远行，竟然不如一头瘦弱的母牛。魏武帝进入荆州后，就把它杀了，犒赏士兵，当时人们没有不拍手称快的。"桓温的意思是把这头牛比袁虎。在座的人听了很害怕，袁虎也大惊失色。

【注释】

①学：学舌。

②安固：即高柔，因其做过安固令，所以又被人称安固。

【原文】

　　高柔在东，甚为谢仁祖所重。既出，不为王、刘所知。仁祖曰："近见高柔，大自敷奏，然未有所得。"真长云："故不可在偏地居，轻在角䚡中，为人作议论。"高柔闻之，云："我就伊无所求。"人有向真长学此言者①，真长曰："我实亦无可与伊者。"然游燕犹与诸人书："可要安固②。"安固者，高柔也。

【译文】

　　高柔在会稽，受到谢仁祖的推崇。到了京城建康后，并没有得到王濛和刘惔的赏识。谢仁祖说："最近看到高柔写给皇上的长篇奏章，可是毫无成效。"刘惔说："所以不能住在边远地区，随便待在某一个角落里学人发表言论。"高柔听了这些话后，说道："我对他并无所求。"有人把这话说给刘惔听，刘惔说："我也实在没有什么东西可以给他。"不过每每遇到游乐宴饮，刘惔还是会给各位写信说："可以邀请安固。"安固就是高柔。

【注释】

①歙（shè）：击打的意思。

②视瞻：看。

【原文】

　　刘尹、江彪、王叔虎、孙兴公同坐，江、王有相轻色。彪以手歙叔虎云①："酷吏！"词色甚强。刘尹顾谓："此是瞋邪？非特是丑言声，拙视瞻②。"

【译文】

刘尹、江虨、王叔虎和孙公兴同坐,江虨和王叔虎脸上显出互相轻视的神色。江虨用手击打着王叔虎说:"残暴的官吏!"言辞音调都很严厉。刘尹回过头来说:"你这是发怒啊,不仅仅是声音难听,模样难看。"

【原文】

孙绰作列仙商丘子赞曰:"所牧何物①?殆非真猪。倘遇风云,为我龙摅②。"时人多以为能。王蓝田语人云:"近见孙家儿作文,道'何物真猪'也。"

【注释】

①何物:什么。

②为:动词,助。龙摅(shū):像蛟龙一样腾飞。

【译文】

孙绰作《列仙商丘子赞》说:"所放牧的是什么?大概不会是真猪。倘若能够遇上风起云涌,助我腾飞好似蛟龙舞。"世人大多认为写得非常好。王述对别人说:"近几天看到了孙家那个小子写的文章,说什么'何物'、'真猪'。"

【原文】

蔡伯喈睹睐笛椽①,孙兴公听妓,振且摆折。王右军闻,大嗔曰:"三祖寿乐器,虺瓦弔②,孙家儿打折。"

【注释】

①睹睐笛椽:顾盼察看可以做笛子的竹椽。

②虺(huǐ)瓦:女子的代称。虺,本来指毒蛇;瓦,本来指陶质的纺锤。弔(diào):善。

【译文】

蔡邕在会稽亭看到了一根可以用来做长笛的屋椽竹,并用它做成了长笛。孙绰一边听歌伎唱歌,一边拿着这个长笛手舞足蹈,并把它打断了。王羲之听说这件事后,大发雷霆,说:"这是三祖台(铜雀台)的乐器,女子尚且懂得爱惜它,孙家那小子却把它给打断了。"

【注释】

①缔布：古代的一种粗葛布。

②尘垢囊：装尘土和污垢的皮囊。

【原文】

王中郎与林公绝不相得。王谓林公诡辩，林公道王云："着腻颜帢，缔布单衣①，挟《左传》，逐郑康成车后，问是何物尘垢囊②！"

【译文】

北中郎将王坦之和林公（支道林）不和。王中郎认为林公诡辩，林公评价王坦之说："戴着油腻的老式帽子，穿着粗布单衣，夹着《左传》，追随在郑康成的车子后面跑，请问这是什么样的污秽皮囊啊！"

【注释】

①"余与"四句：意思是我和他的交往，并不是势利之交；我们的心像是清水一样，都有这种玄奥美妙的旨趣。夫子：对文人的尊称。

②才士：有才华的人，这里指孙绰。

【原文】

孙长乐作王长史诔云："余与夫子，交非势利，心犹澄水，同此玄味①。"王孝伯见曰："才士不逊②，亡祖何至与此人周旋！"

【译文】

长乐侯孙绰在为左长史王濛撰写的诔文中说："我和先生，非势利之交，心如澄水，有共同的意趣。"王孝伯看了以后说："孙绰太不自量力了，我已故的祖父怎么会和这样的人交往！"

【注释】

①中郎：谢万，谢安的弟弟，谢玄的叔叔。

②衿抱：胸怀。

③那得：怎么能。

【原文】

谢太傅谓子侄曰："中郎始是独有千载①！"车骑曰："中郎衿抱未虚②，复那得独有③？"

【译文】

谢安对子侄们说道："中郎才是千百年来独一无二的。"谢玄说："中郎的胸襟不开阔，又怎么可以称得上独一无二呢？"

【原文】

庾道季诧谢公曰①："裴郎云：'谢安谓裴郎乃可不恶，何得为复饮酒？'裴郎又云：'谢安目支道林，如九方皋之相马，略其玄黄②，取其俊逸。'"谢公云："都无此二语，裴自为此辞耳！"庾意甚不以为好，因陈东亭《经酒垆下赋》。读毕，都不下赏裁③，直云："君乃复作裴氏学！"于此《语林》遂废。今时有者，皆是先写，无复谢语。

【译文】

庾道季诧异地对谢安说："裴郎说：'谢安说裴郎确实不错，怎么又喝起酒了呢？'裴郎还说：'谢安评价支道林就像九方皋相马，忽略马的毛色，只注重它的神态。'"谢安说："这两句话都不是我说的，是裴郎他自己编造的。"庾道季心里很不高兴，就说起东亭侯王珣的《经酒垆下赋》。读完后，谢安不作任何评价，只是说："你竟然作起裴氏的学问了！"从此《语林》便不再流传。现在看到的，都是先前抄写的，不再有谢安所说的话。

【原文】

王北中郎不为林公所知，乃著论《沙门不得为高士论》。大略云："高士必在于纵心调畅①，沙门虽云俗外②，反更束于教，非情性自得之谓也。"

【译文】

北中郎将王坦之不被林公（支道林）看重，他就写了《沙门不得为高士论》，主旨是说："高士一定是随心所欲、闲适舒畅的人。和尚虽然在世俗之外，但更容易受到教律的约束，并不能说是他们的本性悠然自适。"

【注释】

①诧：告诉。

②玄黄：赤黑色和黄色，这里泛指马的毛色。

③赏裁：鉴定，评语。

【注释】

①高士：超越世俗的人。

②沙门：依照戒律出家修行的佛教徒，即和尚。

【注释】

①作：效仿，模仿。

②老婢：老年女子。

【原文】

人问顾长康："何以不作洛生咏①？"答曰："何至作老婢声②！"

【译文】

有人问顾长康道："您为何不像洛阳的书生那样吟诵诗歌呢？"顾长康说："为何要学老年女子的声音啊！"

【注释】

①阿巢：殷觊，字伯通，小字阿巢。阿在前作辅助语词，没有实义。

②下声：压低声音。下，低。

【原文】

殷觊、庾恒并是谢镇西外孙。殷少而率悟，庾每不推。尝俱诣谢公，谢公熟视殷，曰："阿巢故似镇西①。"于是庾下声语曰②："定何似？"谢公续复云："巢颊似镇西。"庾复云："颊似，足作健不？"

【译文】

殷觊和庾恒都是谢镇西（尚）的外孙。殷觊自幼聪明直率，但是庾恒总不赞许他。有一次，他们一起去拜访谢安，谢安仔细打量了殷觊一番，说："阿巢确实像镇西。"这时候，庾恒低声说道："到底什么地方像？"谢安接着说："阿巢的脸颊长得像镇西。"庾恒就又说："脸颊像，难道就能够成为强者吗？"

【注释】

①捋肘：握住胳膊肘用力地滑动。

【原文】

旧目韩康伯：捋肘无风骨①。

【译文】

过去的人们评价韩康伯说："用力握捏胳膊肘，也摸不着他的骨头。"

【原文】

支道林入东，见王子猷兄弟。还，人问："见诸王何如？"答曰："见一群白颈乌①，但闻唤哑哑声。"

【译文】

支道林到会稽，见到了王子猷兄弟，回来后，有人问他："看了王氏兄弟觉得怎么样？"支道林回答："看见一群白脖子的乌鸦，只听见哑哑的叫声。"

【原文】

王中郎举许玄度为吏部郎，郗重熙曰："相王好事，不可使阿讷在坐头①。"

【译文】

王坦之推荐许玄度担任吏部郎，郗重熙说："相王爱多事，不能让阿讷在他的身边。"

【原文】

桓南郡每见人不快①，辄嗔云："君得哀家梨，当复不蒸食不②？"

【译文】

桓南郡每次看到别人办事能力差的时候都会生气地说："你得到哀家的梨子，该不会蒸着吃了吧？"

假谲第二十七

【注释】

①游侠：重义轻生又好招惹是非的人。

②青庐：用青布搭成的棚屋，新婚夫妇在里面行交拜礼。

③枳（zhǐ）棘：枳木和棘木，是两种多刺的灌木。

④遑迫：惊慌。掷：腾跃。

【原文】

魏武少时，尝与袁绍好为游侠①，观人新婚，因潜入主人园中，夜叫呼云："有偷儿贼！"青庐中人皆出观②，魏武乃入，抽刃劫新妇，与绍还出。失道，坠枳棘中③，绍不能得动，复大叫云："偷儿在此！"绍遑迫自掷出④，遂以俱免。

【译文】

魏武帝曹操年轻时，曾经喜欢和袁绍一起四处做些游侠的事。有一次看到别人家结婚，就潜入主人的院子里，夜里叫喊道："有贼！"新房里的人都跑出来看，魏武帝乘机进入屋内，拔刀将新娘子劫出，和袁绍一道返回。途中迷失道路，掉进了荆棘丛中，袁绍动弹不得。魏武帝又大嚷道："小偷在此！"袁绍惊慌得自己跳了出来，二人才得以逃脱。

【注释】

①汲道：通向水源的道路。汲，取水。

【原文】

魏武行役，失汲道①，军皆渴，乃令曰："前有大梅林，饶子，甘酸，可以解渴。"士卒闻之，口皆出水，乘此得及前源。

【译文】

魏武帝曹操在行军途中，找不到水源，士兵们都渴得厉害，于是他传令说："前面有一片梅子林，结了很多果子，又甜又酸，可以解渴。"士兵听说后，嘴里都流出口水，靠这一招才得以赶到前方的水源。

【注释】

①执者：被捉住的人。

②挫气：挫伤了勇气。

【原文】

魏武常言："人欲危己，己辄心动。"因语所亲小人曰："汝怀刃密来我侧，我必说心动。执汝使行刑，汝但勿言其使，无他，当厚相报！"执者信焉^①，不以为惧，遂斩之。此人至死不知也。左右以为实，谋逆者挫气矣^②。

【译文】

　　魏武帝曹操曾说："如果有人要谋害我，我就会心跳得厉害。"他随即对他的贴身仆人说："你揣着刀，悄悄走到我身边，我一定会说我心跳得厉害，然后就把你抓起来送去受刑。你只要不说是我指使你的，就不会有什么事，我还会重重报答你。"仆人相信了他的话，也没觉得害怕，结果就被杀了。此人到死也不明原因。左右的人也以为这是真的，想谋害他的人因此而泄气。

【原文】

　　魏武常云："我眠中不可妄近，近便斫人，亦不自觉，左右宜深慎此！"后阳眠^①，所幸一人窃以被覆之，因便斫杀。自尔每眠，左右莫敢近者。

【注释】

①阳：通"佯"，假装。

【译文】

　　魏武帝曹操曾说："我睡觉的时候别人不能随便靠近我，靠近了，我就会杀人，自己也不知道。手下的人对此应当特别小心！"后来他假装睡觉，一个他宠爱的随从悄悄给他盖被子，曹操就趁机杀死了他。从此每当他睡觉时，手下的人没有谁敢靠近。

【原文】

　　袁绍年少时，曾遣人夜以剑掷魏武，少下，不着。魏武揆之^①，其后来必高。因帖卧床上^②，剑至果高。

【注释】

①揆：揣测。

②帖：通"贴"，紧挨。

【译文】

　　袁绍年轻的时候，曾经派遣人夜里用剑刺杀魏武帝，剑稍微低了些，没有刺中。魏武帝推测第二剑肯定会高些。于是贴床紧卧，剑刺下来的时候果真很高。

【注释】

①愒（hè）：恐吓，吓唬。

②用：连词，以，来。
相：表示动作偏向一方。

③行：走。

④此必黄须鲜卑奴来：由于晋明帝的母亲是北燕胡人，因此晋明帝貌似胡人。

⑤觉：相差。

【原文】

王大将军既为逆，顿军姑孰。晋明帝以英武之才，犹相猜惮，乃着戎服，骑巴赍马，赍一金马鞭，阴察军形势。未至十余里，有一客姥，居店卖食，帝过愒之①，谓姥曰："王敦举兵图逆，猜害忠良，朝廷骇惧，社稷是忧。故勤劳晨夕，用相觇察②。恐行迹危露，或致狼狈。追迫之日，姥其匿之。"便与客姥马鞭而去，行敦营匝而出③。军士觉，曰："此非常人也！"敦卧心动，曰："此必黄须鲜卑奴来④！"命骑追之。已觉多许里⑤，追士因问向姥："不见一黄须人骑马度此邪？"姥曰："去已久矣，不可复及。"于是骑人息意而反。

【译文】

王敦谋反，军队驻扎在姑孰。晋明帝虽然可谓文韬武略，但依然害怕他，于是穿上军装，快马加鞭，暗自去察看军情。在距离军营还有十多里的地方，有一位客居的老妇人在店里卖东西。晋明帝一进去就先吓唬老妇说："王敦谋反，猜忌陷害忠良，朝廷为之惊恐，由于担忧国家，我才不辞辛劳，日夜兼程来察看军情。担心暴露行踪后，也许会狼狈不堪。他们追赶我的时候，请您来掩护我吧。"于是把金马鞭送给了老妇人，然后离去，在围绕着王敦的军营走了一圈后就出来了。这时被军士察觉，说："这并非一般人。"王敦正躺在床上，他忽然心跳，就说："肯定是黄胡须的鲜卑奴来了。"于是立刻命令骑兵追赶。这时已经相距好几里路了，追赶的军士于是询问刚才的那位老妇人道："有没有看到刚才有一个黄胡须的人骑着马从这里经过？"老妇人答道："已经走了很长时间了，你们追不上了。"骑兵便打消了继续追赶的念头，掉头回营了。

【注释】

①王右军：王羲之，是王敦的堂侄。

②钱凤：字世仪，曾任

【原文】

王右军年减十岁时①，大将军甚爱之，恒置帐中眠。大将军尝先出，右军犹未起。须臾，钱凤入②，屏人论事③，都忘右军在帐中，便言逆节之谋④。右军觉，既闻所论，知无活理，乃剔吐污头面被褥⑤，诈孰眠。敦论事造半，方意右军未起，相与大惊曰："不得不除之！"及开帐，乃见吐唾从横⑥，信其实孰眠，于是得全。于时称其有智。

【译文】

右军王羲之还不到十岁时，大将军王敦很喜欢他，常常让他在自己的床帐里睡觉。有一次大将军先从帐里出来，王羲之还没起来，一会儿钱凤来了，王敦遣开手下的人，一起商谈事情，完全忘了王羲之还在帐里，一起密谋叛乱的细节。王羲之醒后，听到了他们密谋的事情，知道自己会遭灭顶之灾，于是吐口水弄脏头脸和被褥，装作自己还在熟睡。王敦事情商量到一半，才想到王羲之还没起床，两人大惊失色，说道："不能不杀掉他。"等他们掀开帐子，发现王羲之口水流的到处都是，就相信他还在熟睡，于是他的性命才得以保全。当时人们都赞扬王羲之有智谋。

【原文】

陶公自上流来赴苏峻之难，令诛庾公。谓必戮庾，可以谢峻。庾欲奔窜，则不可；欲会，恐见执，进退无计。温公劝庾诣陶①，曰："卿但遥拜，必无它。我为卿保之。"庾从温言诣陶。至，便拜。陶自起止之，曰："庾元规何缘拜陶士行？"毕，又降就下坐。陶又自要起同坐。坐定，庾乃引咎责躬②，深相逊谢。陶不觉释然③。

【译文】

陶公（陶侃）从上游下来平息苏峻叛乱，他下令杀掉庾公（庾亮），说只有杀了庾公，才能稳住苏峻。庾公此时想逃跑已经不可能了，想见陶公又怕被抓起来，进退两难。温公（温峤）劝庾公去拜见陶公，他说："你只管远远地跪拜，一定不会有什么事，我替你担保。"庾公听从了温峤的建议，去拜见陶公，一见面就下拜。陶公自己起身阻止，说道："庾元规为什么要拜我陶士行？"行完礼，庾公又屈身到下位坐下。陶公亲自起身邀请他和自己坐在一块儿。落座后，庾公就引咎自责，诚恳地谢罪，陶公也渐渐消除了对庾公的怨恨。

【注释】

①丧败：丧乱败落。

②却后：过后。

③玉镜台：一种玉制的梳妆用具，上面可以架镜子。

④纱扇：新娘用来遮脸的纱巾。

⑤老奴：老家伙，含有亲密调侃的意味。

【原文】

温公丧妇，从姑刘氏，家值乱离散，唯有一女，甚有姿慧，姑以属公觅婚。公密有自婚意，答云："佳婿难得，但如峤比云何？"姑云："丧败之余①，乞粗存活，便足慰吾余年，何敢希汝比？"却后少日②，公报姑云："已觅得婚处，门地粗可，婿身名宦，尽不减峤。"因下玉镜台一枚③。姑大喜。既婚，交礼，女以手披纱扇④，抚掌大笑曰："我固疑是老奴⑤，果如所卜！"玉镜台，是公为刘越石长史，北征刘聪所得。

【译文】

温公（温峤）妻子死了。他的堂姑母刘氏，遭遇战乱和家人失散了，只有一个女儿，美丽聪慧。堂姑嘱咐温公给女儿寻门亲事，温公私下已有自己娶她的意思，就回答道："好女婿实在难找，如果是像我这样的怎么样？"堂姑母说："遭遇战乱后侥幸生存的人，只求能马马虎虎地活下去，就足以告慰我的后半生了，哪里敢奢望你这样的人呢？"事后没几天，温公报告堂姑母说："已经找到人家了，门第还算可以，女婿的名声地位都不比我差。"随即送了一个玉镜台作为聘礼，堂姑非常高兴。结婚时行了交拜礼后，新娘用手掀开纱巾，拍手大笑说："我本来就怀疑是你这老家伙，果然不出我所料！"玉镜台是温公担任刘越石手下的长史时，北征刘聪的战利品。

【注释】

①诸葛令：诸葛恢，字道明，官至尚书令。他的大女儿嫁给庾亮的儿子庾会。

②正强：正直倔犟。

【原文】

诸葛令女①，庾氏妇，既寡，誓云不复重出。此女性甚正强②，无有登车理③。恢既许江思玄婚④，乃移家近之。初诳女云："宜徙于是。"家人一时去，独留女在后。比其觉，已不复得出。江郎莫来，女哭詈弥甚⑤，积日渐歇。江彪暝入宿，恒在对床上。后观其意转帖⑥，彪乃诈厌⑦，良久不悟，声气转急。女乃呼婢云：

"唤江郎觉！"江于是跃来就之，曰："我自是天下男子，厌何预卿事而见唤邪？既尔相关，不得不与人语。"女默然而惭，情义遂笃。

【译文】

尚书令诸葛恢的女儿是庾会的妻子，守寡以后，立誓说不再嫁人。这个女儿性格非常正直倔犟，没有再嫁的可能。诸葛恢答应江思玄求婚后，便把家迁到靠近江思玄的地方。起初他骗女儿说："应当迁到这里。"后来全家人都走了，唯独把女儿留了下来。等她察觉后，已经无法出去了。江思玄傍晚到来，她哭骂得更厉害，好多天才逐渐安静下来。江思玄晚上进来就寝，总是在对面床上睡。后来见她的情绪渐渐安定，江思玄就假装做噩梦，许久不醒，声音和气息渐渐急促。她就招呼婢女说："把江郎叫醒！"江思玄于是跳起来到她身边，说："我本是世上的男人，做噩梦关你什么事，为何要叫醒我呢？你既然这样关心我，就不能不和我说话。"她默默无言，又感到羞愧，此后夫妻的感情才深厚起来。

【原文】

愍度道人始欲过江，与一伧道人为侣①，谋曰："用旧义在江东，恐不办得食②。"便共立"心无义"。既而此道人不成渡。愍度果讲义积年。后有伧人来，先道人寄语云："为我致意愍度，无义那可立③？治此计，权救饥尔！无为遂负如来也④。"

【译文】

愍度道人起初想要过江，他与一位北方的僧人结伴而行，两人计议道："单靠着原来的教义到江东，恐怕连饭都没得吃。"于是两人共同创立"心无义"说。之后这位北方的僧人并没有渡江去南方，愍度道人却在渡过江后讲了多年的"心无义"说。后来有个北方人过江来，原先的那位僧人托他捎话说："我问候愍度道人，'心无义'说怎么能成立呢？想出这个办法，不过是为

【注释】

①伧：粗俗，鄙陋。南北朝的时候南人用这个词来蔑称北人。

②不办：不能。

③那可：怎么能。

④无为：同"勿为"，不能，不要。

了暂且解决饿肚子的当务之急罢了。千万不能这样辜负了如来佛祖啊！"

【注释】

①阿智：王处之，字文将，小字为阿智。阿为前辅助语词，无实义。

②不翅：即"不啻"，意思是不只，不止。

③不恶：不坏，不错。乃不恶的意思就是说非常不错。

【原文】

王文度弟阿智①，恶乃不翅②，当年长而无人与婚。孙兴公有一女，亦僻错，又无嫁娶理。因诣文度，求见阿智。既见，便阳言："此定可，殊不如人所传，那得至今未有婚处？我有一女，乃不恶③，但吾寒士，不宜与卿计，欲令阿智娶之。"文度欣然而启蓝田云："兴公向来，忽言欲与阿智婚。"蓝田惊喜。既成婚，女之顽嚚，欲过阿智。方知兴公之诈。

【译文】

王文度的弟弟阿智非常凶恶，年岁大了都还没有人肯与他结亲。孙绰有个女儿，也非常乖僻，一直都嫁不出去。孙绰于是去拜访文度，要求见见阿智。见面以后，孙绰假意说道："这个孩子一定很好，并不像外边流传的那样，怎么至今还没有婚娶呢？我有个女儿，也很不错，不过我是个贫寒之士，本不该与你商量，我想让阿智娶她。"王文度听后便急忙高兴地去告诉父亲王述，他说："兴公刚才来过，忽然提出要把女儿嫁给阿智。"王述听后又惊又喜。结婚后，女方的顽愚固执远远超过阿智，这才知道了孙绰的狡诈。

【注释】

①覆手：手巾之类。

②谲（jué）：诡诈，设计谋。

【原文】

谢遏年少时，好着紫罗香囊，垂覆手①，太傅患之，而不欲伤其意。乃谲与赌②，得即烧之。

【译文】

谢玄年轻的时候，喜欢佩戴用紫色的锦罗制成的香袋，还垂着手巾之类的服饰。谢安很为此担忧，但是又不想使他伤心。于是设计与他赌，赢过来后便立即将其烧掉。

黜免第二十八

【原文】

　　诸葛宏在西朝①，少有清誉，为王夷甫所重，时论亦以拟王。后为继母族党所谗②，诬之为狂逆③。将远徙，友人王夷甫之徒，诣槛车与别④。宏问："朝廷何以徙我？"王曰："言卿狂逆。"宏曰："逆则应杀，狂何所徙？"

【注释】

①诸葛宏：字茂远，官至司空主簿。

②族党：同族亲属。

③狂逆：狂放叛逆。

④槛车：押解犯人的囚车。

【译文】

　　诸葛宏在西晋时，年纪轻轻就声名远播，深受王夷甫的器重，当时人们也把他和王夷甫相比。后来遭到继母家族的陷害，诬告他狂妄叛逆。即将流放时，他的朋友王夷甫等人，到囚车前和他告别。诸葛宏问："朝廷为什么要流放我？"王夷甫说："有人说你狂妄叛逆。"诸葛宏说："叛逆该杀头，狂妄有什么要流放的？"

【原文】

　　桓公入蜀①，至三峡中，部伍中有得猿子者②。其母缘岸哀号，行百余里不去，遂跳上船，至便即绝。破视其腹中，肠皆寸寸断。公闻之怒，命黜其人。

【注释】

①入蜀：指桓温伐蜀一事。

②部伍：部队。

【译文】

　　桓公（桓温）率领部队进入四川，经过三峡时，队伍里有人捉住一只小猿，母猿沿岸一直跟着，哀鸣哭号，走了一百多里都不肯离去。最后母猿跳到船上，刚落甲板就气绝身亡。有人剖开母猿的肚子，看到肠子全都断成一寸一寸的。桓公听到此事后大怒，下令把那个捉猿的人从军中开除。

【原文】

　　殷中军被废①，在信安，终日恒书空作字。扬州吏民寻义逐

【注释】

①被废：指殷浩北伐失

之，窃视，唯作"咄咄怪事"四字而已[2]。

②咄咄怪事：使人吃惊的怪事。咄咄，表示惊叹诧异的声音。

【译文】

中军将军殷浩被废为平民后，住在信安，整天总是对着空中写字。扬州的官民因为追念他的恩义就跟随他，暗中察看，发现殷浩只是在写"咄咄怪事"四个字而已。

【注释】

①掎(jǐ)：用筷子夹取食物。烝薤(zhēng xiè)：同"蒸薤"，把米和薤调上油豉蒸熟的一种食物。由于蒸熟后凝结得像饭一样，所以很难夹取。薤，也称藠(jiào)头，一种多年生草本植物，地下有鳞茎可食用。

【原文】

桓公坐有参军掎烝薤不时解[1]，共食者又不助，而掎终不放，举座皆笑。桓公曰："同盘尚不相助，况复危难乎？"敕令免官。

【译文】

桓公（桓温）举行宴会，席间有一名参军用筷子夹蒸薤，沾在一起夹不开，一起进餐的人都不帮助他，参军就夹住蒸薤不放，在座的人都笑了。桓公说："同桌吃饭尚且不肯互相帮助，何况是有危难的时候呢？"于是下令免去在座人的职务。

【注释】

①儋：通"担"，扛。

【原文】

殷中军废后，恨简文曰："上人著百尺楼上，儋梯将去[1]。"

【译文】

中军将军殷浩被废为平民后，他抱怨简文帝司马昱说："让人爬上百尺高的楼上，却把梯子给扛走了。"

【注释】

①邓竟陵：邓遐，字应远，曾任桓温手下的参军，官至竟陵太守，后桓温在枋头兵败，迁怒于他，被免官。

【原文】

邓竟陵免官后赴山陵[1]，过见大司马桓公[2]。公问之曰："卿何以更瘦？"邓曰："有愧于叔达，不能不恨于破甑[3]！"

【译文】

竟陵太守邓遐罢官后去参加简文帝的葬礼，同时去拜访大司马桓温，桓温问他："你怎么越来越瘦了？"邓遐说："我对于叔达有愧，不像他那样豁达，即使瓦甑碎了也毫不抱怨。"

②过见：拜访。

③甑：一种陶制的炊具。

【原文】

桓宣武既废太宰父子，仍上表曰："应割近情，以存远计。若除太宰父子，可无后忧。"简文手答表曰："所不忍言，况过于言。"宣武又重表，辞转苦切①。简文更答曰："若晋室灵长②，明公便宜奉行此诏。如大运去矣，请避贤路③！"桓公读诏，手战流汗，于此乃止。太宰父子，远徙新安。

【注释】

①苦切：急切。

②灵长：绵延久长。

③避贤路：让开贤人得以进用的道路，这里的意思是自己让位给桓温。这是一句言辞很重的话，所以桓温才"手战流汗"。

【译文】

宣武侯桓温废黜太宰司马晞父子后，又上奏章说："应该割舍亲情，确保长远大计。如果除掉太宰父子，就没有后顾之忧了。"简文帝司马昱亲自在奏章上批示说："这是我不忍心说的，何况所做的已超过所说的。"桓温再次上奏章，言辞更加急切。简文帝又批示说："如果晋室国运长久，你就应该执行这道诏令；如果运势已去，就请允许我让开进用贤人的道路！"桓温读罢诏书，双手大颤，脸上流汗，才打消了这个念头。太宰父子于是被流放到遥远的新安郡。

【原文】

桓玄败后①，殷仲文还为大司马咨议②，意似二三③，非复往日。大司马府听前④，有一老槐，甚扶疏⑤。殷因月朔⑥，与众在听，视槐良久，叹曰："槐树婆娑⑦，无复生意！"

【注释】

①败：指桓玄篡位遭北府兵将领刘裕起兵声讨，桓兵败被杀。

②咨议：即咨议参军，谋议军事要务，位在其他参军之上。

③二三：指反复无定，错乱异常。

④听：通"厅"。

⑤扶疏：枝叶繁茂而分披下垂的样子。

⑥月朔：每月初一。

⑦婆娑：这里指枝叶倾伏乏力的样子。

【译文】

桓玄失败后，殷仲文回来继续担任大司马刘裕的咨议参军，他有些心神不宁，三心二意，不再像从前那样了。大司马府的堂前有一棵老槐树，枝叶很茂盛。殷仲文在初一这天和大家到厅堂集会，他凝视槐树良久，感叹说："槐树枝叶倾伏乏力，再也没有生机了！"

俭啬第二十九

【注释】

①和峤：字长舆，生性吝啬，因此受到世人的讥讽。下文王武子是他的妻舅。

②上直：入官署值班。

③率将：带领。

【原文】

　　和峤性至俭①，家有好李，王武子求之，与不过数十。王武子因其上直②，率将少年能食之者③，持斧诣园，饱共啖毕，伐之，送一车枝与和公。问曰："何如君李？"和既得，唯笑而已。

【译文】

　　和峤生性吝啬，家里有非常好的李子树，王武子向他要些李子时，他只给了几十个。王武子趁他上朝值班的时候，率领年轻体壮能吃的人，手持斧头来到他的果园，一起大吃一顿，然后就把树给砍了，还送了一车树枝给和峤，问他说："和你们家的李子树相比怎么样？"和峤收下这些树枝后，只有苦笑而已。

【注释】

①王戎：字浚冲，生性吝啬，极爱聚敛财物，世人常常以此讥笑他。

②从子：侄儿。

③责：索取。

【原文】

　　王戎俭吝①，其从子婚②，与一单衣，后更责之③。

【译文】

　　王戎十分吝啬，侄子结婚，他送了一件单衣，侄子婚后他又去要了回来。

【注释】

①水碓（duì）：利用水力舂米的工具。

②契疏鞅掌：券契账簿。鞅掌：繁多的样子。

③筹：又叫筹马、筹码，计数用的工具。

【原文】

　　司徒王戎，既贵且富，区宅、僮牧、膏田、水碓之属①，洛下无比。契疏鞅掌②，每与夫人烛下散筹算计③。

【译文】

　　司徒王戎，地位显贵，十分富有，家中的宅院、奴仆、田地以及水碓之类的财物，在洛阳无人能和他相比。家里有很多券契账簿，常常和妻子一起在烛光下摆开筹码算账。

【原文】

王戎有好李，卖之，恐人得其种，恒钻其核①。

【译文】

王戎家有良种李子树，卖李子时他生怕别人会得到李子的树种，就把李子核给钻破了。

①"恐人"二句：钻破果核后就无法再种。

【原文】

王戎女适裴頠，贷钱数万。女归①，戎色不说。女遽还钱②，乃释然。

【译文】

王戎的女儿嫁给了裴頠，向父亲借了几万钱。女儿回娘家时，王戎脸色很不好，女儿就急忙把钱还给他，王戎这才高兴起来。

【注释】

①归：已婚女子回娘家。

②遽：急忙，迅速。

【原文】

卫江州在浔阳，有知旧人投之①，都不料理②，唯饷"王不留行"一斤③。此人得饷，便命驾。李弘范闻之，曰："家舅刻薄，乃复驱使草木。"

【译文】

江州刺史卫展在浔阳时，有一位老友来投奔他，他一点也不好好招待，只是送了一斤"王不留行"草药给他，老友得到这种馈赠，立即坐车走了。李弘范听说此事后，说："我舅舅太刻薄了，竟然驱使草木为他送客。"

【注释】

①知旧：故交，老友。

②料理：照顾，安排。

③王不留行：也称王不留，一种药草名。卫展送此物，暗示他不留友人。

【原文】

王丞相俭节，帐下甘果①，盈溢不散。涉春烂败，都督白之②，公令舍去。曰："慎不可令大郎知③。"

【注释】

①帐下：营帐中。

②都督：这里指帐下领兵的人，相当于卫队长。

③大郎：大公子，这里
指王悦，王导的长子。

丞相王导生性节俭，家里的水果堆积如山，也不给别人。到了春天，水果都烂了，管家把这件事告诉他，他下令扔掉，还说："千万不要让大郎（王导的大儿子）知道。"

【注释】

①白：指薤的地下根部分，色白，可以吃，也可以再种。

【原文】

苏峻之乱，庾太尉南奔见陶公。陶公雅相赏重。陶性俭吝，及食，啖薤，庾因留白①。陶问："用此何为？"庾云："故可种。"于是大叹庾非唯风流，兼有治实。

【译文】

苏峻叛乱时，太尉庾亮南逃，去见陶公（陶侃），陶公对他十分赏识器重。陶公生性节俭，吃饭时，给他吃薤头，庾亮就把根白留下了。陶公问他："你要这个有什么用？"庾亮说："还可以再种。"陶公因此大加赞叹，说庾亮不仅才华出众，而且具有治世的本领。

【注释】

①朝旦：早晨。
②倚语：站着说话。移时：过了很长时间。
③乞与：送给。
④周旋：有交往的人，朋友。

【原文】

郗公大聚敛，有钱数千万。嘉宾意甚不同，常朝旦问讯①，郗家法，子弟不坐，因倚语移时②，遂及财货事。郗公曰："汝正当欲得吾钱耳！"乃开库一日，令任意用。郗公始正谓损数百万许。嘉宾遂一日乞与亲友③，周旋略尽④。郗公闻之，惊怪不能已已。

【译文】

郗公（郗愔）大肆聚敛，有几千万钱，郗嘉宾非常反感他这样做。有一次早晨去请安，按郗家的家规，子弟们不能坐着，他便站了很长时间，把话题转移到钱财上来。郗公说："你不过是想要我的钱罢了！"于是敞开钱库一天，让他随便取用。郗公原本以为只会损失几百万钱，没想到郗嘉宾在一天之内几乎把钱都给了亲朋好友。郗公闻听后，惊诧不已。

汰侈第三十

【原文】

石崇每要客燕集①，常令美人行酒；客饮酒不尽者，使黄门交斩美人②。王丞相与大将军尝共诣崇。丞相素不能饮，辄自勉强，至于沉醉。每至大将军，固不饮以观其变③，已斩三人，颜色如故，尚不肯饮。丞相让之④，大将军曰："自杀伊家人，何预　卿事！"

【注释】

①要：通"邀"，邀请。燕：通"宴"。

②黄门：黄门令，多为宦者。

③固：坚持，固执。

④让：责备。

【译文】

石崇每次请客宴饮，总让美女劝酒，客人倘若没有喝完，就要让内侍把劝酒的美女杀掉。王导和王敦曾经一起去拜访他。王丞相平时不怎么喝酒，这天一再强迫自己喝，结果大醉。每次轮到大将军的时候，他都不喝，以便观察事态的变化，已经有三个人被杀了，大将军依然面不改色，并且还是不肯喝。王丞相责备他，大将军说："他自己杀自己家里的人，与你有什么关系呢？"

【原文】

石崇厕，常有十余婢侍列，皆丽服藻饰①。置甲煎粉、沉香汁之属②，无不毕备。又与新衣着令出，客多羞不能如厕。王大将军往，脱故衣，着新衣，神色傲然。群婢相谓曰："此客必能作贼。"

【注释】

①藻饰：打扮。

②甲煎粉：把甲煎（一种螺）研磨后加上香料而制成的粉。沉香汁：用沉香木炮制而成的香水。

【译文】

石崇家的厕所里，总有十几个婢女站在一旁侍候着，她们都穿着华丽的服饰。厕所内还放着甲煎粉、沉香汁之类的香料，无不齐备。又让上完厕所的客人换上新衣服后出来，有的客人不好意思，就不上厕所了。大将军王敦去时，脱下旧衣服，换上新衣服，神色非常傲慢。婢女们议论说："这个人一定会造反。"

【注释】

①降：莅临。

②绫：薄且有彩纹的丝织品。罗：轻而有眼纹的丝织品。绔：同"裤"，裤子。襦：女子的上衣。

③犊：同"豚"，指小猪。

【原文】

　　武帝尝降王武子家①，武子供馔，并用琉璃器。婢子百余人，皆绫罗绔襦②，以手擎饮食。蒸犊肥美③，异于常味。帝怪而问之。答曰："以人乳饮犊。"帝甚不平，食未毕，便去。王、石所未知作。

【译文】

　　晋武帝曾经莅临女婿王济家里。王济供献酒食，并且用的都是琉璃器皿。一百多名身穿绫罗衣裤的婢女，用手举着食品。有一道蒸乳猪菜，味道肥嫩鲜美，不同于一般的味道。晋武帝很奇怪，就问王济，王济说："这是用人奶养的小猪。"晋武帝心中不快，没吃完就走了。王恺和石崇再富裕，都不知道这么做。

【注释】

①王君夫：王恺。祖：内衣。

②著：介词，在。阁（gé）：同"阁"。

③听：听任，由着。

④经日：日复一日。这里指多日。

⑤因缘：依据，凭借。

【原文】

　　王君夫尝责一人无服余祖①，因直内著曲阁重闺里②，不听人将出③。遂饥经日④，迷不知何处去。后因缘相为垂死⑤，乃得出。

【译文】

　　王恺曾经惩罚一人，只让他穿着一件内衣，不让多穿。由于要去上朝，因此就把那个人关在深宅内院里，谁都不许将其放出来。就这样饿了好几天，浑浑噩噩找不到出路。后来靠别人帮助，都快要死了，才被放了出来。

【注释】

①绮丽：华美艳丽。

②舆服：车马服饰。

③珊瑚树：由珊瑚虫的分泌物聚结而成的树

【原文】

　　石崇与王恺争豪，并穷绮丽①，以饰舆服②。武帝，恺之甥也，每助恺。尝以一珊瑚树③，高二尺许赐恺。枝柯扶疏④，世罕其比。恺以示崇，崇视讫，以铁如意击之，应手而碎。恺既惋惜，又以为疾己之宝，声色甚厉。崇曰："不足恨，今还卿。"乃命左右悉取珊瑚树，有三尺、四尺，条干绝世，光彩溢目者六七枚，如恺许比甚众⑤。恺惘然自失⑥。

状物体，有红、白、黑色，可供玩赏。

④扶疏：枝条繁茂的样子。

⑤许：这样，如此。

⑥惘然：精神恍惚、若有所失的样子。

【译文】

石崇和王恺斗富，二人都极尽奢华地装饰自己的车马服装。晋武帝司马炎是王恺的外甥，他常常帮助王恺。有一次送给王恺一棵二尺多高的珊瑚树，枝条扶疏，世间少有。王恺拿给石崇看，石崇看罢，随手举起铁如意向珊瑚树砸去，珊瑚树应声而碎。王恺非常惋惜，还以为石崇妒忌自己的珍宝，所以声色俱厉地指责石崇。石崇说："这不值得遗憾，我今天就赔给你。"于是命令手下把珊瑚树都拿了出来，有的三尺高，有的四尺高，枝条都极其漂亮，世上罕见，光彩夺目，这样的珊瑚树石崇有六七棵，像王恺那一类的就更多了。王恺顿时觉得惘然若失。

【原文】

王武子被责，移第北邙下。于时人多地贵，济好马射，买地作埒①，编钱匝地竟埒。时人号曰"金沟"。

【注释】

①埒（liè）：矮墙，这里指骑射场地四周的土围墙。

【译文】

王武子遭贬，把家迁到了北邙山下。当时人多地贵，王武子喜欢骑马射箭，就买地修建了跑马场，价格相当于把钱用绳子串起来围着跑马场铺一圈。当时人们称此为"金沟"。

【原文】

石崇每与王敦入学戏，见颜、原象而叹曰："若与同升孔堂，去人何必有间！"王曰："不知余人云何①，子贡去卿差近②。"石正色云："士当令身名俱泰，何至以瓮牖语人③！"

【注释】

①云何：怎么样。

②差：副词，比较。

③瓮牖（yǒu）：原宪生活贫困，但是安贫乐道。他住的屋子窗户是用陶瓷做的。

【译文】

石崇每每同王敦一起去学校玩，看到颜回和原宪的像，石崇总是叹息说："如果能同他们一起进入孔子的学堂，也不一定能相差多远。"王敦说："我不知道其他人如何，子贡和你比较近。"石崇很严肃地说："身为读书人，应当使生活和名誉都达到美满。怎么能拿用陶瓮作窗户之类的话题来同他人交谈呢？"

【注释】

①彭城王：司马权，字子舆，晋武帝的堂叔父，封为彭城王。

【原文】

彭城王有快牛①，至爱惜之。王太尉与射，赌得之。彭城王曰："君欲自乘，则不论；若欲啖者，当以二十肥者代之。既不废啖，又存所爱。"王遂杀啖。

【译文】

彭城王司马权有一头走得非常快的牛，彭城王非常爱惜它。王太尉同他比试射箭，赌赢了这头牛。彭城王说："倘若是您自己想乘骑，那就什么都不用说了，倘若您是想要吃掉它，则我愿意用二十条肥牛来换它。既让您有了吃的，又保全了我的爱物。"王太尉最终还是把那头牛杀掉吃了。

【注释】

①牛心：当时的习俗认为牛心最珍贵。周当时很有声望，他先切牛心给王羲之吃，表明了对王羲之的重视。

【原文】

王右军少时，在周侯末坐，割牛心啖之①。于此改观。

【译文】

右军王羲之年轻时，在武城侯周顗举行的宴会上位列末座，周顗把割下的牛心给他吃，从此人们就改变了对他的看法。

忿狷第三十一

【原文】

魏武有一妓，声最清高，而情性酷恶①。欲杀则爱才，欲置则不堪。于是选百人一时俱教。少时果有一人声及之，便杀恶性者②。

【注释】

①酷：极，非常。

②恶性：性情暴躁。

【译文】

魏武帝曹操有一名歌女，声音清丽高亢，可是性情冷酷暴躁。魏武帝想杀掉她又怜惜她的才华，要留下她又不能忍受她的脾气。于是选来一百名歌女，同时教她们唱歌。不久，果然就有一个人的声音赶上了她，魏武帝立即把那个脾气暴躁的歌女杀了。

【原文】

王蓝田性急。尝食鸡子，以箸刺之①，不得，便大怒，举以掷地。鸡子于地圆转未止，仍下地以屐齿蹍之②，又不得。瞋甚，复于地取内口中，啮破即吐之。王右军闻而大笑曰："使安期有此性③，犹当无一豪可论④，况蓝田邪？"

【注释】

①箸：筷子。

②屐齿：木板鞋底部的齿状木头。蹍（niǎn）：踩，踏。

③安期：王承，字安期，王述的父亲，很有名望。

④豪：通"毫"，比喻极其细微的地方。

【译文】

蓝田侯王述性情急躁。有一次吃鸡蛋，他拿筷子去戳鸡蛋，没戳着，顿时大怒，拿起鸡蛋就扔到地上。鸡蛋着地后滴溜溜地转个不停，王蓝田又跳下地去用木屐齿去踩，还没踩中。王蓝田气疯了，把鸡蛋从地上捡起放到嘴里，嚼烂了就吐了出来。右军将军王羲之听说此事大笑说："假使安期（王蓝田父亲）有这个脾气，尚且没什么值得可取的，何况是王蓝田呢！"

【注释】

①牾（wǔ）逆：不服顺。

②老兄：面对弟辈的自称，具有亲昵的意味。

③鬼：骂人的话。馨：语气词，相当于"样"或者"般"，晋宋时期口语中常用。

【原文】

王司州尝乘雪往王螭许。司州言气少有牾逆于螭①，便作色不夷。司州觉恶，便舆床就之，持其臂曰："汝讵复足与老兄计②？"螭拨其手曰："冷如鬼手馨③，强来捉人臂！"

【译文】

王司州（胡之）曾经冒雪到王螭家去。司州的言辞、口气稍微有点不合他的意，脸上立刻露出不高兴的神色。司州发现不妙，就挪动坐榻靠近王螭，拉住他的手臂说："你怎么能和老兄计较呢？"王螭拨开他的手说："你的手冰凉得像鬼一样，还来抓人家的手臂！"

【注释】

①樗（chū）蒱：一种赌博游戏，类似后世的掷骰子。

②齿：博齿，指骰子上的点数。

【原文】

桓宣武与袁彦道樗蒱①，袁彦道齿不合②，遂厉色掷去五木。温太真云："见袁生迁怒，知颜子为贵。"

【译文】

宣武侯桓温和袁彦道赌博，袁彦道掷出的点数不合心意，就火冒三丈地把五个色木都扔了。温太真说："见袁生把怒气迁移到五色木上面，更知道颜回是值得尊敬的。"

【注释】

①谢无奕：谢奕，字无奕，曾任安西司马、安西将军、豫州刺史，死后追赠镇西将军。粗强：粗暴倔犟。

②数：数落，责备。

【原文】

谢无奕性粗强①。以事不相得，自往数王蓝田②，肆言极骂。王正色面壁不敢动。半日，谢去，良久，转头问左右小吏曰："去未？"答云："已去。"然后复坐。时人叹其性急而能有所容。

【译文】

谢无奕性情粗暴蛮横，因为一件事和王蓝田不和，就自己跑到王蓝田那里数落他，破口大骂。王蓝田神情严肃地面对墙壁，一动也不动。骂了半天，谢无奕走了。过了很久，王蓝田才掉过头来，问身边的侍从："走了吗？"侍从回答："已经走了。"王蓝田这才回到座位上。当时人们赞赏王蓝田虽然性急却能有所容忍。

【原文】

王令诣谢公，值习凿齿已在坐，当与并榻①。王徙倚不坐②，公引之与对榻。去后，语胡儿曰："子敬实自清立，但人为尔，多矜咳，殊足损其自然。"

【注释】
①并榻：合坐一榻。下文"对榻"指坐在对面的榻上。
②徙倚：徘徊。

【译文】

尚书令王子敬去拜访谢公（谢安），恰巧习凿齿也在，按道理王子敬应该和习凿齿坐同一张榻。王子敬却走来走去地不肯坐下，谢公于是让他和习凿齿对座。王子敬走后，谢公对胡儿说："子敬确实清高特立，不过显得做作，这样过分地矜持拘泥，尤其伤害了他的自然本性。"

【原文】

王大、王恭尝俱在何仆射坐。恭时为丹阳尹，大始拜荆州。讫将乖之际①，大劝恭酒。恭不为饮，大强逼之，转苦，便各以裙带绕手②。恭府近千人，悉呼入斋，大左右虽少，亦命前，意便欲相杀。何仆射无计，因起排坐二人之间，方得分散。所谓势利之交，古人羞之。

【注释】
①乖：分别。
②裙：下衣。

【译文】

王大（王忱）、王恭曾一道在尚书左仆射何澄家做客。王恭当时任丹阳尹，王大刚出任荆州刺史。快分别的时候，王大向王恭劝酒，王恭不喝，王大就逼着他喝，越来越激烈，最后双方都撩起衣服，准备动武了。王恭府上有近千人，全都叫进屋里。王大手下人数虽少，也都奉命前来，双方摆开阵势，准备厮杀。何澄万般无奈，便站起来坐在两人的中间，这才使得双方人马散去。这种势利之交，古人都认为羞耻。

【注释】

①车骑：指桓冲，字幼子，桓玄的叔叔，曾任车骑将军。

②南郡：桓温死时，桓玄才四岁，袭爵南郡公，所以这里直接称他为南郡。

【原文】

桓南郡小儿时，与诸从兄弟各养鹅共斗。南郡鹅每不如，甚以为忿。乃夜往鹅栏间，取诸兄弟鹅悉杀之。既晓，家人咸以惊骇，云是变怪，以白车骑①。车骑曰："无所致怪，当是南郡戏耳②！"问，果如之。

【译文】

南郡公桓玄小时候，和堂兄弟们一起养鹅，然后互相斗着玩。桓玄养的鹅常常斗败，他非常气愤，于是夜里跑到鹅栏里，把堂兄弟们的鹅全都给杀了。天亮后，家人发现此事都非常惊恐，以为是什么灾害，就把这件事告诉了车骑将军桓冲。桓冲说："不是什么怪事，一定是桓玄搞的鬼！"一问，果然如此。

谗险第三十二

【原文】

王平子形甚散朗①，内实劲侠②。

【译文】

王平子外表看来非常闲适爽朗，内心却是刚劲侠义。

【原文】

袁悦有口才，能短长说，亦有精理。始作谢玄参军，颇被礼遇。后丁艰①，服除还都，唯赍《战国策》而已。语人曰："少年时读《论语》、《老子》，又看《庄》、《易》，此皆是病痛事②，当何所益邪？天下要物，正有《战国策》。"既下，说司马孝文王，大见亲待，几乱机轴③。俄而见诛。

【译文】

袁悦很有口才，擅长纵横家的游说之术，说理很深刻。开始担任谢玄的参军，很受器重。后来回家守丧，丧期过后回到京都，只带了本《战国策》。他对人说："年轻时读《论语》、《老子》，还读了《庄子》、《周易》，这些说的都是些不痛不痒的小事，读了能有什么收获呢？天底下最重要的书，只有《战国策》。"到了京都后，游说孝文王司马道子，很受宠信和款待，几乎搅乱了朝纲，不久就被杀了。

【原文】

孝武甚亲敬王国宝、王雅①。雅荐王珣于帝，帝欲见之。尝夜与国宝及雅相对，帝微有酒色，令唤珣。垂至，已闻卒传声，国宝自知才出珣下，恐倾夺其宠②，因曰："王珣当今名流，陛

【注释】

①王平子：王澄，字平子。散朗：闲适爽朗。
②劲侠：刚正侠义。

【注释】

①丁艰：遭遇父亲或母亲的丧事。
②病痛：小病，比喻小事。
③机轴：比喻国家的重要部门。机，弩牙。轴，车轴。

【注释】

①王雅：字茂建，曾任太子少傅、尚书左仆射。

②倾夺：争夺。

下不宜有酒色见之，自可别诏召也。"帝然其言，心以为忠，遂不见珣。

【译文】

孝武帝司马曜非常信任王国宝和王雅。王雅向孝武帝举荐王珣，孝武帝想见见他。一天晚上，孝武帝和王国宝、王雅在一起，孝武帝略有醉意，他下令传王珣晋见。王珣快要到了，已经听到士兵传唤的声音。王国宝自知才华在王珣之下，害怕他会夺了自己的宠幸，就对孝武帝说："王珣是当今的名流，陛下不该在酒后召见他，可以改日再下令召见他。"孝武帝觉得他说的很对，认为他忠心耿耿，就没有召见王珣。

【注释】

①王绪：字仲业，曾任会稽王司马道子从事中郎，深受宠幸。

②比：近来。

【原文】

王绪数谗殷荆州于王国宝①，殷甚患之，求术于王东亭。曰："卿但数诣王绪，往辄屏人，因论它事，如此，则二王之好离矣。"殷从之。国宝见王绪，问曰："比与仲堪屏人②，何所道？"绪云："故是常往来，无它所论。"国宝谓绪于己有隐，果情好日疏，谗言以息。

【译文】

王绪屡次在王国宝面前说荆州刺史殷仲堪的坏话，殷仲堪因此很烦恼，他向东亭侯王珣求教对付的办法。王珣说："你只要频繁地去拜访王绪，到了以后就叫身边的人退下，然后说些不相干的事。这样，就会离间他和王国宝的关系。"殷仲堪按王东亭说的去做了。后来王国宝见到王绪，问道："最近你和殷仲堪在一起时总要赶走侍从，你们都说些什么呢？"王绪说："我们只是一般的来往，没有谈其他的事情。"王国宝觉得王绪对自己有所隐瞒，两人感情开始一天比一天疏远，谗言也因此平息了。

尤悔第三十三

【原文】

　　魏文帝忌弟任城王骁壮。因在卞太后阁共围棋^①，并啖枣，文帝以毒置诸枣蒂中，自选可食者而进，王弗悟，遂杂进之。既中毒，太后索水救之。帝预敕左右毁瓶罐，太后徒跣趋井，无以汲。须臾遂卒。复欲害东阿^②，太后曰："汝已杀我任城，不得复杀我东阿！"

【注释】

①卞太后：曹丕的母亲，曹丕即位时尊为太后。

②东阿：指曹植，字子建，封东阿王。

【译文】

　　魏文帝曹丕嫉恨弟弟任城王曹彰的骁勇强壮。他趁着在卞太后屋里一块儿下围棋吃枣的机会，把毒放在枣蒂里，他自己挑没有毒的吃，任城王不知道，就把有毒没毒的都一起吃了。中毒后，卞太后找水救他。魏文帝早预先让手下把瓶子瓦罐都砸了，太后光着脚跑到井边，却没法打水。不久，任城王死了。随后魏文帝又要加害东阿王曹植，卞太后对他说："你已经杀了我的任城王，不要再杀我的东阿王了。"

【原文】

　　陆平原河桥败，为卢志所谗，被诛。临刑叹曰："欲闻华亭鹤唳^①，可复得乎？"

【注释】

①华亭鹤唳：华亭是陆平原的故居，其地出鹤。后来用"华亭鹤唳"表示怀念故土而感慨生平，悔入仕途。唳，鸣叫。

【译文】

　　平原内史陆机河桥兵败后，遭到卢志的陷害，被杀。临刑前，陆机感叹道："想听听故乡华亭的鹤鸣，还有可能吗？"

【原文】

　　王大将军起事^①，丞相兄弟诣阙谢^②。周侯深忧诸王，始入，甚有忧色。丞相呼周侯曰："百口委卿！"周直过不应。既入，

【注释】

①"王大"句：指晋元帝永昌元年（322

年）王敦起兵以诛刘
隗为名准备攻入建康
一事。

②阙：这里指皇宫。

③贼奴：对坏人的蔑
称，这里指王敦等人。

④三公：晋代以太尉、
司徒、司空为三公，是
掌握军政大权的中央
最高官员。

⑤幽冥：暗昧不明。

苦相存救。既释，周大说，饮酒。及出，诸王故在门。周曰："今年杀诸贼奴③，当取金印如斗大系肘后。"大将军至石头，问丞相曰："周侯可为三公不④？"丞相不答。又问："可为尚书令不？"又不应。因云："如此，唯当杀之耳！"复默然。逮周侯被害，丞相后知周侯救己，叹曰："我不杀周侯，周侯由我而死。幽冥中负此人⑤！"

【译文】

　　大将军王敦起兵谋反，丞相王导兄弟一起到朝廷谢罪。武城侯周顗也很担心王家的安危，刚进宫时，神色忧郁。王导对周顗喊道："我们一家老少都托付给你了！"周顗径直从他们面前走过，没有答话。进了宫里，周顗竭尽全力，救助王家。王导等人被赦免后，周顗非常高兴，还喝了酒。等他出来时，王家的人还在门口。周顗说："今年杀了那些叛贼，我会把斗大的金印挂在胳膊肘后。"不久大将军王敦到了石头城，问王导说："周侯能做三公吗？"王导没有作答。又问："能作尚书令吗？"王导还是没有作答。王敦于是说道："既然如此，那只有杀了他啦！"王导依旧沉默。周顗被杀后，王导才知道是周顗救了自己，他慨叹道："我没有杀周侯，周侯却因我而死，我在冥冥中辜负了这个人！"

【注释】

①名族：有名望的家族。

②宠树：宠爱提拔。同己：指赞同自己的人。

③祚：皇位，国统。

【原文】

　　王导、温峤俱见明帝，帝问温前世所以得天下之由。温未答，顷，王曰："温峤年少未谙，臣为陛下陈之。"王乃具叙宣王创业之始，诛夷名族①，宠树同己②。及文王之末高贵乡公事。明帝闻之，覆面著床曰："若如公言，祚安得长③！"

【译文】

　　王导、温峤一起去见晋明帝司马绍，明帝问温峤前代君王获得天下的原因。温峤没有回答，过了一会儿，王导说："温峤年轻，不熟悉以前的事情，我来说给陛下听吧。"王导就详细叙述了晋宣王司马懿开始创业时，诛杀名门望族，培植亲信，以及文王司马昭晚年除掉高贵乡公曹髦的事情。明帝听后，掩面倒在坐榻上说："如果像你说的，晋室的气数怎么会长久呢！"

【原文】

王大将军于众坐中曰："诸周由来未有作三公者①。"有人答曰："唯周侯邑五马领头而不克②。"大将军曰："我与周洛下相遇，一面顿尽③。值世纷纭，遂至于此④！"因为流涕。

【译文】

大将军王敦在聚会时对在座的人说："周家从来没有人担任过三公的。"有人答道："只有周侯取得五个筹码，处于领先的地位。"大将军王敦说："我与周颜在洛阳相遇，一见如故。没想到却遇上世事纷乱，所以就到了今天这样的地步！"于是为他流下了眼泪。

【原文】

阮思旷奉大法①，敬信甚至。大儿年未弱冠，忽被笃疾②。儿既是偏所爱重，为之祈请三宝③，昼夜不懈。谓至诚有感者，必当蒙佑。而儿遂不济④。于是结恨释氏，宿命都除⑤。

【译文】

阮思旷信奉佛法，虔诚至极。他的大儿子年龄还不满二十岁，却忽然身染重病。这个孩子是阮思旷最为偏爱的一个，他就为儿子祈求佛教三宝显灵，日夜不敢懈怠。他认为用自己的虔诚来感动佛祖，就一定会蒙受佛祖的保佑。但是儿子最终还是死了。从此以后，阮思旷开始怨恨佛教，把素来的虔诚信仰全都抛掉了。

【原文】

桓公卧语曰："作此寂寂①，将为文、景所笑②！"既而屈起坐曰③："既不能流芳后世，亦不足复遗臭万载邪？"

马昭和晋景帝司马师。

③屈起：屈，同"崛"。
意思是一下子坐起来。

【注释】

①小人：对士族阶层
之外平民百姓的蔑称。

②呵谴：呵斥责备。

③征西：指谢奕，字
无奕，死后追赠镇西
将军。

④驶：迅疾。

⑤处分：处理。

⑥车柱：垫车的圆木。

⑦迫隘：狭窄，喻指危
险的场合。

⑧夷粹：平和纯正。

【译文】

桓公躺着说道："像这样默默无闻地度过一生，将会为晋文帝和晋景帝所耻笑。"说完，他就一下子坐起来说："既然无法流芳百世，难道不可以遗臭万年吗？"

【原文】

谢太傅于东船行，小人引船①，或迟或速，或停或待，又放船从横，撞人触岸。公初不呵谴②。人谓公常无嗔喜。曾送兄征西葬还③，日莫雨驶④，小人皆醉，不可处分⑤。公乃于车中手取车柱撞驭人⑥，声色甚厉。夫以水性沉柔，入隘奔激。方之人情，固知迫隘之地⑦，无得保其夷粹⑧。

【译文】

太傅谢安在东边会稽乘船出行，船夫驾着船，有时慢有时快，有时停下有时等候，有时还任船四处漂游，冲撞别人的船或者撞到岸上，谢安从不指责，有人说谢安为人无怒无喜。一次为哥哥谢奕送葬回来，傍晚雨下得很急，车夫们都醉了，无法顺利地驾驭马车。谢安就在车上拿起垫车的木柱击打车夫，声色俱厉。水性沉静柔和，进入险要处却奔腾激荡。用来比喻人的性情，自然就知道，当处于紧急危难的时刻，是无法保持那份平和美好的心境的。

【注释】

①末：这里指稻穗。

本：这里指稻苗。

【原文】

简文见田稻，不识，问是何草？左右答是稻。简文还，三日不出，云："宁有赖其末而不识其本①？"

【译文】

简文帝司马昱见到田里的稻子，不认识，问是什么草？身边的人告诉他说是稻子。简文帝回来后，三天没有出门，说："哪有依靠它的末梢生存，却不认识它本来面目的呢？"

纰漏第三十四

【原文】

王敦初尚主①，如厕，见漆箱盛干枣，本以塞鼻，王谓厕上亦下果，食遂至尽。既还，婢擎金澡盘盛水，琉璃碗盛澡豆②，因倒著水中而饮之，谓是干饭。群婢莫不掩口而笑之。

【注释】

①主：指晋武帝的女儿舞阳公主。

②澡豆：用豌豆末和香药制成的丸剂，可以用来洗手洗脸。

【译文】

王敦刚娶舞阳公主为妻时，有一次上厕所，看到漆盒里装着干枣，这本来是上厕所用来塞鼻子的，王敦却以为厕所里摆的果品，就都给吃光了。出来后，婢女手端着金澡盘盛水，琉璃碗里装着澡豆，王敦还以为干粮，就把它倒在水里给吃了。婢女们看到后都掩口而笑。

【原文】

元皇初见贺司空①，言及吴时事，问："孙皓烧锯截一贺头②，是谁？"司空未得言，元皇自忆曰："是贺劭。"司空流涕曰："臣父遭遇无道，创巨痛深，无以仰答明诏。"元皇愧惭，三日不出。

【注释】

①贺司空：贺循，字彦先，死后追赠司空。

②孙皓：字元宗，孙权的孙子，吴国末代君主。

【译文】

晋元帝司马睿第一次见到司空贺循时，谈及吴国的事情，他问道："孙皓曾用烧热的锯子锯断了一个姓贺的头颅，这个人是谁呢？"贺司空没有回答，元帝自己回忆道："是贺劭。"贺司空流泪说道："我的父亲遇上无道的昏君，我至今还创痛深重，所以无法回答陛下的问话。"元帝非常内疚，三天没有出门。

【原文】

蔡司徒渡江①，见彭蜞②，大喜曰："蟹有八足，加以二

【注释】

①蔡司徒：蔡谟，字道

明，曾任司徒。

②彭蚏：外形像螃蟹，但较小，螯与足无毛。

③《尔雅》：我国最早一部解释词义的专书，其中《释鱼》篇讲到八足二螯的动物有三种，并非都是螃蟹。

【注释】

①任育长：任瞻，字育长，历任谒者仆射、都尉、天门太守。

②挽郎：牵引灵柩唱挽歌的年轻男子。

③下饮：上茶，设茶。

④茗：晋时称早采者为茶，晚采者为茗。

螯。"令烹之。既食，吐下委顿，方知非蟹。后向谢仁祖说此事，谢曰："卿读《尔雅》不熟③，几为《劝学》死。"

【译文】

司徒蔡谟到了江南后，看见彭蚏非常高兴，说道："螃蟹有八只脚，加上两只螯。"就让人把彭蚏煮了。吃了以后，上吐下泻，疲惫不堪，这才知道吃的不是螃蟹。后来他向谢仁祖说起这件事，谢仁祖说："你《尔雅》没读熟，还差一点被《劝学》害死。"

【原文】

任育长年少时①，甚有令名。武帝崩，选百二十挽郎②，一时之秀彦，育长亦在其中。王安丰选女婿，从挽郎搜其胜者，且择取四人，任犹在其中。童少时神明可爱，时人谓育长影亦好。自过江，便失志。王丞相请先度时贤共至石头迎之，犹作畴日相待，一见便觉有异。坐席竟，下饮③，便问人云："此为茶为茗④？"觉有异色，乃自申明云："向问饮为热为冷耳。"尝行从棺邸下度，流涕悲哀。王丞相闻之曰："此是有情痴。"

【译文】

任育长年轻时，名声很好。晋武帝驾崩后，选了一百二十名跟随灵柩唱挽歌的人，都是当时的优秀人才，任育长也在其中。王安丰选女婿，在这一百二十名当中挑选了四个较为卓越的人才，任育长还是在其中。少年时，任育长聪明可爱，当时人们说连任育长的影子都好看。但自从过江以后，他就神志失常了。当时丞相王导邀请已经渡江的名流一起到石头城迎接他，大家仍像以前那样互相问候，可是见面后就发现有些异样。落座后上茶，任育长就问人说："这是茶还是茗？"看到别人诧异的神色，就自言自语道："刚才我是问水是热还是冷的？"有一次经过棺材铺，他悲伤得哭了。王导闻听后说："这是犯了痴症了。"

【原文】

谢虎子尝上屋熏鼠①。胡儿既无由知父为此事，闻人道痴人有作此者。戏笑之，时道此，非复一过②。太傅既了己之不知，因其言次，语胡儿曰："世人以此谤中郎③，亦言我共作此。"胡儿懊热④，一月日闭斋不出⑤。太傅虚托引己之过，以相开悟，可谓德教⑥。

【译文】

谢虎子曾经跑到房顶上去熏老鼠，谢胡儿不知道他父亲做过这样的事，听人说只有傻子才这样做，就一起跟着嘲笑，不时地和人说起这件事，而且不止说过一次。太傅谢安知道谢胡儿并不知道事情的原委，就趁着和他聊天的时候，对谢胡儿说："社会上的人拿这件事诋毁中郎，还说是我和他一块儿干的。"谢胡儿听后羞愧懊恼，一个月都躲在书房没有出去。太傅假托事情是自己干的，以此来开导谢胡儿，使他醒悟，可以说是以德教人。

【原文】

殷仲堪父病虚悸①，闻床下蚁动，谓是牛斗。孝武不知是殷公，问仲堪："有一殷，病如此不？"仲堪流涕而起曰："臣进退维谷②。"

【译文】

殷仲堪的父亲得了心悸的病，听到床下蚂蚁走动的声音，就说是有牛在打斗。孝武帝司马曜不知这是殷仲堪父亲的事，问殷仲堪说："有一个姓殷的，病情是不是像这样的？"殷仲堪哭着站起来说："我不知如何回答才好。"

【原文】

虞啸父为孝武侍中①，帝从容问曰："卿在门下②，初不闻有所献替③。"虞家富春，近海，谓帝望其意气，对曰："天时尚

任侍中、尚书、会稽
内史。

②门下：官署名，即门
下省，是直属于皇帝的
顾问机构。

③献替：献可替否，意
思是直言进谏，提出正
确可行的建议，否定
错误不当的政令。

【注释】

①"王大"二句：王忱
死后，会稽王司马道
子想让王国宝接任荆
州刺史，但晋孝武帝下
令任用殷仲堪。

②白事：报告文书。
下文"荆州事"的
"事"，也指公文、文
书。

③纲纪：主簿。

④话势：话头，话题。

⑤参问：验证。

暖，鳖鱼虾鳝未可致，寻当有所上献。"帝抚掌大笑。

【译文】

虞啸的父亲担任孝武帝司马曜的侍中时，有一次孝武帝不经意地问他说："你在门下省，可是我从来没听说你有过什么贡献哪。"虞啸家在富春，靠着大海，他以为皇上希望他进贡，就答道："现在天气还热，鱼类海产还得不到，过不了多久就会进献给您。"孝武帝听后拍手大笑。

【原文】

王大丧后，朝论或云国宝应作荆州①。国宝主簿夜函白事云②："荆州事已行。"国宝大喜，而夜开阁唤纲纪③，话势虽不及作荆州④，而意色甚恬。晓遣参问⑤，都无此事。即唤主簿数之曰："卿何以误人事邪？"

【译文】

王大（王忱）死后，朝中议论王国宝应担任荆州刺史。王国宝的主簿连夜写了报告文书说："有关荆州的公文已经发布了。"王国宝大喜，当晚就打开房门把主簿叫来，虽然谈论的话题没有涉及荆州刺史的事，但他的神情非常安适。第二天早晨派人去朝廷询问，竟完全没有这回事，王国宝立刻把主簿叫来，数落他说："你怎么误了人家的事情呢？"

惑溺第三十五

【原文】

魏甄后惠而有色^①，先为袁熙妻^②，甚获宠。曹公之屠邺也，令疾召甄，左右白："五官中郎已将去。"公曰："今年破贼正为奴^③。"

【译文】

魏甄后聪明貌美，原先是袁熙的妻子，很受宠爱。曹操攻破邺城后，立即下令召见甄氏，身边的人禀告说："五官中郎将曹丕已经把她带走了。"曹操说："今年击败敌人正是为了这小子！"

【注释】

①惠：通"慧"，聪明。

②袁熙：字显奕，袁绍的次子，汉末曾任幽州刺史。

③奴：尊长者对卑幼者的昵称，这里指曹丕。

【原文】

荀奉倩与妇至笃^①，冬月妇病热，乃出中庭自取冷，还以身熨之。妇亡，奉倩后少时亦卒。以是获讥于世。奉倩曰："妇人德不足称，当以色为主。"裴令闻之，曰："此乃是兴到之事^②，非盛德言，冀后人未昧此语。"

【译文】

荀奉倩和妻子的感情很深，冬天妻子生病发烧，荀奉倩就到院子里把自己冻冷，然后回到屋子，用自己的身体贴着妻子给她退烧。妻子去世后，荀奉倩没过多久也死了，因此受到世人的嘲笑。荀奉倩曾说："女人的德行并不值得称道，应当以容貌为主。"中书令裴楷听到此言后说："这是一时兴起所说的话，并不是有美德的人应当之言，希望后人不要被这话弄糊涂了。"

【注释】

①荀奉倩：荀粲，字奉倩，三国时魏国人，年二十九而死。

②兴到：兴致所到，指一时兴起。

【注释】

①载周：满一周岁。

②呜：亲吻。

【原文】

贾公闾后妻郭氏酷妒，有男儿名黎民，生载周①，充自外还，乳母抱儿在中庭，儿见充喜踊，充就乳母手中呜之②。郭遥望见，谓充爱乳母，即杀之。儿悲思啼泣，不饮它乳，遂死。郭后终无子。

【译文】

贾公闾的后妻郭氏心胸非常狭隘。有个儿子名叫黎民，刚满周岁时，贾充从外面回来，奶娘抱着他在院子里，儿子看见贾充兴奋异常，贾充就到奶娘跟前，在她手中亲吻了孩子。郭氏老远看见了，以为贾充爱上奶娘，就把她杀了。儿子思念奶娘，忧伤得啼哭，别人的奶不喝，最后死了。郭氏从此再也没有子嗣。

【注释】

①孙秀：字彦才，原任吴国前将军，降晋后拜骠骑将军，封会稽公。

②存宠：抚慰，宠爱。

③室家：夫妇。

④貉子：北方人对南方人的蔑称。

⑤旷荡：宽宏浩荡。

【原文】

孙秀降晋①，晋武帝厚存宠之②，妻以姨妹蒯氏，室家甚笃③。妻尝妒，乃骂秀为"貉子④"。秀大不平，遂不复入。蒯氏大自悔责，请救于帝。时大赦，群臣咸见。既出，帝独留秀，从容谓曰："天下旷荡⑤，蒯夫人可得从其例不？"秀免冠而谢，遂为夫妇如初。

【译文】

孙秀降晋后，晋武帝司马炎对他厚爱有加，把姨家的表妹蒯氏嫁给了他，夫妻二人感情很深。有一次妻子生气，就骂孙秀是"貉子"，孙秀大怒，从此就不再进蒯氏的屋子。此事发生后蒯氏非常内疚，她向晋武帝求助。当时正在大赦天下，大臣们都来谒见皇上。散朝后，晋武帝单独留下孙秀，不经意地对孙秀说："国家对有罪之人都宽宏大量，蒯夫人也能按照这个标准被宽恕吗？"孙秀摘掉帽子向武帝谢罪，从此夫妻二人和好如初。

【原文】

韩寿美姿容①，贾充辟以为掾。充每聚会，贾女于青琐中看②，见寿，说之。恒怀存想，发于吟咏。后婢往寿家，具述如此，并言女光丽。寿闻之心动，遂请婢潜修音问，及期往宿。寿蹻捷绝人③，踰墙而入，家中莫知。自是充觉女盛自拂拭④，说畅有异于常。后会诸吏，闻寿有奇香之气，是外国所贡，一着人，则历月不歇。充计武帝唯赐己及陈骞⑤，余家无此香，疑寿与女通，而垣墙重密，门阁急峻，何由得尔？乃托言有盗，令人修墙。使反曰："其余无异，唯东北角如有人迹，而墙高，非人所踰。"充乃取女左右婢考问⑥，即以状对。充秘之，以女妻寿。

【译文】

韩寿相貌出众，贾充召他做属官。贾充每次召集聚会时，他女儿就透过窗格朝里观望，见到韩寿，很喜爱他，总为他朝思暮想，还把自己的思念之情抒发到诗文里。后来她的婢女到韩寿家，把贾充女儿对他的爱慕之情说了，还告诉韩寿贾充的女儿非常漂亮。韩寿听罢心动了，让婢女暗中为他传递消息，并约定时间去女子那里过夜。韩寿身手矫健，晚上翻墙而入，贾充家里没人知道。从此以后，贾充发现女儿总是极力装扮自己，心情也比以往愉快多了。后来和官吏们聚会，他闻到韩寿身上有一种奇异的香味，这种香料是国外的贡品，涂到身上，香味几个月都不会消失。贾充心想，这种香料晋武帝只赐给了自己和陈骞，别人家没有这种香料，于是怀疑韩寿和女儿私通，不过家中院墙高大，门户看管得也很严密，韩寿怎么能够进来呢？于是借口发现盗贼，让人修整围墙。派遣的人回来说："别的地方没什么异常，只有东北角好像有翻越的痕迹，不过墙那么高，人是翻不过去的。"贾充就把女儿身边的婢女叫来审问，婢女把实情告诉了他。贾充把此事隐瞒下来，让女儿嫁给了韩寿。

【注释】

①韩寿：字德真，历任散骑常侍、河南尹，死后追赠骠骑将军。

②青琐：刻镂成格子并涂上青色的窗户。

③蹻（qiāo）捷：行动轻灵敏捷。

④拂拭：这里指修饰打扮。

⑤陈骞：字休渊，官至大司马。

⑥考问：审问。

【注释】

①卿安丰：用卿来称呼安丰。卿，相当于"你"，常用来称呼地位、辈分低于自己的人；用于平辈之间，显得亲昵而不拘礼节。

【原文】

王安丰妇常卿安丰①。安丰曰："妇人卿婿，于礼为不敬，后勿复尔。"妇曰："亲卿爱卿，是以卿卿；我不卿卿，谁当卿卿？"遂恒听之。

【译文】

安丰侯王戎的妻子常称他为卿。王安丰说："妻子称丈夫为卿是不礼貌的，以后不要再这样了。"妻子说："我亲你爱你，所以才称你为卿。我不称你为卿，谁该称你为卿？"从此王安丰就任凭她这样称呼了。

仇隙第三十六

【原文】

孙秀既恨石崇不与绿珠，又憾潘岳昔遇之不以礼。后秀为中书令，岳省内见之^①，因唤曰："孙令，忆畴昔周旋不？"秀曰："中心藏之，何日忘之？"岳于是始知必不免。后收石崇、欧阳坚石，同日收岳。石先送市^②，亦不相知。潘后至，石谓潘曰："安仁，卿亦复尔邪？"潘曰："可谓'白首同所归'。"潘《金谷集》诗云："投分寄石友，白首同所归。"乃成其谶^③。

【注释】

①省内：官署里。
②市：东市，是执行死刑的地方。
③谶（chèn）：预言吉凶得失的话。

【译文】

孙秀既憎恨石崇不把绿珠给自己，又怨恨潘岳以前对自己的无礼。后来孙秀做了中书令，潘岳在中书省见到他，就招呼他说："孙令，你还记得以前我们的交往吗？"孙秀说："我一直记在心里，一天也不会忘！"潘岳于是知道孙秀的报复是不可避免的。后来孙秀派人逮捕石崇、欧阳坚石，当天也把潘岳抓起来了。石崇先被送到东市刑场，他还不知道潘岳的情况。潘岳随后到了，石崇对潘岳说："安仁，你也落到了这个地步？"潘岳说："这可以说是'白首同所归'呀。"潘岳在《金谷集》中的诗写道："投分寄石友，白首同所归。"没想到竟成了他们的谶语。

【原文】

刘玙兄弟少时为王恺所憎^①，尝召二人宿，欲默除之。令作坑，坑毕，垂加害矣。石崇素与玙、琨善，闻就恺宿，知当有变，便夜往诣恺，问二刘所在。恺卒迫不得讳^②，答云："在后斋中眠。"石便径入，自牵出，同车而去。语曰："少年何以轻就人宿！"

【注释】

①刘玙（yú）兄弟：指刘玙、刘琨兄弟二人。
②卒迫：猝迫，仓促急迫。卒，通"猝"。

【译文】

刘玙兄弟年轻时被王恺憎恨，有一次王恺让兄弟二人在自己家住宿，想悄悄除掉他们。王恺让人挖坑，坑挖好后，就要加害他们。石崇一向和刘玙、刘琨兄弟关系不错，听说他们在王恺家留宿，知道会发生变故，就连夜来到王恺家，问刘玙兄弟在哪里。王恺仓促之间没有隐瞒，回答说："在后面的屋里睡觉。"石崇就径直去了后屋，把他们兄弟拉出来，一起坐车走了。他对他们说："年轻人怎么能随随便便到别人家住宿！"

【注释】

①无忌：司马无忌，字公寿，司马丞的儿子。

②肆酷：肆意残害。

③声著：声张，张扬。

【原文】

王大将军执司马愍王，夜遣世将载王于车而杀之，当时不尽知也。虽愍王家亦未之皆悉，而无忌兄弟皆稚①。王胡之与无忌，长甚相昵，胡之尝共游，无忌入告母，请为馔。母流涕曰："王敦昔肆酷汝父②，假手世将。吾所以积年不告汝者，王氏门强，汝兄弟尚幼，不欲使此声著③，盖以避祸耳！"无忌惊号，抽刃而出，胡之去已远。

【译文】

大将军王敦抓了愍王司马丞，夜里派王世将在车里把愍王给杀了，当时人们并不知道事情的真相。即使愍王的家人也不是全都知道，司马无忌兄弟年纪还小。王胡之（王世将子）和无忌长大后关系很好，有一次王胡之和他一起玩，无忌回家告诉母亲，请她准备饭食。母亲流着眼泪说："王敦以前肆意残害你的父亲，借王世将的手把你父亲杀了。我之所以这么多年不告诉你，是因为王氏家族势力庞大，你们兄弟年纪还小，我不想把这件事声张出去，是为了避祸啊！"无忌听罢大叫，拔刀往外跑，此时王胡之已经走得很远了。

【原文】

应镇南作荆州，王修载、谯王子无忌同至新亭与别，坐上宾甚多，不悟二人俱到。有一客道："谯王丞致祸，非大将军意，正是平南所为耳。"无忌因夺直兵参军刀①，便欲斫。修载走投水，舸上人接取，得免。

【注释】

①直兵参军：值班的参军。

【译文】

镇南大将军应詹出任荆州刺史时，王修载和谯王司马丞的儿子司马无忌一起到新亭为他送别。当时在座的人很多，没料到这两人一块儿来了。有一个客人说："谯王司马丞遇难，不是大将军王敦的意思，正是平南将军王世将做的。"无忌听了立即夺过值班参军的刀，就要砍王修载（王世将子）。王修载急忙逃走，跳入水中，幸亏船上的人搭救，这才得以幸免。

【原文】

王右军素轻蓝田，蓝田晚节论誉转重①，右军尤不平。蓝田于会稽丁艰，停山阴治丧。右军代为郡，屡言出吊，连日不果。后诣门自通，主人既哭，不前而去，以陵辱之。于是彼此嫌隙大构。后蓝田临扬州②，右军尚在郡，初得消息，遣一参军诣朝廷，求分会稽为越州，使人受意失旨，大为时贤所笑。蓝田密令从事数其郡诸不法，以先有隙，令自为其宜③。右军遂称疾去郡，以愤慨至终。

【注释】

①晚节：晚年。

②临，出任。

③自为其宜：自己采用适宜的办法去处理。

【译文】

右军王羲之一向看不起蓝田侯王述。王蓝田晚年声誉越来越高，王右军为此愤愤不平。王蓝田在会稽任内遭遇母丧，留在山阴办理丧事。王右军代为会稽郡守，他屡次说要前去吊唁，却接连多日都没有去。后来去了王蓝田家，自己通报要进去吊唁，主人哭起来以后，王右军却没进去哭吊就走了，以此来侮辱王蓝田，于是两人之间的仇隙就更深。后来王蓝田出任扬州刺史，王右军还在会稽郡。刚得到这个消息，他就派一名参军到朝廷去，要求把会稽分出去，成立越州。没想到使者未能领会他的意思，此事成了名流们的一大笑柄。王蓝田也暗地里命令下属挑剔会稽郡的诸多不法行为，因为先前的结怨，王蓝田让他自己看着办。王右军就称病辞职，因愤恨而死。

【注释】

①克终：这里指结果。

【原文】

王东亭与孝伯语，后渐异。孝伯谓东亭曰："卿便不可复测！"答曰："王陵廷争，陈平从默，但问克终云何耳①。"

【译文】

东亭侯王珣和王孝伯原本志趣相投，后来渐渐出现分歧。王孝伯对王珣说："你真让人难以捉摸！"王珣答道："王陵在朝廷和吕后抗争，陈平却保持沉默，只是要看看事情最后的结果如何啊。"

【注释】

①大桁：大浮桥，这里指建康秦淮河上的朱雀桥。
②标：受刑者斩首后悬首示众的高柱子。
③趣：通"促"，急促。

【原文】

王孝伯死，悬其首于大桁①。司马太傅命驾出至标所②，孰视首，曰："卿何故趣欲杀我邪③？"

【译文】

王孝伯被杀后，他的头颅被挂在朱雀桥上示众。太傅司马道子乘车来到悬首的柱子前，他仔细看着王孝伯的脑袋，说道："你为什么要急着杀我呢？"

【原文】

桓玄将篡，桓修欲因玄在修母许袭之。庾夫人云："汝等近，过我余年，我养之，不忍见行此事。"

【译文】

桓玄将要篡位，桓修想趁桓玄在他母亲庾夫人那里时杀了他。庾夫人说："你们关系亲近，等到我度过晚年吧。我抚养了他，不忍心看你做这种事。"